"百部好书"扶持项目
GUANGDONG PUBLISHING

"十三五"国家重点图书出版规划项目

丛书总主编
王 兆 胜
陈 剑 晖

文体与跨文体研究丛书

文学自觉与文体自觉

刘 勇 等著

广东高等教育出版社
Guangdong Higher Education Press
·广 州·

图书在版编目（CIP）数据

文学自觉与文体自觉/刘勇等著．—广州：广东高等教育出版社，2020.3

（文体与跨文体研究丛书/王兆胜，陈剑晖主编）

ISBN 978－7－5361－6690－5

Ⅰ.①文…　Ⅱ.①刘…　Ⅲ.①文学理论－研究　Ⅳ.①I0

中国版本图书馆CIP数据核字（2020）第009847号

书　　名　文学自觉与文体自觉
WENXUE ZIJUE YU WENTI ZIJUE

出版发行　广东高等教育出版社
地址：广州市天河区林和西横路　电话：（020）87554153
http://www.gdgjs.com.cn

印　　刷　佛山市浩文彩色印刷有限公司

开　　本　787毫米×1 092毫米　16开

印　　张　16.75

字　　数　246千

版　　次　2020年3月第1版　2020年3月第1次印刷

定　　价　48.00元

总　序

中国是一个“文体论大国”。在古代，文体和文体论蔚为大观。但自“五四”新文学以降，在西方文艺理论的强势冲击下，现当代文学研究者和作家的文体意识越来越淡薄，而关于文体研究方面的丛书更为少见。20 世纪 90 年代中期，童庆炳先生曾主编一套“文体学丛书”，在云南人民出版社出版，受到季羡林、王蒙等著名学者和作家的高度评价，在学界产生了良好影响。但不知什么原因，这套丛书只出版了 5 本就终止了，之后国内一直未见到相关丛书出版。直到 2011 年，北京大学出版社又重新关注文体问题，并推出“中国古代文体学研究丛书”，这是文体研究成果作为丛书形式的又一次集中展示，也是文体研究的深化。但这套丛书只限于中国古代文体研究，没有涉及现当代文体和跨文体写作。因此，我们认为出版一套贯通我国古代、现代、当代文体和跨文体写作，既具开放意识与现代视野，又有时代感与当代性的文体研究丛书，有助于促进我国的文体研究和增强当代作家的文体意识，提升中国当代作家和文学研究者的文化自信。

本丛书纵论古今文体传统，钩沉千年文脉，汲取前贤英华，哺养现代精神。本丛书不仅有新的创意和设计，有较大的学术价值，而且还呼应了“弘扬传统文化，恢复文化自信”这一主题。具体来说，本丛书有以下几方面的价值。

1．立足于传统与现代、历史与现实、东方与西方，通过对中国传统文体资源的挖掘，将其同当代文化建设，同民族的复兴、文化的自信，以及整个中华民族国民素质、精神文明的提高联系起来。比如，《中国现代小说文体的发生》一书认为，中国小说文体有着本土化的天然特点，但这个特点过去我们重视不够，研究也不系统、不深入。因此，该书以回归还原中国小说文体和文体观念的本体论为出发点，对中国古代小说如志怪三体、《世说新语》与“世说”体、唐人传奇之“奇”体、宋元话本到《聊斋志异》的“讲唱”体、明清章回小说的“文白”叙事体，进行了“谱系学”的爬梳考释。在文体类型研究的基础上，再对中国现代小说文体整体形态，文体类型的起源、发展演变进行全面、系统的探讨。该书虽以考释中国小说文体的本土化语境为旨归，尽可能还原中国小说的独特谱系，但又注重与西方文体谱系进行比较，力图使中国小说的文体既拥有自主性和独立性，又具系统化和学理化。此外，把小说文体研究作为本土文体学研究的重要内容，还肩负着传统文化回归、恢复文化自信的使命。

2．文体是文学最为直观的表现，也是作家心智的外化形式。因此，文学观念的变迁往往表现为文体的变迁，文学革命离不开文体的变革。但在过去，我们过于强调文学作品的“工具性”，过于注重作品的内容和社会功能，忽视了文体和文体探索的重要性，对我国古代丰富的文体资源也挖掘总结得很不够，这在很大程度上阻碍了中国当代文学的发展。本丛书将起到某种纠偏的作用，弥补以往在文体问题上认识和研究的不足。

3．跨文体或多文体写作，是当前文学创作的一个趋势，但过去的文体研究在这一点上认识不足。以往的文体研究要么止步于古代，要么仅仅局限于某一类文体。本丛书中的《新媒体时代的文体美学》《本真与转换：影视文体论》《跨文体：从虚构到非虚构》《中国语境下科幻文学的文体建构》等分册，既贯通了我国古代、现代、当代的文体，又关注到跨文体问题，这就拓展了文体研究的空间。

一套有学术价值和现实意义的丛书，应有自己的特色。本丛书的特色主要体现在以下几个方面。

1. 开拓性与前沿性。文体学研究不是新问题，本丛书也不是对以往研究的重复，而是以新的视角构建了新框架，注入了新的理念和创见。这样，本丛书便不仅立足于传统文化，而且有着鲜明的开拓性与前沿性。

2. 强调中国传统文体的现代转换。研究文体和挖掘我国传统文体资源，应有现代性的视野，体现出时代性并服务于当前。如《中国文体传统的现代转换》一书，一方面主动向西方文学借鉴有效的异域文体经验，另一方面又或显或隐地传承中国古代文学的本土文体资源，在古今中西立体维度中进行传统文体的现代转换。这个专题正是在对中国传统文体的现代转换进行宏观思考的基础上，以中国现当代小说和现当代旧体诗词对传统文体进行现代转换为观察点，由此展开对中国现当代的新文学和旧体文学创作的整体考察。丛书中的其他专题，对现当代各种文体观念和文体形式发展演变的考察爬梳，以及对跨文体文学现象的研究，都体现了这一学术理念。

3. 宏观梳理与文本细读并重。丛书中的各册既注重对各种文体发展演变的宏观考察，更强调对文本的细致解读，并在个案解读中发现文体的新价值。如《现代散文文体观念与文体演变》这一本，既有对古代文体的演变与特征的考察，以及对文体研究的观念与方法问题、文体研究的现代转型等问题的思考，又有对叙述学与散文叙述、散文意象、语言等的具体细致的分析；同时还兼顾到创新性、学理性和可读性的统一，尽量做到雅俗共赏。《中国现当代作家的跨文体写作》也是如此，著者既有宏观论述也有个案剖析，个案剖析力求破解名家名作的文体转换肌理，宏观论述力求落实到文体转换的历史经验和内部机制。

没有传统的文化必然失根；没有文化自信的民族必然陷入茫然，不能正确找到自己前行的方向。本丛书试图寻求文化自信的传统依据，通过对最具中华民族特色的“文体”的梳理阐释，夯实当代思想文化建设的地基，推动中国当代文学的发展。感谢评审专家和有关部门的充分肯定，将这套丛书列为“‘十三五’国家重点图书出版规划项目”和“‘百部好书’扶持项目”。希望本丛书的出版，对于深化现当代文学研究、提升文化自信有积极意义。

王兆胜　陈剑晖

2018 年 9 月 5 日

目录

CONTENTS

下编　变革与新生

绪 论

文体革新与文学自觉

文学自觉和文体自觉不仅是一个学术话题，更是一个社会话题，一个时代话题。我们恰逢文学生态发生重大变局的时代：文学与经济发展、科技进步的关系前所未有的紧密，文学媒介的革命改变了文学生产、传播的方式和路径，读者接受与作家写作的同步使文学创作成为真正意义上的双向互动，文体的革新与创变也远较过往更为丰富。当文学是人学这一命题再次获得丰富而深刻的内涵，当人所处的时代和时代中的人都呈现巨大新变时，对文学自觉和文体自觉这一问题的重新审视，就显得格外重要。

一、文学自觉伴随人的自觉

学界对"文学自觉"的研究，往往集中在确认中国的文学自觉是从哪一个时段开启的，而支撑各自判断的依据则是："文学自觉"到底是什么？哪个时代的文学符合这种特征？在一些学者看来，所谓"文学自觉"是意识到文学的独立审美价值。按照这个标准，学界常常因袭鲁迅的看法，把魏晋作为中国第一个文学自觉的时代。形成这种学术思维的根本原因是先在地承认有一个标准的纯文学观念，然后根据这个观念推演出一系列的学术概念和范畴。在我们看来，所谓文学自觉，是对文学本体的关注，但这并不是说作家要为文学而文学，刻意保持与政治、经济等领域的距离，而是指，文学家意识到文学之于社会的责任感和使命感，从而自觉发掘文学之于社会和人生的作用。一个时代关于文学的声音往往是混杂的，在我们通常认为是中国文学第一个自觉时代的魏晋，既有把文学当作经国大业、不朽盛世的功利文学观，也有把文学当作个人乌托邦、人间桃花源的纯粹文学观。到底哪个是时代的主流？其实两者的共通之处在于：都承认文学之于社会、人生的巨大作用，这就是文学自觉，魏晋之前、魏晋之后从来都有，也从未断绝。所以说，正如一时代有一时代之文学，一时代也有一时代之文学自觉。

文学自觉与人的自觉关系密切。当人意识到个体存在的巨大价值和丰富可能，自然也会重视反映万千世界和多姿人性的文学世界。因此，自觉的文学必然要去呈现人的自觉，或者说人与世界、人与自我的多重关系。虽然每一时代都有各自的文学自觉，但因时代的局限性，每一时代人的自觉程度不同，文学自觉程度也自有差异。应该说，“五四”是几千年来中国人最重要的一次自我觉醒，也是中国文学发展史上最重要的文学自觉阶段。作为一场文化运动，它极大地张扬了人的独立价值和自我意识；作为一场文学革命，它充分地强调了文学之于改造社会和改良人生的重要作用。因而，“人的文学”也成为“五四”最重要的文学命题。有学者感叹，全世界的主要国家都有一个从传统社会向现代社会转变的过程，过程当中都有一些重要的人物如经济学家、军事家、政治家、哲学家等起着关键性作用，“但没有一个像中国一样，是由研究文字和文学的人发动的，放眼全球，这是一件令人非常惊讶的事情！整个中国的现代社会变化是由文学运动产生，而文学运动起源于两篇讨论怎么写文章的文章"①。虽然胡适、陈独秀等人是把文学作为推动社会变革的工具，但他们中的大多数也身体力行地进行文学创作，发掘文学表现的各种可能。其实，"五四"一代的文人学者很少抱着纯文学的观念来从事文学创作，但他们从事文学创作的态度本身严肃自觉，所以才成为中国现代文学的真正开端。

胡适的日记记载了他对鲁迅、周作人的一次造访："豫才深感现在创作文学的人太少，劝我多作文学。我没有文学的野心，只有偶然的文学冲动。我这几年太忙了，往往把许多文学的冲动错过了，很是可惜。将来必要在这一方面努一点力，不要把我自己的事业丢了来替人家做不相干的事。"②这是一次很有历史意味的会面。相比开启现代文学的第一人胡适，鲁迅有更深的文学自觉，其根本原因也是鲁迅对人的认识深度和自我觉醒的程度比同时代人更深。因而在文学创作上，无论是表现内容的深度还是表现形式的丰富，鲁迅也都超越了同时代人。

二、文学自觉开启文体自觉

王澍在《文体自觉与文学自觉》一文中质疑文学自觉问题的讨论，他质问道："如果说魏晋南北朝时文学已经自觉，那么，戏剧、小说也是文学，难道说戏剧、小说也于彼时自觉了吗？还有散文，难道也是魏晋南北朝时就已经自觉了吗？"③ 因此，他认为所谓魏晋文学自觉只是诗歌文体自觉，所谓先秦文学自觉实际上是楚辞体或诗经体诗歌文学自觉，所谓汉代文学自觉实际上是"赋体"文学自觉。所以说，"我们要讨论中国文学的自觉，不如舍彼（文学自觉）就此（文体自觉）。实际上，只要文体自觉问题

---

① 许子东．许子东现代文学课［M］．上海：上海三联书店，2018：22．所谓"两篇讨论怎么写文章的文章"，是指胡适的《文学改良刍议》和《文学革命论》。

② 胡适．胡适日记全编：3［M］．合肥：安徽教育出版社，2001：569．

③ 王澍．文体自觉与文学自觉［J］．社会科学家，2016（1）：140－145．

解决了，文学自觉问题也就自动随之而解了。这说明，文体自觉论不仅有利于文学自觉论，而且完全可以代替文学自觉论”①。

王澍的探讨很有意思，他认为文学自觉无法成为一个自足的命题，文学的自觉最终要体现为各类文体的自觉，所以索性用后者取代前者。他很清晰地看到文学自觉实际上最终要表现为文体自觉，但直接用文体自觉取代文学自觉的命题过于简单甚至粗暴。我们认为，这是既紧密关联又相互独立的两个命题和概念，文学自觉不能简单化为诗歌自觉、散文自觉、小说自觉和戏剧自觉的总和。我们自可以谈其关系，不需要也不能混合成一个概念。

如前所述，文学自觉伴随着的是人的自觉，那文学以何种方式来呈现人的自觉呢？这就涉及文体自觉了。如果说文学自觉与人的自觉涉及的是文学的外部关系，那文学自觉与文体自觉涉及的则是文学的内部关系。中国文学的发展，既是人不断觉醒的反映，也是文体自觉发展的过程。正如童庆炳所认为的：“文体是指一定的话语秩序所形成的文本体式，它折射出作家、批评家独特的精神结构、体验方式、思维方式和其它社会历史、文化精神。”② 王卫平在此基础上做了进一步阐释：“文体作为一种文化存在方式，是指一定的话语系统所形成的文本体式，它折射出作家独特的个性体验、主体意味、思维方式及其他社会历史文化精神。它是由叙述话语、结构模式、作品类型等因素构成的文学的审美风范。文体不但是一种表现形式，而且是作家精神特性的表现。”③ 所以说，文学自觉是人自我意识觉醒的结果，最终要表现为文体自觉，即对文体表现和可能的自觉探索；而文体自觉则是文学自觉的必然结果，即自觉深挖文体的各种表现形式，探索文体表现的各种可能，搭建内容与形式之间最恰当的桥梁，从而进一步推

① 王澍．文体自觉与文学自觉［J］．社会科学家，2016（1）：140－145.

② 童庆炳．文体与文体的创造［M］．昆明：云南人民出版社，1994：1.

③ 王卫平．茅盾在小说文体建构上的独特贡献［J］．辽宁师范大学学报（社科版），1997（1）：39－43.

动作家的文学自觉意识。

文学自觉必然开启文体自觉。在谈论日本小说的发展时，周作人就非常明确地指出："新小说与旧小说的区别，思想果然重要，形式也甚重要。旧小说的不自由的形式，一定装不下新思想；正同旧诗旧词旧曲的形式，装不下诗的新思想一样。"① 而朱自清直接指出胡适正是以诗体的解放而引发诗歌的整体变革的。胡适特别强调形式的意义："'文字形式'往往是可以妨碍束缚文学的本质的。'旧皮囊装不得新酒'，是西方的老话。我们也有'工欲善其事，必先利其器'的古话。文字形式是文学的工具；工具不适用，如何能达意表情?"② 从某种意义上来说，"五四"文学革命其实是一场文体的革命。胡适率先对诗歌进行变革，成为中国新诗第一人；鲁迅不仅是中国小说第一人，也成为后世一直难以逾越的高峰；周氏兄弟尝试散文写作的各种可能，使得"散文小品的成功，几乎在小说戏曲和诗歌之上"；而话剧作为真正意义上的舶来品，经过几代新文学作家的努力，在中国落地生根发芽。

当然，文体变革的过程是异常艰难的，陈平原在探讨中国小说叙事模式转变的时候就描述过这种艰难性："在一个搬动一张桌子都要流血的国度里，创造两个新词是一场大仗，输入几个标点符号也是一场大仗，转变中国小说的叙事时间、叙事角度、叙事结构当然更是一场大仗。"③ 相比语言解放、文体引进等运动的大张旗鼓，文体内部问题的探讨与解决更多的时候是发生于作家的默默耕耘，这是另一种形式的艰难。可以说，正是文体自觉延展了文学的表现触角，加强了文学的表现深度，拓宽了文学的发展格局，进而推动中国现代文学形成了新的表现形式、话语体系、思想内涵和审美风格。

---

① 周作人. 日本近三十年小说之发达［M］//周作人. 艺术与生活. 北京：北京十月文艺出版社，2011：161.

② 胡适. 逼上梁山［M］//胡适文集：1. 北京：北京大学出版社，2013：132.

③ 陈平原. 中国小说叙事模式的转变［M］. 北京：北京大学出版社，2010：28－29.

三、文学自觉归根到底是时代的自觉

如前所述，一时代有一时代之文学，一时代也有一时代之文学自觉，自然一时代也有一时代之文体自觉。所以说，文学自觉和文体自觉，归根结底是时代的自觉。

胡适在《文学改良刍议》中曾细述中国文体的各种变迁：

> 即以文论，有《尚书》之文，有先秦诸子之文，有司马迁、班固之文，有韩、柳、欧、苏之文，有语录之文，有施耐庵、曹雪芹之文：此文之进化也。试更以韵文言之：《击壤》之歌，《五子》之歌，一时期也；《三百篇》之诗，一时期也；屈原、荀卿之骚赋，又一时期也；苏、李以下，至于魏晋，又一时期也；江左之诗流为排比，至唐而律诗大成，此又一时期也；老杜、香山之"写实"体诸诗（如杜之《石壕吏》《羌村》，白之《新乐府》），又一时期也；诗至唐而极盛，自此以后，词曲代兴，唐五代及宋初之小令，此词之一时代也；苏、柳（永）、辛、姜之词，又一时代也；至于元之杂剧传奇，则又一时代矣。①

胡适非常反对无视时代发展、厚古薄今的文学观念，他认为文学从来就没有停止过发展，关键在于以何种标准来评价。当然，胡适并不是以文体的发展来判断文学品质的优劣，即词就一定比诗好，曲就一定比词好，或者说，宋就一定比唐好，元就一定比宋好，而是强调每一代人对文体的探索都没有停止，也不应该停止。

在中国文学发展的历史上，有几个阶段呈现出深度的文学自觉和多元的文体探索：

---

① 胡适. 文学改良刍议［M］//胡适文集：2. 北京：北京大学出版社，2013：7.

第一，是魏晋南北朝。魏晋时期，文学自觉的程度是有目共睹的。这一时期除了文学创作丰富之外，一个很突出的特点是文学理论和批评的兴盛，曹丕的《典论·论文》、陆机的《文赋》、刘勰的《文心雕龙》、钟嵘的《诗品》等都出现于这一时期。袁行霈认为这恰恰是文学自觉的标志。在他看来，魏晋时期的文学自觉有三个表现：一是文学从广义的学术中分化出来；二是对文学的体裁有了较细致的区分，对各种体裁的体制、风格特点有较明确的认识；三是对文学的审美特性有了自觉的追求。①

第二，是唐宋时期。如果说魏晋时期的文学自觉主要体现在理论探讨的丰富性上，那唐宋时期则是以文学创作的繁荣使各种文体的风格、体制得以确立。李白的古风、杜甫的律诗、白居易的乐府、苏黄对宋诗的另辟蹊径、苏轼的以诗为词、李清照的词“别是一家”、辛弃疾的以文为词、唐宋八大家的散文、唐传奇的发展成熟，都是唐宋时期文学自觉的最好体现。

第三，是“五四”时期。“五四”是中国文学现代化的起点，这一阶段的文学自觉表现为对文体探索的高度自觉。据李丽在《中国现代短篇小说的文体自觉》中的统计，中国现代文学中关于短篇小说文体探讨的文章有数十篇，如胡适的《论短篇小说》、张舍我的《短篇小说泛论》、长志的《短篇小说之特性及作法》、包寿眉的《短篇小说之研究》、赵景深的《短篇小说的结构》、张恨水的《长篇与短篇》、老舍的《我怎样写短篇小说》、沈从文的《短篇小说》等。② 更别说还有大量默默耕耘的、独自深探的作家以创作实践来推动短篇小说文体的发展。诗歌方面，按於可训的说法，新诗史上的诗人们几乎是一人开创一个诗体：以胡适体为代表的早期白话诗，以半农体为代表的方言歌谣，以沫若体为代表的浪漫主义诗歌，以冰心体为代表的小诗，以志摩体、一多体为代表的新格律诗，以金发体为代表的

① 袁行霈. 中国文学史：第2卷［M］. 北京：高等教育出版社，2003：3-5.

② 李丽. 中国现代短篇小说的文体自觉［M］. 北京：光明日报出版社，2013：2注释.

象征主义诗歌，以望舒体为代表的现代派诗歌，还有克家体、艾青体、田间体、敬之体、李季体、小川体等等。① 这种一人一个诗体的划分虽然有待商榷，但从一个侧面说明中国现代诗人对文体探索付出的努力和取得的成效。就个体而言，鲁迅在文体探索上的成就少有同时代人能比肩：他的小说几乎一篇一个形式；他的散文除了把叙事性的散文写到极致外，杂文的写作也为散文的表现领域开疆拓土；虽不专事于诗歌，但《野草》无论从哪个角度讲，都能算是具有诗歌性质的杰作。

第四，是20世纪80年代。随着政治上拨乱反正、经济上改革开放大幕的拉开，人的自觉开启了文学的自觉和文体的自觉。北岛、舒婷等朦胧诗人对“十七年”和“文革”诗歌表达方式的反叛以及新的表达方式的多样探索，刘心武、卢新华等小说作家直面政治运动给普通人带来的心灵伤痕，重回人道主义和现实主义的文学书写，伤痕文学、反思文学、改革文学、寻根文学、现代派小说、先锋文学，各种文学潮流相继涌现，共同丰富了80年代的文学世界。尤其1985年前后一批以文体自觉意识而进行创作实验的小说家，以马原、格非、余华、残雪和孙甘露等作家为代表，将文学表现的可能性推进到极致。

第五，是依然还在进行的新世纪文学。这一时期，文学的外部环境、文学的生产机制和传播路径、文学创作和接受的双向关系发生重大改变，自媒体视域、粉丝文化、流量文学等概念不断兴起，文学自觉和文体自觉的表现愈加复杂。例如科技对文学创作生态的改变，如果说“五四”时期科学主义对文学的影响主要还是体现在观念层面，那么刘慈欣、冯唐、郝景芳等人的写作则把科技与文学的关系落到实处，科技迅猛发展的外部环境和作者自身的理工科背景，使他们的创作体现出以往中国文学中少有的严密和精准。

---

① 於可训．新诗文体二十二讲［M］．武汉：武汉大学出版社，2012．

正因如此，本书植根于文学自觉与文体自觉的关系，以“五四”新文学为起点，聚焦百年中国文学文体变革的历程，进而把视角延伸到新世纪以来的媒介革命和文体新变，以期为当下的文学和文学的当下提供可资借鉴的经验。

上编

文学与文体

第一章 ◆

文学自觉与文学的精神品格

文学是人学，文学的精神本质是人。尤其是自“五四”新文学以来的中国文学发展，始终伴随着“人的觉醒”，无论是对美好人性的挖掘和塑造，还是对人性异化的质疑和反思。正是“人的觉醒”开启了“文学自觉”，或者说，“文学自觉”是“人的觉醒”的投射。而“文化自觉”和“文学自觉”是一个问题的两个方面，“文化自觉”为“文学自觉”开拓空间，“文学自觉”最终的走向还是“文化自觉”。经过“文学自觉”和“文化自觉”洗礼的中国文学与文化，“文化自信”自是题中之义。

一、从“人的觉醒”到“文学自觉”

在很长一段时间里，“文学自觉”成为中国古代文学研究界的专属话题。其起因源于鲁迅在其演讲《魏晋风度及文章与药及酒之关系》中的基本判断："曹丕的一个时代可说是'文学的自觉时代'。"① 尽管有学者提出鲁迅的观点是对日本学者铃木虎雄《魏晋南北朝时代的文学论》一文中观点的转述，但是不可否认，如果没有鲁迅对中国学界强大的影响力，这个观点不会流传如此之广，也很难成为学术话题的热点。因此，我们所要做的是以解铃仍须系铃人的方式回到鲁迅的演讲中探寻其来龙去脉。

鲁迅把魏晋看作"文学的自觉时代"，是因为曹丕"说诗赋不必寓教训，反对当时那些寓训勉于诗赋的见解，用近代的文学眼光看来，曹丕的一个时代可说是'文学的自觉时代'，或如近代所说是为艺术而艺术（Art for Art's Sake）的一派"②。这里面至少有两层意思：一是在鲁迅看来，曹丕的文学观念是认为诗赋这一类文学体裁不需要寓以说教，而应该偏重于审美本身；二是鲁迅认为这种文学观念就是文学的自觉，或者为艺术而艺术。

鲁迅的观点流传很广，以至于后世学者基本上把魏晋作为中国文学第一个自觉的时代。但并不能就此认定鲁迅的说法无可商榷之处。首先，曹丕的文学观点是否真如鲁迅所言剥离了文学与道德的关系，而强调为艺术而艺术。事实上，曹丕那句最有名的"盖文章，经国之大业，不朽之盛事"（《典论·论文》），已经包含了文学与政教不可分割的关系。再考虑曹丕本人作为大政治家的身份，他怎么可能强调文学与道德毫无关系呢？这里面潜在的逻辑是，曹丕把文学置于至高无上的地位，他的文学观自然是纯文学观念。那梁启超在其《论小说与群治之关系》中说："欲新一国之民，不可不先新一国之小说。故欲新道德，必新小说；欲新宗教，必新小说；欲新政治，必新小说；欲新风俗，必新小说；欲新学艺，必新小说；乃至欲新人心，欲新人格，必新小说。"③ 这就把小说抬到了无所不能、无其不可的地位。为什么没人认为他所持的是纯文学观，反而认为他极大地张扬了

---

①② 鲁迅．魏晋风度及文章与药及酒之关系［M］//鲁迅全集：第3卷．北京：人民文学出版社，2005：526.

③ 梁启超．梁启超文集［M］．北京：北京燕山出版社，1997：282.

文学的功利主义色彩？其次，鲁迅只是认为曹丕的时代可以被认为是“文学的自觉时代”，但没有丝毫意思认为这是中国文学第一个自觉的时代，然而很多后世学者据此找出魏晋时代的种种特征来证明这一论说。其实，如果要在其他时代找类似的特征，也并无难处，屈原的辞赋和庄子的散文难道没有体现出文学自觉的色彩？最后，按鲁迅的观点，所谓文学的自觉，就是为艺术而艺术。这是理论上的论说，但真正从实际的创作而言，世界上存在这样的文学吗？魏晋时代存在真正意义上的为艺术而艺术的文学吗？即便那个时代最为纯粹的陶渊明，其创作不也充满了对时代怒目金刚式的愤怒吗？换句话说，文学自觉到底应该根据文学理论来判定，还是要根据创作实践来界说？

上述观点产生的原因，是因为我们先验地认定有一个纯文学观念的存在，然后以此来从创作中寻找印证这种观念的作品，从而认定产生这些作品的时代为文学自觉的时代。事实上，文学上能否找出真正意义上的纯文学创作很值得怀疑。如前所说，即便魏晋时期被认为最具“纯文学”价值的陶渊明，也依然是在儒家入世立功和道家出世归返的观念冲突中矛盾半生，甚至到了晚年还发出“日月掷人去，有志不获骋。念此怀悲凄，终晓不能静”（《杂诗十二首·其二》）的哀叹。山水田园诗人孟浩然一方面津津乐道于“开轩面场圃，把酒话桑麻”（《过故人庄》）的闲居生活，另一方面又不断发出“欲济无舟楫，端居耻圣明”（《望洞庭湖赠张丞相》）的求仕暗示，他的人生遗憾也许就在那句“不才明主弃，多病故人疏”（《岁暮归南山》）的牢骚里。浪漫主义大诗人李白，仕途无望的时候，便高歌“我本楚狂人，凤歌笑孔丘”（《庐山谣寄卢侍御虚舟》），一接到唐玄宗召他入京的诏书，便变成“仰天大笑出门去，我辈岂是蓬蒿人”（《南陵别儿童入京》），他终其一生的理想都是“申管、晏之谈，谋帝王之术，奋其智能，愿为辅弼，使寰区大定，海县清一”（《代寿山答孟少府移文书》）。白居易书写李隆基、杨玉环凄美爱情的绝唱《长恨歌》感人至深，但在创作之初与朋友约定的宗旨还是充满说教色彩的“欲惩尤物，窒乱阶，垂于将来者也”（陈鸿《长恨歌传》）。杜甫无论仕途如何坎坷，生活如何艰难，始终也没有忘记他年轻时所立下的“致君尧舜上，再使风俗淳”（《奉赠韦左丞丈二十二韵》）的人生理想。两宋文人如范仲淹、欧阳修、王安石、苏轼、陆游、辛弃疾等，基本上秉承的都是“居庙堂之高则忧其民，处江湖之远则忧其君”的处世原则，虽说入世和出世的内在冲突不再像前代文人那么激烈，但依然很难说他们的创作是完全超脱政治而趋于所谓的“纯文学”。其实，鲁迅也看到了这一点，所以同样是在《魏晋风度及文章与药及酒之关系》中就直接指出：“据我的意思，即使是从前的人，那诗文完全超于政治的所谓‘田园诗人’，‘山林诗人’，是没有的。完全超出于人间世的，也是没有的。既然是超出于世，则当然连诗文也没有。诗文也是人事，既有诗，就可以知道于世事未能忘情。”① 这样我们也就可以理解，为什么当周作人、林语堂等人大力鼓吹晚明的“性灵文学”运动，提倡“取闲适之笔调，语出性灵，无拘无碍”② 的小品文写作时，鲁迅毫不客气地批评道：“明末的小品虽然比较的颓放，却并非全是吟风弄月，其中有不平，有讽刺，有攻击，有破坏。这种作风，也触着了满洲君臣的心病，费去许多助虐的武将的刀锋，帮闲的文臣的笔锋，直到乾隆年间，这才压制下去了。以后呢，就来了‘小摆设’。”③ 说到底，一方面鲁迅认为曹丕的时代是为艺术而艺术的文学自觉的时代，另一方面他根本不相信有真正所谓为艺术而艺术的文学存在。

其实在我们看来，去探询到底哪一时代是文学自觉的时代，意义不大。

---

① 鲁迅．魏晋风度及文章与药及酒之关系［M］//鲁迅全集：第3卷．北京：人民文学出版社，2005：538.

② 林语堂．叙《人间世》及小品文笔调［M］//沈永宝．林语堂批评文集．珠海：珠海出版社，1998：99.

③ 鲁迅．小品文的危机［M］//鲁迅全集：第4卷．北京：人民文学出版社，2005：591－592.

最需要厘清的是文学自觉的前提是什么，最核心的表现是什么。李泽厚在《美的历程》中对魏晋时代的描述也许能给我们以启发：“文的自觉（形式）和人的主题（内容）同是魏晋的产物。”① 言下之意，文学的自觉与人的觉醒息息相关。虽然他依然针对的是魏晋文学，但在我们看来，正是有了人的觉醒，才能带来文学的自觉，这是历代文学的题中之义。当然，文学的自觉并不是把文学抬到至高无上的地位，也不是认为文学没有任何外在的功利性，只强调其审美性，而是意识到文学之于社会的价值，文学家之于社会的责任感和使命感。正如有学者所认为的：“一旦人们表述了对文学的认识，就必然会在一定层面显示其自觉意识。谁说‘诗言志’的论断和‘兴观群怨’以及‘温柔敦厚’的诗教中没有体现相当程度的文学自觉意识呢？因为文学确实有这些方面的功能，可以产生这样的社会作用。”② 文学自觉的表现从来不是单一的，而是多元而复杂的，其核心便是因人的觉醒而对社会、人生的深切关注，对文学责任的自觉担当，审美也可，政教也罢，启蒙也可，救亡也罢。按这种说法，每一时代都有每一时代的文学自觉，只不过其层面、其程度有所差异而已。当然，我们无须费心去追溯哪一个时代才是文学自觉的起点，但也许可以探讨的是，哪一个时代的文学自觉对迄今为止的中国文学影响最大，最为深远。换句话说，是哪一个时代开始的文学自觉决定了今天的文学面貌，为什么是这样，而不是那样。在我们看来，由近代所萌芽的、在“五四”真正开启的新文学才是中国文学最重要的自觉阶段。

“五四”新文化运动被称为中国的启蒙运动，正如康德（Immanuel Kant）所说，“启蒙运动就是人类脱离自己所加之于自己的不成熟状态”③，

① 李泽厚．美的历程［M］．北京：生活·读书·新知三联书店，2009：100．

② 涂光社．“文学自觉时代”泛议［M］//徐中玉，郭豫适．古代文学理论研究：第23辑．上海：华东师范大学出版社，2005：84．

③ 康德．答复这个问题：“什么是启蒙运动？”［M］//康德．历史理性批判文集．何兆武，译．北京：商务印书馆，1990：22．

“五四”新文化运动是中国人一次真正意义上的自我觉醒。人的觉醒带来的是文学的真正自觉，而对“人”的问题的探讨也成为新文学最重要的主题。欧洲启蒙主义运动推崇理性，张扬个人价值，从自然法则起点出发，进而强调人与人之间自由平等的社会法则。它肯定个体的地位、人的尊严，肯定人的自我情感的天然合理性。在其影响下，鼓吹个人的独立人格和自由价值，也成为中国“五四”新文化运动的主要目标。茅盾曾经指出：“人的发现，即发展个性，即个人主义，成为‘五四’时期新文学运动的主要目标，当时的文艺批评和创作都是有意识的或下意识的向着这个目标。”① 所谓“人的发现”，其实就是人的独立自由价值的发现，反映在文学上则形成了“人的文学”。陈独秀在《敬告青年》中提出，所谓个人的“解放”，就是“脱离夫奴隶之羁绊，以完其自主自由之人格”②。独立人格被认为是人的根本意义所在。胡适崇尚“易卜生主义”，认同易卜生“个人须要充分发达自己的天才性；须要充分发展自己的个性”的主张，认为“为我主义”其实是最有价值的利人主义。他还强调：“社会国家没有自由独立的人格如同酒里少了酒曲，面包里少了酵，人身上少了脑筋：那种社会国家决没有改良进步的希望。”③

正是在这种意义上，周作人提出了“人的文学”。他关于人的观念，貌似个人与群体都不偏废，但根本上还是强调个人主义的前提：

> 但现在还须说明，我所说的人道主义，并非世间所谓“悲天悯人”或“博施济众”的慈善主义，乃是一种个人主义的人间本位主义。这理由是，第一，人在人类中，正如森林中的一株树木。森林盛了，各树也都茂盛。但要森林盛，却仍非靠各树各自茂盛不可。第二，个人

---

① 茅盾．关于“创作”［M］//茅盾文艺杂论集．上海：上海文艺出版社，1981：298.

② 陈独秀．敬告青年［M］//陈独秀文章选编：上．北京：生活·读书·新知三联书店，1984：74.

③ 胡适．易卜生主义［M］//胡适文集：2．北京：北京大学出版社，2013：431－442.

爱人类，就只为人类中有了我，与我相关的缘故。①

周作人虽然没有具体定义“人的文学”，但举了个例子来说明。他说，关于“两性的爱”有两个主张：一是“男女两本位的平等”，二是“恋爱的结婚”。如果“有发挥这意思的，便是绝好的人的文学”②。说到底，还是强调文学应该发现个体的自由价值，强调人的独立人格，“人的文学”实际上就是启蒙主义文学。正如鲁迅自陈：“说到‘为什么’做起小说罢，我仍抱着十多年前的‘启蒙主义’，以为必须是‘为人生’，而且要改良这人生。”③

“人的文学”是“五四”新文学最重要的文学观念。如果说胡适着重解决的是新文学形式上的问题，即白话是新文学最合适的载体；那周作人解决的则是新文学内容层面的问题，即作家的责任是创作“用这人道主义为本，对于人生诸问题，加以记录研究的文字”④，也即是“人的文学”。可以说，“人的文学”观念贯穿了整个中国现代文学的始终，现代文学的根本精神就是对人的关注，文学本质上就是人学。“人的文学”也深刻地涵盖了“人的觉醒”与“文学自觉”的关系，这本身就是一而二、二而一的关系。因“人的觉醒”，带来文学对社会责任的自觉担当，对反映严肃的人生问题的自觉意识；因“文学自觉”，使文学真正成为为人生的文学，而不再是“作为消遣品”，或者“作为个人发泄牢骚的工具”。

由此可见，“五四”一代的文人学者没有哪一位是抱持着纯文学的观念来从事文学创作的，他们的初衷都是为了“立人”，而把文学作为促进“人的觉醒”的手段，从而开启了“五四”文学革命，开启了对后来影响最为深远的“五四”新文学运动。如果从为艺术而艺术的角度来判断这场文学

---

① 周作人. 人的文学［M］//杨扬. 周作人批评文集. 珠海：珠海出版社，1998：32.

② 周作人. 人的文学［M］//杨扬. 周作人批评文集. 珠海：珠海出版社，1998：34.

③ 鲁迅. 我怎么做起小说来［M］//鲁迅全集：第4卷. 北京：人民文学出版社，2005：526.

④ 周作人. 人的文学［J］. 新青年，1918，5（6）.

革命，自然谈不上文学自觉，但谁敢否认这恰恰是一次最为深刻的文学自觉。所以说，正是从“人的觉醒”开始，才有了真正的“文学自觉”。

二、从“文学自觉”到“文化自觉”

“五四”是晚近以来中国历史发展的一个重大转折点，它比之前的任何一场变革都更彻底、全面而深刻，也比之前的任何一场变革对后世的影响更重要、更长远。但我们说“五四”的时候往往是笼统的说法，真正细究“五四是什么”其实还得费一番功夫，或者换句话说，不同学科领域的人眼中的“五四”也许不是一回事。一般来说，至少有三个“五四”：一是以1915年9月陈独秀在上海创办《新青年》（第一卷以《青年杂志》为名，第二卷始改名为《新青年》）为标志的“五四”新文化运动；二是以1917年1月胡适在《新青年》上发表《文学改良刍议》为标志的“五四”文学革命；三是以1919年5月4日发生在北京，由青年学生、市民、工商界人士共同参与的爱国示威、请愿运动为标志的“五四”政治运动。应该说，正是由这三个“五四”共同推进了中国现代历史发展、中国新民主主义革命的进程。但其中很有意思的问题在于：为什么这场变革首先是从“新文化运动”开始？为什么要推动“新文化运动”，又必须进行“文学革命”？如果说“新文化运动”是“文化自觉”的表现，“文学革命”是“文学自觉”的表现，那“文化自觉”与“文学自觉”之间到底存在怎样的关系？

“五四”首先是一场文化变革，这毋庸置疑。陈独秀之所以决定放弃暴力革命，而潜心在上海办一份杂志，正是源于对此前诸次变革或革命的失望。正如熟悉中国近代史的学者所常论到的，无论是洋务派着力于器械的变革，改良派主张在清政府内部进行的制度改良，还是革命派彻底推翻晚清统治以进行制度的彻底更换，都没能逃脱失败的命运。正如有学者所指出的：“二次革命失败之后，对政治的厌倦感和失败感是整个知识界的主调，大部分知识精英不仅是失去了参与政治的机会，同时也对民元以后种种狂热的政治实践产生了根本性的怀疑。”① 以陈独秀为代表的一批知识分子认为，如果不从文化上对中国进行彻底改革，不从精神上对中国人进行彻底批判，这样的失败还会接踵而来。因而，陈独秀的这本《新青年》也不同于此前的时政评论类杂志，而是“将思考从政治意义上的‘权利’转向文化意义上的‘人生’和‘信仰’”，着重“道德重建和精神重建”②，即推动思想革命和伦理革命，实际上就是一场文化革命。陈独秀在新文化运动中的理论主张被其总结为“德莫克拉西（Democracy）和赛因斯（Science）两位先生”，他认为“要拥护那德先生，便不得不反对孔教，礼法、贞节、旧伦理、旧政治；要拥护那赛先生，便不得不反对旧艺术、旧宗教。要拥护德先生又要拥护赛先生，便不得不反对国粹和旧文学”③，这里面有一个很重要的逻辑，就是“要拥护德先生又要拥护赛先生，便不得不反对国粹和旧文学”，把文学上升到推动新文化运动的核心手段。因此，胡适后来在总结陈独秀的贡献时也说道，“把伦理道德政治的革命与文学合成一个大运动”④ 是其三大贡献之一。

应该说，把文学作为实现思想启蒙、文化启蒙的主要手段并不是陈独秀一个人的选择。“五四”时期最突出、最重要的现象，就是许多有识之士原本对文学本身不感兴趣，但大家都不约而同地关注文学，都不约而同地选择用文学来改造中国的国民性。客观地说，其实并没有那么多人真正喜欢文学，但“弃医从文”的确成为一代人的选择：胡适原本学农，田汉学过海军和教育，徐志摩在美国学的是经济，阿英学的是土木工程，郁达夫

① 杨早. 清末民初北京舆论环境与新文化的登场［M］. 北京：北京大学出版社，2008：144.

② 李怡. 日本体验与中国现代文学的发生［M］. 北京：北京大学出版社，2009：153.

③ 陈独秀.《新青年》罪案之答辩书［M］//独秀文存：论文（下）. 北京：首都经济贸易大学出版社，2018：11－12.

④ 胡适. 五十年来中国之文学［M］//胡适全集：第2卷. 合肥：安徽教育出版社，2003：232.

先学医后学法律和经济，洪深学过陶瓷，夏衍学过电工技术，郑振铎是铁路管理学校毕业，丁西林是著名的物理学家，等等。中国几千年的文学从未像“五四”时期那样，受到如此空前的重视，几乎所有的有识之士都把眼光和兴趣集中到了文学上面。

类似的例子还有《新青年》与文学的关系。作为开启中国社会历史现代转型的第一刊物，《新青年》在中国的现代化进程中起到了无可替代的作用。它对新旧文化的辨析与传承，对新思想、新伦理、新道德的关注和讨论，是其他任何一个刊物都不能比拟的。在《新青年》开启现代中国社会历史转型、营造强势的新的文化生态的同时，中国文学也迅速地完成了自己的转型。《新青年》把新文化与新文学不可分割地凝结在一起。《新青年》本身并不是一个文学刊物，但是“五四”新文学乃至整个20世纪的中国文学，都与其有着密不可分的关联。因此，有学者评价说：“与其说‘文学革命’是《新青年》精彩的‘转身’，不如说是陈独秀等人终于为这场蓄谋已久的思想启蒙运动找到了最合适的切入点和最有力的抓手。这就决定了在《新青年》上所掀起的文学革命，是期望通过文学的力量达到智识启蒙的目的，最终是为了拯救深陷于内忧外患的民族危机。”①

具体到新文学的创作，新文化运动与文学革命的内在关系依然是千丝万缕。“问题小说”的提倡和实践就是一个很有意思的表征。胡适的《建设的文学革命论》（1918年4月）是对其《文学改良刍议》的一个深入阐释，虽然该文依然重在强调文学的形式创造，但谈及文学的取材时提到：“即如今日的贫民社会，如工厂之男女工人，人力车夫，内地农家，各处大负贩及小店铺，一切痛苦情形，都不曾在文学上占一位置。并且今日新旧文明相接触，一切家庭的惨变，婚姻痛苦，女子之位置，教育之不适宜……种

① 刘勇．思想启蒙与《新青年》的文学立场［J］．山东师范大学学报（人文社会科学版），2015，60（5）：1－8．

种问题，都可供文学的材料。”① 虽然胡适没有直接提出“问题小说”的概念，但强调对社会人生问题的关注，已经触及“问题小说”的根本问题。真正明确提倡“问题小说”的写作并予以具体规定性的是周作人，他在1919年2月发表《中国小说里的男女问题》一文。在这篇重要的理论性文章中，他通过与旧文学中的“教训小说”做比较，提出了“问题小说”的价值取向和书写重点。周作人认为“问题小说”就是“论及人生诸问题的小说”，和传统的“教训小说”很不一样，“凡标榜一种教训，借小说来宣传他，教人遵行的，是教训小说。提出一种问题，借小说来研究他，求人解决的，是问题小说。问题小说有时也说出解决的方法，但与教训小说截然不同。教训小说所宣传的，必是已经成立的，过去的道德。问题小说所提倡的，必尚未成立，却不可不有的将来的道德。一个是重申旧说，一个是特创新例，大不相同”②。正是在胡适、周作人等人的大力提倡下，“问题小说”的写作者们通过文本探讨了大量的触及时代脉搏的社会问题，诸如妇女的平等与命运问题，青年恋爱的自由与出路问题，劳工的地位与生存问题，儿童的教育问题，以及大量人生意义的相关命题。就此而言，正是这些写作者们“以其受过五四新文化运动洗礼的敏感意识观照和审视社会人生”③，新文化运动的命题和文学革命的书写内容取得一致，互为表里。

所以说，“五四”既是文学的，又是文化的。一方面，作为“文化自觉”表征的“五四”新文化运动是一个开启，是一个平台，是一个崭新的文化时空，它直接导致了文学革命的发生。有学者甚至认为，如果没有“五四”新文化运动开拓出的这样一种新的文化氛围，这样一种巨大的文化时空，“不要说为其标榜的新文化，就连那些与它这种新文化同时应运而生

① 胡适. 建设的文学革命论 [M] //胡适文集：2. 北京：北京大学出版社，2013：49.

② 周作人. 中国小说里的男女问题 [M] //陈子善，张铁荣. 周作人集外文：上集. 海口：海南国际新闻出版中心，1995：299.

③ 官志红，欧阳锋. 论中国现代问题小说的生成及其公共性镜像 [J]. 求索，2013 (11)：126－128.

的众多不同子文化的出现，都将是不可能的，它们都是这一历史情势下必然出现的结果。没有这样一个动力，没有这样一种开拓创造的实际效果，后来不断发展的各种新的文化都是不可能存在和发展的”①。当然，如果没有“五四”新文化运动，文学革命自然也很难出现。另一方面，作为“文学自觉”表现的“五四”既是一场意义深远的文学变革，它在中国文学的主题、内容和形式等方面进行了开创性的革命；也是中国历史上一场空前的文化大革新的组成部分，有力地冲击和扫荡了封建思想，对中国人的思想大解放，对促进中国社会的进步，都有极重要的影响。② 可以想见，如果没有文学革命对白话文学的大力提倡，没有白话文学把民主、科学等理念对大众进行审美输送，新文化运动很难在社会上引发后来那么大的反响。陈独秀在创办《新青年》之初，认为他的刊物在十年左右将发生重大影响。然而，因为有了“文学革命”的推动，短短几年之内，《新青年》便成为中国最重要的刊物，而刊物所承载的“新文化运动”也出人意料地顺利。朱寿桐的概括也许更为精当：“如果说，五四新文化运动的诸多能量推动了中国新文学的产生与发展，显示着新文学与新文化运动之间必然的历史联系，那么，新文化运动所倡导的‘民主与科学’的时代主题，决定了新文学的精神内涵与思想质地，显示着新文学与新文化运动之间必然的逻辑联系。”③所以说，“五四”新文化运动和“五四”文学革命是一枚硬币的两面，互为你我，缺一不可。换句话说，“文化自觉”开启了“文学自觉”，而“文学自觉”最终的走向还是“文化自觉”。

文学自觉与文化自觉的关系如此紧密，一方面跟文学自身的特点有关，无论是中国文学还是世界文学，文学的命运始终与文化思想的变革紧密相

① 孔范今. 如何认识和评价五四新文化运动［J］. 山东师范大学学报（人文社会科学版），2015，60（6）：1-8.

② 刘勇. 中国现代文学研究的视域与形态［M］. 北京：北京师范大学出版社，2008：24-25.

③ 朱寿桐. 五四新文学发生的内在必然性［J］. 中国社会科学，2015（11）：28-36.

连。虽然稳定的社会环境会催生文艺作品在数量上的繁荣，然而文学的高度却往往诞生在动荡的时局之中。社会的动荡、文化的危机会最大限度地唤起知识分子的使命感和责任感。这种责任感和使命感到了晚清，在内忧外患的双重夹击之下，爆发得更加强烈、更加集中、更加典型。另一方面也跟中国知识分子身上特有的传统有关。在儒家文化的长期影响下，中国的知识分子大多都怀抱着一种“修身、齐家、治国、平天下”的责任感和远大抱负，文学于他们而言，从来都不只是抒发个人之情的工具，而是他们介入社会现实的一种文化自觉。

三、从“文化自觉”到“文化自信”

对于“五四”的评价存在这样一种倾向，很多学者认为“五四”虽然提出一些有价值的命题，推广了白话文的使用，推出了一些重要作家，也创作出了一批白话文学作品，但其过在于观点的激进、手段的极端，对西方文化亦步亦趋，对包括儒家在内的传统文化则一概持否定的态度，“桐城谬种，文选妖孽”“打倒孔家店”等口号未经理性审视，激情有余而深度不足，实则是一种文化激进主义的表现……此后中国人对于本土文化的不自信也源于“五四”对传统文化的极端排斥。这种貌似公允的论调暴露的恰恰是历史虚无主义的姿态，持论者并无回到历史现场讨论问题的意识，也缺乏穿透现象直击问题的能力。

首先，“五四”一代学人的极端正是出于不得不如此的策略。鲁迅曾形象地描述中国人的性情：“中国人的性情是总喜欢调和，折中的。譬如你说，这屋子太暗，须在这里开一个窗，大家一定不允许的。但如果你主张拆掉屋顶，他们就会来调和，愿意开窗了。没有更激烈的主张，他们总连平和的改革也不肯行。”① 在这样一种强大的文化惰性面前，在几千年根深蒂固、盘根错节的文化阻力面前，如果不采取相对极端的姿态和方式，很难有所突破。这些学者何尝不知道自己的态度激进，鲁迅一个天天抄古碑的人劝别人少读甚至不读中国书，但如果没有这种决绝的姿态和一往无前的勇气，传统的文化阵营又如何能撼动分毫，更大的可能是陷于不但没有人赞同、连反对的声音都没有的境地。胡适就坦承自己的态度还是太温和，如果按自己的“态度做去，文学革命至少还须经过十年的讨论与尝试。但陈独秀的勇气，恰好补救了这个太持重的缺点”②。正如有学者所论：“矫枉过正的做法是五四先驱者们的策略性选择，非如此便难以启动历史车轮的前行，不会打破中国历史所具有的那种超稳定的结构。”③ 假如这种“矫枉过正”的策略让中国人就此丧失了文化自信，那除了证明我们的文化过于脆弱之外，还能说明什么？事实上，历史从来都不是由单一力量所推动的，在新文化运动推进的过程中，始终有学衡派、梁实秋等稳健的文化力量予以制衡，是他们的合力才造就了中国的现代文化。

其次，在“五四”学人激进的“姿态”背后是他们对传统文化的批判性反思和建设性整理。出于启蒙的需要，新文化运动的主将们必须直面自身文化结构和思想资源的缺陷，并予以批判和清理，因此他们的“姿态”显得决绝而无商量的余地。事实上，“五四”一代哪一个不是学贯中西、学养深厚？陈独秀是老革命党，新文化运动的领袖，也是中国共产党的创始人，但他晚年在狱中的音韵训诂学著作没有任何草莽和随意之处，完全一派严肃的学者风范。胡适虽然坚定地主张白话文必须取代文言文，但很快就提出“整理国故”，他对《红楼梦》和《水经注》的实证研究专业而富

---

① 鲁迅．无声的中国［M］//鲁迅全集：第4卷．北京：人民文学出版社，2005：14．

② 胡适．五十年来中国之文学［M］//胡适文集：3．北京：北京大学出版社，2013：229．

③ 孔范今．如何认识和评价五四新文化运动［J］．山东师范大学学报（人文社会科学版），2015，60（6）：1－8．

学理。鲁迅既是新文学最优秀的作家，但同时又是杰出的中国古典文学研究的学者，他撰写的《中国小说史略》至今仍是这一领域的权威之作。郭沫若学医出身，转而写新诗，再转而治史，他关于中国历史和甲骨文研究的成就至今仍是一座高峰。尤其是作为“五四”时代新文学旗手之一的周作人，他是白话文运动坚定的倡导者和实践者，也是“人的文学”理论的主要阐发者，但后来他却认为：“文学上的古文也如此，现在并非一定不准用古文，如有人能用古文很明了地写出他的思想感情，较诸用白话文字还能表现得更多更好，则也大可不必用白话的。”① 林语堂对语录体的提倡，实际上也是希望文言文以更自由的方式书写，从而在现代文学中留有一席之地。在所谓的封建复古派都不再公开提出要保留文言文的时候，周作人的观点特别耐人寻味。他对传统的珍视，更重要的是体现在审美趣味上，且不说他自己的散文直承晚明公安、竟陵余绪，他对别人的评价也强调对传统的继承。譬如他对俞平伯的散文风格大加赞赏，说：“这风致是属于中国文学的，是那样地旧而又这样地新。”② 说到底，“五四”学人从来没有真正放弃对传统文化的继承，在他们激进的姿态背后，始终保持与传统文化千丝万缕的联系。其实继承和创新的关系是一个问题的两个方面：没有继承就没有创新，继承越多，创新越多；当然，没有创新，也就无所谓继承。我们可以说，“五四”那代人最注重创新，又最懂得继承。③

再次，对传统的自我批判其实是文化自觉的表现，如果没有“五四”一代人的文化自觉，何来后来的巨星满天和文化自信?！有一种话语逻辑特别需要警惕：当国外有人批评中国文化时，就质问对方不是中国人，有什

① 周作人．儿童文学小论　中国新文学的源流［M］．止庵，校订．北京：北京十月文艺出版社，2011：64.

② 周作人．《杂拌儿》跋［M］//杨扬．周作人批评文集．珠海：珠海出版社，1998：236.

③ 刘勇．中国现代文学研究的视域与形态［M］．北京：北京师范大学出版社，2008：30.

么资格和水平对中国文化指手画脚；当中国人批评自己的文化时，又有人说，你不是中国人吗？有本事你别在国内待着啊！话语的强势往往是心理弱势的表现。既不允许别人批评，也不允许自我批评，恰恰呈现的是文化上的不自信。在我们看来，“五四”学人的反传统正是出于文化自觉，通过审视自身所处的文化传统，为中国文化的发展探寻一条可行之路。所谓自觉，就是意识到自己的不足，从而自我批判，从而找到解决之道。可以说，“五四”那代人最具有批判性，他们既最犀利无情地批判社会，又最无私地解剖自己。所以，当有人说鲁迅的文章犀利刻薄的时候，他们没有意识到，鲁迅的匕首首先面对的是自己，他从来没有把自己从所批判的国民性排除出去，其文是无情地自我解剖之后的结果。正是因为这种清醒的文化自觉，正是因为文化自觉后的自我批评和自我反思，新文学作家们才得以共同创造了现代文学及文化的辉煌。鲁迅曾在给台静农的信中谈到对诺贝尔文学奖的看法：“诺贝尔赏金，梁启超自然不配，我也不配，要拿这钱，还欠努力。”① 鲁迅的说法中既有谦逊的成分，也有对自我文学成就的清醒认识。但事实上，鲁迅在中国文化中的地位，并不需要一个诺贝尔奖来为其证明。作为对中国文化剖析最深、对中国现实表现最为深切的现代作家，他当之无愧是群星中最为灿烂的一颗。周作人既是文学革命最重要的理论家之一，也是中国最杰出的散文家。郭沫若一出手便是中国新诗的第一人，无论他后面写了多少趋时之作，《女神》在新诗史中的地位是无可撼动的。茅盾对现代中国全景式的呈现、巴金执着于中国家文化的洞察与批判、老舍集京味小说之大成、沈从文对湘西世界的咏唱和观照、张爱玲所书写的上海“创奇”等，共同撑起了现代文学的小说天空。除此之外，现代文学的30年里还有多少独具个人魅力的作家，有多少社团流派，有多少地域作家群和才子群。很多人无视或者不敢承认中国现代文化的成就，一是时间太近，

① 鲁迅. 致台静农［M］//鲁迅书信集：上册. 北京：人民文学出版社，1976：162.

二是时间太短。文化自信，既不能对自己传统的文化历史盲目拔高，但也不能对现有文化的成就视而不见。经过文化自觉阶段的中国新文学，是真正值得自信的现代文化。

同样的认识在中国当代文学领域同样有效。在相当长的一段时间里，在20世纪中国文学的领域中，当代文学的成就总是被认为低于现代文学，甚至学界流传诸如“研究古代文学的看不起研究现代文学的，研究现代文学的看不起研究当代文学的，研究当代文学的看不起研究网络文学的”之类的段子。段子归段子，但厚古薄今的倾向在学界的确一直存在。谢有顺在一篇文章中谈到，到了应该公正对待中国当代文学成就的时候了，“在我看来，当代文学的成就很多方面已全面超越现代文学——这么简单的事实，很多人都不愿意直面而已。除了短篇小说和杂文的成就，因为有鲁迅在，不能说当代超越了现代，但在长篇小说、中篇小说、诗歌、文学批评等领域，当代文学的成就显然已全面超越现代文学”①。我们并不是完全认同文章中关于当代文学成就全面超越现代文学的观点，基于各自研究领域的立场而得出的结论，见仁见智；而是认为，敢于直面和揭示学界一直以来普遍存在厚古薄今的潜在逻辑和因为逻辑带来的偏执认识，这本身也是一种文化自信。而这种文化自信，也是基于中国当代文学近40年来文化自觉的结果。随着政治上拨乱反正、经济上改革开放大幕的拉开，文化上的自觉反思和重建也随之开始。反映在文学领域，则有北岛、舒婷等朦胧诗人对“十七年”和“文革”诗歌表达方式的反叛以及新的表达方式的多样探索，刘心武、卢新华等小说作家直面政治运动给普通人带来的心灵伤痕，重回人道主义和现实主义的文学书写。整个20世纪80年代，有如一次“五四”文化启蒙和文学革命的重启，伤痕文学、反思文学、改革文学、寻根文学、现代派小说、先锋文学纷纷涌现，共同丰富了80年代的文学世界。值得一

① 谢有顺：到了该公正对待当代文学成就的时候了[EB/OL].(2017-11-23)[2019-01-20].http://www.chinawriter.com.cn/nl/2017/1123/c404032-29663403.html.

提的是1985年“20世纪中国文学”概念的提出和1988年“重写文学史”思潮的讨论。表面上看前者旨在打通中国近代、现代、当代文学之间的藩篱，后者则是对文学史上已成定论的经典作家进行重评；但其实这不仅是一两个学术概念的置换，也不仅是文学史作家的重排座次，而是对业已定型的审美范式和价值体系的反思与探寻，是尽可能还原文学史多样化和多元性面貌的努力，是清醒的文化自省和文化自觉。这种文化自觉改变的并不只是原有文学史的体例或面貌，而是对当时美学原则形成新的冲击和突破，为文学创作的进一步发展和繁荣营造了更为自由的文化空气。我们甚至可以说，莫言之所以能够获得诺贝尔文学奖，也是得益于20世纪80年代以来屡次文化和文学思潮所带来的美学滋养。

党的十八大以来，习近平总书记在多个场合谈到“文化自信”问题，认为“增强文化自觉和文化自信，是坚定道路自信、理论自信、制度自信的题中应有之义”。把“文化自信”作为“道路自信、理论自信、制度自信”之后的第四个自信，习近平对“文化自信”的提出和强调，既是对中国以往文化成就的肯定，也是对未来文化事业的一个期许。但我们依然要清醒地意识到，只有持续保持文学自觉和文化自觉，才可能创造出真正意义上的文化自信。

第二章

文体自觉与文学的格局发展

从晚清开始，中国进入了由传统走向现代的转型期，各种思潮、各种学说、各种理论纷纷登上历史舞台，这些思潮和理论有的源于中国本土，有的是西方舶来品。“五四”新文化运动是这一转型期和冲突交流期的重要节点。这既是一个热血激荡、思想解放的年代，也是一个文学革命、文化革新的年代。古今中外的交汇、民主与科学的启蒙、马克思主义的引入，推动了人的自觉、人民的自觉，同时也促成了文学的自觉、文体的自觉。

何为“文体”？罗杰·福勒指出：“文体即表达方式，可用语言学的术语来描述它，它之所以具有存在的理由和价值是由于非语言的因素的缘故。”① 童庆炳先生认为：“文体是指一定的话语秩序所形成的文本体式，它折射出作家、批评家独特的精神结构、体验方式、思维方式和其它社会历

① 福勒. 现代西方文学批评术语词典 [M]. 袁德成，译. 成都：四川人民出版社，1987：269.

史、文化精神。”①

在《文学改良刍议》《文学革命论》中，文体改良都是文学改良的重要组成部分，这种有意识的文体改良后来又发展成文体自觉。在现代文学30年中，“文体自觉”在小说、散文、诗歌和戏剧等方面都有新的表现。可以说，文体自觉，拓宽了文学的发展格局，推动中国现代文学逐渐形成了新的表现形式、新的话语体系、新的思想内涵、新的审美风格。

一、小说：画出沉默的国民的灵魂

19世纪中期以来，中国被西方的坚船利炮打开了国门。中国知识分子从“天朝上国”的迷梦中逐渐清醒，“老大帝国”难以挽回的衰落和西方文明的强势崛起不仅影响了世界的政治经济格局，更引发了文化的冲突和文学的论争。在关于文学与文化的论争中，“小说”这一文体完成了由古代到现代的转化，并成为“文学之最上乘”。

“小说”这一概念最早出现于《庄子·外物》，主要是指琐屑、道听途说之言。六朝时期出现了《搜神记》《世说新语》等野史杂说。作为文学体裁意义上的“小说”在唐代出现，当时叫作“传奇”，宋人将说话中长篇讲史的文学称为“讲史”，短篇而又描写当时事情的称为“小说”，此后“小说”的文体概念不断扩大，从明代开始，小说也包含长篇了。在中国古代，“小说”这种文体主要包括志人、志怪、传奇、话本、讲史、说话、说部等文学样式。

中国古代小说的发展经历了三大阶段：第一次是唐人“始有意为小说”，代表作有《柳毅传》《莺莺传》《李娃传》《霍小玉传》等。第二次是宋代话本、拟话本文学的繁荣。尽管有这两次繁荣，但是在中国古代文学

① 童庆炳. 文体与文体的创造［M］. 昆明：云南人民出版社，1994：1.

的观念与实践中，“诗”“文”仍然是文学的上乘，小说多被视为游戏之作。直到晚清“五四”时期，由于思想家和作家看重小说对于开启民智、改造国民性的巨大作用，如梁启超在《论小说与群治之关系》一文中所讲的“欲新一国之民，不可不先新一国之小说”①，小说的社会地位逐步提高，古代小说迎来了第三大发展阶段，也迎来了现代的曙光。

“五四”是中国现代文学的质变点和高峰，“五四”以来的许多进步作家，以小说为重要载体，激烈批判中国传统思想和道德，用民主和科学来启蒙群众。其中，国民性是现代小说的重要关切点。

数千年来的封建积弊和严密的礼教控制，导致绝大多数中国人麻木不仁、愚昧落后、民智未开，对自我缺乏理性的认识，对民族在世界中的位置漠不关心。许多现代作家对此有着深刻的体察，他们将国民所面临的生死存亡的形势、国民在弱肉强食的现代世界里浑噩懵懂的危险、国民性与国家民族进步的关系、国民性与人性的思考融进了自己的笔端。以文艺特别是以小说改造国民性，是中国现代文学的一个突出特质。

鲁迅在日本留学时，曾观看一部关于日俄战争的影片，片中的中国人愚弱不堪，鲁迅难以释怀，最终弃医从文。鲁迅的短篇小说《狂人日记》是现代中国的第一篇白话小说，一向被视为中国现代文学的开篇之作，它以特殊的体裁、独特的意象揭露了中国封建礼教几千年来的吃人本质，表现了作者对旧制度、旧文化的深恶痛绝，包含了巨大的思想容量和深广的历史反思，在中国现代文学史上留下了一座永恒的丰碑。

在文体意义上，《狂人日记》采用了中国古代小说从未有过的日记体。它借鉴了果戈理同名小说的创作形式，以日记体来展开情节，以内心活动来刻画人物，寓实于虚，虚实结合，表现了强烈的现实批判性。在叙述角度上，以“狂人”的视角，以第一人称展开叙述。在语言形式上，文白结

---

① 梁启超．论小说与群治之关系［M］//王蘧常．梁启超诗文选注．北京：人民文学出版社，1987：244.

合，小说的序言采用了文言文，正文则使用了白话文。在文体意义上，我们也可以强烈地感觉到一种疏离感、陌生感。这种感觉主要来源于现代性的意象和写作手法。这部作品通篇也显示出中国现代小说所具有的“悲凉”特质。

画出沉默的国民的灵魂，必须提到鲁迅的另一篇代表作《阿 Q 正传》。阿 Q 贫穷卑微，地无一垄，房无一间，受着物质与精神的双重压迫，受着赵老太爷、假洋鬼子、赵秀才各色人等的欺辱，却常以“精神胜利法”自慰，糊里糊涂地参加革命，最后被处死。《阿 Q 正传》发表后不久，茅盾就给出了高度评价：“我们读这篇小说的时候，总觉得阿 Q 这人很是面熟，是呵，他是中国人品性的结晶呀！”①

“写什么”和“怎么写”在鲁迅的小说中实现了高度统一。在“表现的深切”的同时，鲁迅的小说总是呈现出“格式的特别”，两者互为彼此、密不可分。“格式的特别”即是其特别的文体意识和文体实践。除了《狂人日记》和《阿 Q 正传》，鲁迅还创作了《药》《孔乙己》《风波》《一件小事》《社戏》《故乡》《祝福》《在酒楼上》《伤逝》等小说，正如唐弢先生所说，这些小说一篇有一篇的样式。

“开放性”“多元性”，这是“五四”时期小说文体的基本特征。鲁迅小说之外，“五四”时期还出现了“问题小说”“乡土小说”“感伤小说”“自叙传小说”等文体样式，出现了“新潮社”“文学研究会”“创造社”等文学团体，这一时期的代表小说家有冰心、王鲁彦、彭家煌、台静农、郁达夫、成仿吾、张资平、丁玲、庐隐、叶圣陶、许地山、王统照等。

“问题小说”与“五四”时期的启蒙主义、个性主义、现实主义思潮紧密相关，旨在探讨人生和社会问题，如婚恋自由、妇女解放、教育问题、劳工问题、青年知识分子的出路、军阀混战、国民疾苦等。“乡土小说”取

① 茅盾. 通信 [J]. 小说月报，1922，13 (2).

材于作家们的故乡风物，具有浓厚的地方色彩，不仅寄予了作家的乡愁，又揭露了农村宗法制的种种弊端，更延续了鲁迅对国民性的思考。如王鲁彦的《菊英的出嫁》描写了浙东地区的冥婚习俗，愚昧中蕴含着浓浓的母爱；台静农的《拜堂》描写了寡嫂与小叔子拜堂成亲的故事，表现了封建旧思想对乡村社会的控制和戕害。

20世纪20年代末到30年代，“五四”文学革命逐渐转为左翼革命文学。这是中国共产党领导的一场进步文化运动，是“五四”时期引入的马克思主义在文学领域的新表现，是文学政治化、阶级化、大众化的新尝试。左翼小说的代表作家有茅盾、萧红、蒋光慈、冯雪峰、丁玲、柔石、胡也频、冯乃超、郑伯奇、郁达夫、钱杏邨、洪灵菲、徐殷夫、朱镜我、周冯铿、沙汀、艾芜、萧军、端木蕻良、舒群、叶紫、张天翼、聂绀弩、七月派作家等。

萧红，生于1911年，病逝于1942年，卒年31岁。她是左翼作家的重要代表，也是“东北作家群”的重要代表，被誉为“30年代文学洛神”。

广阔肥沃又动荡不安的东北大地，既孕育了生民的坚强，也充满了死亡的挣扎。同时，生存环境的贫穷与闭塞、精神状态的麻木与愚昧，导致形成落后的、“吃人”的国民性格和价值观念。萧红继承了“五四”以来的国民性批判传统，在《生死场》《呼兰河传》等小说中对东北乡村鬼鬼神神、漠视女性、看客心理、封建习俗等进行了深入的揭露，但她对国民性的批判不似鲁迅犀利、激烈，身为一名女作家，她以女性特有的视角审视人性、思考人生，充满了悲情的意蕴、寂寞的色彩。

《生死场》是一部现实主义小说。胡风在《生死场》的读后记中高度概括了文中的国民性：“蚊子似地生活着，糊糊涂涂地生殖，乱七八糟地死亡，用自己的血汗自己的生命肥沃了大地，种出食粮，养出畜类，勤勤苦苦地蠕动在自然的暴君和两只脚的暴君的威力下面。”① 但是，死气沉沉的国民，也孕育着新的觉醒，孕育着生的希望。以日本入侵东三省为转折，村民们走上了抗日救亡的道路。

在文体意义上，萧红的小说体现了诗化、散文化的创作倾向，表现出浓郁的抒情化的审美风格，让读者看到，原来生死、原来人生是可以这样写的。

20 世纪 20 年代末到 30 年代，与左翼小说共立于文坛的还有京派小说、海派小说等。

虽名“京派”，但京派小说却没有明显的地域特征。它推崇自然、和谐、静穆的文学观念，代表作家有废名、沈从文、陈梦家、萧乾、汪曾祺、凌叔华等。“京派作家在语言、文体、表现形式方面多样化的实验，突破了小说的艺术成规……其中尤以沈从文、废名为最”②。沈从文“叙述方式灵活多变，看似漫无边际实又操纵自如”，废名“对语言的使用吝啬到了极点，他的小说几乎不肯多要一个字”③。

海派小说，是植根于上海文化的文学形式。“新感觉派”是海派作家的重要组成部分，代表作家有施蛰存、刘呐鸥、穆时英等。“新感觉派”受西方弗洛伊德和日本横光利一等人的影响，运用蒙太奇、潜意识、分镜头等手法，拓展了现代小说的文体形式。“新感觉派”以光怪陆离的都市生活为主要表现对象，但其中也不乏对国民性的描写，如《石秀》《将军底头》等。

20 世纪 40 年代，解放区文学、国统区文学、“孤岛”（主要指上海沦陷区）文学在小说文体上有了新的表现。

解放区作家在“文学为政治服务、为工农兵服务”的方针指引下，在

---

① 胡风．读后记［M］//萧红．呼兰河传．武汉：华中科技大学出版社，2015：131.

②③ 刘勇．中国现代文学研究的视域与形态［M］．北京：北京师范大学出版社，2008：112.

文体上进行了积极的探索，赵树理、孙犁、周立波、丁玲、柳青是其中的代表。在以赵树理为代表的“山药蛋派”笔下，国民主要是指农民，这些农民质朴生动，这些小说文风新鲜，具有浓郁的民俗特色和民族特色；以孙犁为代表的“荷花淀派”语言清新、情景交融，既有坚定的革命性，又表现出优美的抒情性。

国统区文学发展和丰富了讽刺小说、追忆小说、通俗小说等文体样式：讽刺小说通过讽刺“官性”（如张天翼、沙汀的小说）和“知识分子性”（如钱锺书的《围城》），批判了后方官场的黑暗腐朽、西化知识分子的荒诞可笑，拓展了国民性的表现视野；冯至、师陀等用散文诗的语言和意境来追忆人生、书写岁月，代表作有《伍子胥》。

从文体上看，“孤岛”文学最大的成就是通俗小说，代表作家为张爱玲。她的小说以男女感情、“庸人俗事”为主要描写对象，呈现出大雅大俗、亦中亦西、又新又旧的文体特征，代表作有《金锁记》《倾城之恋》《沉香屑·第一炉香》《半生缘》《小团圆》等。

二、散文：追求生命的自由与个性

自由主义、个性主义是“五四新文化运动”中最重要的思潮，它寻求生命的独立与自由，追求个人思想和生活的全面解放，反对封建礼教强加给人的种种束缚，这种思潮深刻地镌刻进中国现代散文中，赋予散文这种文体以新的形式和意义。同时，白话文运动为文学语言带来了新的变化，散文从文体到内容均开始发生改变。

在中国古代，“文”是最重要的文学体裁之一，也是使用范围最广、实用性最强的文体，和诗歌、小说、戏剧等文体相比，文章内容上更讲求真实。从语言形式上讲，“文”可以分为散文、韵文、骈文三种形式，这三种形式在文学史上交错发展，如具有深远影响的唐宋古文运动就是一场提倡古文、反对骈文的运动。

中国古代散文的概念非常广泛，除去骈文和韵文的文章都可以称为“散文”。散文根据表达方式和写作内容的不同，可以分为抒情散文、记叙散文、议论散文和山水游记散文等。《庄子》《论语》《左传》《战国策》《国语》《史记》《孟子》《荀子》《吕氏春秋》等是我国古代散文的典范。其中，《庄子》最具抒情性，想象力丰富，语言风格汪洋恣肆；《孟子》善于说理论辩，论说形式丰富多样。

注重散文的社会性、实用性和注重文学对个人性灵的抒发是中国古代文学中两种不同的观念。郁达夫认为：“现代的散文之最大特征，是每一个作家的每一篇散文里所表现的个性，比从前的任何散文都来得强。”① 朱自清指出，“五四”时期的散文“有种种的样式，种种的流派，表现着，批评着，解释着人生的各面。迁流曼衍，日新月异：有中国名士风，有外国绅士风，有隐士，有叛徒，在思想上是如此；或描写，或讽刺，或委曲，或缜密，或劲健，或绮丽，或洗炼，或流动，或含蓄，在表现上是如此”②。

鲁迅，不仅是中国现代小说的伟大开创者，还是中国现代散文的重要奠基人。他的散文收录在《野草》和《朝花夕拾》两部作品中。在文体上，《野草》是现代诗化散文的典范，共收录了创作于1924年至1926年的《秋夜》《影的告别》《求乞者》《希望》《过客》《颓败线的颤动》《这样的战士》等23篇作品。这些作品以象征的方式表现痛苦、冷峻、深邃的哲理，既赞美坚定的战斗精神，又夹杂着矛盾心理；既对社会、对军阀、对国民性进行了无情的批判，又对自我进行了深刻的解剖，具有鲜明的个性特征。

在文体上，《朝花夕拾》是现代回忆体散文的典范。《朝花夕拾》原名《旧事重提》，主要回忆了作者少年的故乡生活和青年的求学经历，既有儿

---

① 郁达夫. 中国新文学大系：散文二集［M］. 上海：上海良友图书印刷公司，1935：导言5.

② 朱自清. 论现代中国的小品散文［J］. 文学周报，1928（345）.

童的纯真视角，又有知识分子对人生和社会的关切，还有对腐朽制度和文化的批判。文章夹叙夹议，简约灵动。

“语丝社”是以散文创作为主的现代文学社团，因《语丝》周刊而得名，创立于1924年11月，主要成员有周作人、鲁迅、孙伏园、林语堂、刘半农、钱玄同、江绍原等。鲁迅的杂文和周作人的小品文是其中的两大代表。

在文体上，周作人开创了一种“谈话式”的散文。他的散文以娓娓而谈的行文方式，自然而然地把自己放进去，在叙述时如行云流水般流畅，语言简明真实，平淡而有意味，蕴含着闲适的生活态度，蕴含着他的性格和情趣。当代学者刘绪源认为，周作人的散文体现了谈话式的文风，这种“谈话风”不仅是最为本色的，最能体现作者性格和真实的心境，同时也是最为综合的，它不让作家只专注于某一项，而要让小说的、诗的、文学理论的和其他领域的知识巧妙地融入“自己的性情里”①。

追求生命的自由与个性，是包括鲁迅、周作人在内的大部分作家的散文理念，“五四”以降，逐步发展出记叙散文、议论散文、抒情散文等现代文体样式。从内容上看，又可以分为杂感短评、游记散文、通讯散文、小品文、报告文学等文体样式。朱自清、梁实秋、丰子恺、郑振铎、俞平伯、鲁彦、沈从文、巴金、冰心、陈西滢、瞿秋白、靳以、冯沅君、柯灵、唐弢、钟敬文、徐懋庸、李广田、阿英、吴伯箫、邵洵美、章克标、曹聚仁、陆蠡、丽尼等作家在上述领域都进行了积极的探索和创作。

朱自清，现代文学家、学者、民主战士。他的散文，既有记叙，又有议论，亦多抒情，语言平实，文笔清秀，感情真挚，代表作有《背影》《荷塘月色》《桨声灯影里的秦淮河》等。受西方新人文主义特别是白璧德主义的影响，梁实秋认为散文是人性的产物。在《文学与革命》《文学是有阶级

---

① 周作人.《近代散文抄》序［M］//钟叔河. 周作人文类编：本色. 长沙：湖南文艺出版社，1998：389.

性的吗?》等文章中反对文学的阶级性。

1932 年,《论语》在上海创刊,这标志着一个新的文学流派——“论语派”的诞生,代表人物有林语堂、周作人、邵洵美、潘光旦、陶亢德、李青崖等。“论语派”标榜“以自我为中心,以闲适为笔调”,提倡“无所为的幽默小品文”①,主张“文章者,个人性灵之表现”②,所办刊物除了《论语》,还有《人间世》《宇宙风》等。

林语堂是“论语派”的灵魂人物,代表作有散文集《吾国吾民》《生活的艺术》《人生的盛宴》等。在创作理念上,他主张:“乃得语言自然节奏之散文,如在风雨之夕围炉谈天,善拉扯,带情感,亦庄亦谐,深入浅出,如与高僧谈禅,如与名士谈心,似连贯而未尝有痕迹,似散漫而未尝无伏线,欲罢不能,欲删不得,读其文如闻其声,听其语如见其人。”③

1937 年抗日战争全面爆发后,为反映战场的形势和全国人民的斗志,通讯散文、报告文学繁荣起来,“成了战时文艺的主流”。在国统区,代表作家作品有范长江的《卢沟桥畔》、祖澄的《孤军八百》、萧乾的《血肉筑成的滇缅路》、夏衍的《广州在轰炸中》等;在解放区,有孙犁的《荷花淀》、茅盾的《白杨礼赞》、沙汀的《随军散记》、丁玲的《田保霖》、草明的《他没有死》、何其芳的《老百姓和军队》等。随着抗战进入相持阶段,国民党后方社会的黑暗持续暴露出来,以聂绀弩为代表的作家创作了许多讽刺杂文。此外,以梁实秋的《雅舍小品》、沈从文的《湘西》为代表的抒情散文在这一时期继续发展,并呈现出新的风姿。

---

① 林语堂. 编辑后记:论语的格调 [J]. 论语,1932 (6).

② 林语堂. 论文 [J]. 论语,1933 (15).

③ 林语堂. 小品文之遗绪 [M] //林语堂. 闲情偶寄. 西安:陕西师范大学出版社,2008:93.

三、诗歌：捕捉心灵的悲欢的跃动

在古今文体变革上，“新诗的出现于传统诗歌的对应太鲜明、相差太悬殊了。新诗乃是从古代社会向现代社会转变过程之中变化最大的一种文体，它是完全新生的”①。

中国是一个诗歌的国度，从最古老的《弹歌》到清末的“诗界革命”，发展脉络十分丰富。中国古代诗歌按音律分，可分为古体诗和近体诗，古体诗是指唐代以前的古诗、骚体诗、乐府诗、歌行体诗，近体诗主要包括律诗和绝句；按作品内容分，可以分为咏物诗、送别诗、边塞诗、怀古诗、闺怨诗、讽刺诗、山水田园诗等；按作品内容的表达方式分，又可分为抒情诗、叙事诗。广义来讲，古代诗歌包含诗、词、曲等多种形态。

古代诗歌在形式上的要求非常严格，讲究平仄、对仗、起承转合。其创作手法丰富多变，主要包括抒情手法、描写手法和修辞手法等。直接抒情和间接抒情是抒情手法的两种基本方式；描写手法主要有情景交融、对比、想象、托物言志、象征、用典、白描和细节描写等；修辞手法主要包括比喻、借代、拟人、对偶、双关和设问等。

不同时期的诗歌表现出不同的文化特色，如唐诗重情，宋诗重理。著名古代文学研究学者启功先生等老一辈学者曾说过，唐以前的诗是长出来的，唐代的诗是喊出来的，宋代的诗是想出来的，宋以后的诗是仿出来的。这是对各朝代诗歌发展状况的生动概括。同时，老一辈学者所说的“宋以后的诗是仿出来的”也表明：中国古代诗歌到明清时期遇到了难以突破的瓶颈，旧体例、旧意象、旧写法已经难以“捕捉心灵的悲欢的跃动”。旧诗的困境、西方诗歌的东来、白话文运动的兴起、社会形势的变动，为新诗

① 刘勇. 中国现代文学研究的视域与形态［M］. 北京：北京师范大学出版社，2008：348.

的文体自觉和内容革新提供了新的契机和基础。

胡适是中国现代新诗的最初倡导者。他出版于1920年的《尝试集》，是中国第一部新诗集。正如诗集的名字所表示的，他的新诗创作，带有很强的尝试性。这种尝试，让新诗在文体上取得了重大突破。以《鸽子》为例：

云淡天高，好一片晚秋天气！
有一群鸽子，在空中游戏。
看他们三三两两，
回环来往，
夷犹如意——
忽地里，翻身映日，
白羽衬青天，十分鲜丽！

这是一首自由体的白话诗，没有古代诗歌中严格的对仗、平仄和意象，而是以直白晓畅的语言，勾勒出鸽子在天空中的姿态，蕴含了诗人对生命淡淡的欢喜和对自由真切的向往。与《鸽子》类似，《尝试集》中的其他诗篇或许文学性不足，这在当时引发了一些批评；但是，它们生动地展示了中国诗歌由古代向现代过渡的关键一步，为打破古代诗歌文体的束缚、实现新诗文体的解放做出了重要探索。

与胡适不同，郭沫若的诗歌以狂飙突进的气质和青春奔放的气息，和着心灵的节拍，呈现出热烈的悲欢和紧张的跃动，成就了前所未有的“诗体大解放”，为“五四”以来的白话新诗开创了新的文体样式。1919—1921年，他创作了《凤凰涅槃》《女神之再生》《炉中煤》《地球，我的母亲!》《天狗》等诗歌，这些作品具有丰富的想象力和强烈的浪漫主义、理想主义精神，后被收录到诗集《女神》中，《女神》是现代白话新诗的典范之作。

郁达夫认为："完全脱离旧诗的羁绊自《女神》始。"①

"新月派"是20世纪20年代中国文坛上出现的一个重要流派，代表作家有徐志摩、闻一多、胡适、梁实秋、朱湘、卞之琳、方玮德等，他们多有留学英美的背景，主张诗歌的"音乐美""绘画美""建筑美"。以1927年为界，"新月派"可分为前后两个时期，前期以北京的《晨报副刊》为阵地，后期以上海的新月书店、《新月》月刊为阵地，他们强调文学的超功利性和纯粹性。

"新月"主将徐志摩，是一位充满才子气的诗人。他生于浙江富足之家，曾赴剑桥大学留学，心灵纯真、热情。他的诗作，如《再别康桥》《雪花的快乐》《沙扬娜拉》《翡冷翠的一夜》等，既自由灵动、感觉敏锐，又生动诠释了新月派的"三美"主张，有力推动了新诗格律化的发展。

象征主义赋予中国现代新诗以崭新的文体样式。象征主义诗歌，善用朦胧昏暗的意象，用暗示与隐喻表达情感与思想，思维跳跃，别开生面。李金发是象征主义诗歌的开创者和代表人物。朱自清曾评价李金发的诗"不注重形式而注重词的色彩与声音"，"穿透熟悉的表面向未经人到的底里去"②。

戴望舒的创作代表了从新月派向现代诗派的过渡。"现代诗派"，得名于1932年创刊的《现代》杂志，代表诗人有戴望舒、施蛰存、卞之琳、何其芳等。他们受西方现代主义的影响，主张"纯粹诗歌"的理念，同时他们也注意将中国古典诗歌的创作技巧和意象融入到现代诗歌中来。"现代诗派"是对新月派、象征主义诗歌的继承与发展。

20世纪30年代末到40年代中期，新诗进入"艾青的时代"。"艾青诗歌的出现，集现实主义的本真、浪漫主义的抒情和现代主义的象征之大成，

① 郁达夫．女神之生日［N］．时事新报·学灯，1922－08－02．

② 朱自清．朱自清诗言志辨；朱自清新诗杂话［M］．长春：吉林人民出版社，2013：220，284．

标志着中国现代新诗走向世界。”① 他是一位进步诗人，早年参加了左翼文艺组织，抗战全面爆发后来到延安。他的诗歌感情真挚、气势开阔，富于革命性，代表作有《大堰河——我的保姆》《我爱这土地》《北方》《向太阳》《火把》等。

“九叶诗派”又称“中国新诗派”，形成于20世纪30年代末的抗战时期，主张将现实主义与现代主义结合起来，在艺术上强调“明快、朴素、健康、有力”，代表诗人有穆旦、郑敏、杜运燮、袁可嘉、杭约赫、辛笛、方敬、陈敬容、唐祈等。九叶诗人“对现代新诗在现代主义及创作实践上进行了更为系统和深入的探索，使现代新诗在表现现代人的情绪和审美情趣等方面达到了新的深度与高度”②。

穆旦，是“九叶诗派”的旗帜人物。他的诗歌含蓄深沉，文风冷静，意象新颖而蕴藉，既有诗意又有哲理，充满了内心的敏感与复杂的情感，写出了自己对外部世界的独特体验，代表作有《赞美》《哀悼》《春》《诗八首》等。

无论是胡适的尝试还是郭沫若的狂飙突进，无论是“新月派”的格律化主张还是李金发等人的象征主义实践，无论是戴望舒的过渡还是艾青的成熟、九叶诗人的深入，诗人们都既有小我的悲欢，又有大我的跃动，既关注内心的思辨、人生的哲理，又关心人民的疾苦、民族的命运，用一颗颗真挚的心灵探索着中国现代新诗的发展格局，丰富了中国新诗的文体表达。

四、戏剧：演绎时代的冲突与沉浮

中国是一个戏剧大国，各种地方戏源远流长、种类繁多、精彩纷呈。

---

①② 刘勇．中国现代文学研究的视域与形态［M］．北京：北京师范大学出版社，2008：349.

但现代戏剧之于中国，却是一个舶来品；中国现代话剧的诞生和发展，离不开外来文化的影响。

先秦时期中国就出现了戏剧的萌芽，它的形成和发展吸收了古代文学、古代歌舞、说唱艺术、民间技艺等的丰富滋养。《论语》中有“乡人傩，朝服而立于阼阶”的叙述，这就是后世“傩戏”“傩舞”的原始形态。汉朝民间流行着一种名为“角抵”的竞技性演出，情节包含一定的故事性，代表作有《东海黄公》等。唐代出现了一种参军戏，具有滑稽和讽刺的风格。宋代出现的“诸宫调”，对戏曲样式的完善和成熟起到了重要作用。

元杂剧是中国古代戏剧的高峰，它是一种以北曲为基础演出的戏剧，其文体通常是一本四折，有的还包含楔子。它或者放在句首，或者放在折与折之间起到连接作用，剧中的女主角称为“旦”，男主角称为“末”。元杂剧所用的宫调，通常是五宫（仙吕、南吕、黄钟、正宫、中吕）四调（双调、大石调、越调、商调），一本四折中，每折只用一个宫调，而且一韵到底。《西厢记》是元杂剧的压卷之作。

南戏是中国古代戏剧的另一种代表形态，它是在浙江一带流行的地方戏“温州杂剧”（又称“永嘉杂剧”）的基础上形成的。元朝末年，杂剧式微，而南戏却不断发展壮大并对明清戏剧产生了重要影响。

从文体上看，不同于中国古代戏剧念唱做打的表演形式、生旦净末丑的人物模式、善恶对立的情节模式，话剧是从西方引进的、以对话为主的戏剧形式，对音乐和演唱的使用相对较少，主题更加灵活，情节冲突更加丰富，故事结构更加立体，人物个性更加鲜明，时代性和现实感更加强烈，对人性和社会的挖掘更加深刻。晚清以降，西方话剧逐渐传入中国。其中留学生群体的推动产生了重要作用，正是留日学生组织的春柳社，拉开了现代话剧的序幕。春柳社，1906 年由中国留日学生创办于东京，其中的演艺部主要成员有李叔同、曾孝谷、欧阳予倩、黄喃喃、吴我尊、陆镜若等。

受西方戏剧和日本新派剧的影响，他们重视戏剧兴教化、昌民智的社会功能，“冀为吾国艺界改良之先导”①，演出过《茶花女》《黑奴吁天录》《热血》《家庭恩怨记》《猛回头》等剧目，在国内外引起了不错的反响，代表了中国现代话剧文体自觉的初步尝试。

文明戏是清末民初的一种新式话剧，在上海、天津一带较为流行。在内容上，多以当时的时事故事和家庭生活为表现对象。在文体上，多采用幕表制，无正式剧本，重视演员的即兴发挥，既吸收了西方话剧的表现形式，又保留了中国传统曲艺的很多元素，呈现出“不中不西，亦中亦西，不新不旧，亦新亦旧，杂糅混合的过渡形态”②，后期又表现出过度商业化、插科打诨等弊端。

爱美剧反映了“五四”时期对戏剧的探索。它音译自英文 amateur，意为不以营利为目的的非正式戏剧。它以北京、上海为活动中心，以民众戏剧社为纽带，以《戏剧》月刊为重要阵地，代表人物有陈大悲、蒲伯英、欧阳予倩、洪深、顾仲彝等。针对文明戏后期的种种弊端，他们“提倡艺术的新剧”，主张戏剧的非职业化，推动了现代戏剧的社会化、普及化、民众化，同时也适应了知识阶层、青年学生业余时间对戏剧的需要。

20 世纪 30 年代，左翼戏剧逐步发展起来。左翼戏剧是左翼文学的重要组成部分，主张戏剧的大众化，提出了“无产阶级戏剧”和“普罗戏剧”的口号，在中国共产党的领导下，批判时代的黑暗，反映人民的疾苦，代表团体有上海艺术剧社、南国社等，代表作家有田汉、夏衍、洪深、陈白尘、宋之的等。随着抗日形势的深入，左翼戏剧又发展出国防戏剧的新形式，开展了广泛的戏剧救亡运动。

---

① 李叔同. 悲也好，喜也好 [M]. 天津：天津人民出版社，2016：41.

② 田本相. 论中国现代话剧的现实主义及其流变 [M] //田本相. 现当代戏剧论. 南昌：江西高校出版社，2006：111 - 112.

抗日战争时期，历史剧的创作迎来一个高潮，丰富了中国现代戏剧的文体表现，其中以郭沫若的历史剧为代表。20世纪40年代初中期，郭沫若接连创作了《棠棣之花》《屈原》《虎符》《高渐离》《孔雀胆》《南冠草》六部历史剧，以古讽今、以史喻今，表现出鲜明的时代特征和时代精神。其中《屈原》标志着当时整个历史剧创作的最高成就，也成为我国现代文学史上一部经典剧作。

《屈原》剧本完成不久，刘遽然就撰文盛赞《屈原》的根本价值是“从屈原那种爱国舍身的高尚思想和坚毅不拔的卓越人格上，给予目前在为复兴抗战而奋斗的中华儿女，一番宝贵的教训和楷模”①。周务耕的文章更是高度赞誉《屈原》“在考证上是怎样的正确与精深，在笔力上是怎样的博大与浑融；而感情丰富，激越，如崩山倒海的气势，真可推为千古不朽的名著，掷之世界名著如荷马之《伊里亚特》与《奥地赛》，歌德之《浮士德》，莎士比亚之《哈姆雷特》之中，亦毫无逊色……”②

解放区在这一时期对戏剧的民族化和大众化做了积极的探索。借助群众喜闻乐见的形式，陕北地区开展了轰轰烈烈的秧歌剧运动，产生了《兄妹开荒》《动员起来》《一朵红花》等作品；通过将话剧、歌剧与民族传统结合起来，诞生了新的戏剧文体——新歌剧，代表作有《白毛女》《赤叶河》等；解放区对话剧、旧剧也进行了改革，注重用群众的语言宣传党的政策，反映工农兵的生活，代表作有《把眼光放远一点》《同志，你走错了路》等。

戏剧这个文体在“五四”时期东西文化交流碰撞的大背景下，不断发展、融合、更新，演变出越来越丰富多元的形式。从传统的戏曲，到文明戏、爱美剧，再到曹禺的《雷雨》《日出》《原野》《北京人》，再到解放区

① 刘遽然．评《屈原》的剧作与演出［N］．中央日报，1942－05－17．

② 周务耕．从剧作《屈原》想起［J］．文艺生活，1942，2（2）：42－43．

的新歌剧等，甚至一直到今天的先锋剧、实验剧，戏剧文体的发展和演变，实际上也是现代中国文化不断与西方文化、与世界文化融合、吸纳、创新的一个侧面，映射出中国文化从传统走向现代、从本土走向世界的重要轨迹。

第三章

“新文体”与“新文学”

“五四”新文化运动已经走过了一百年的历程，回顾这一百年，我们不难发现新文学的发生与发展始终伴随着文体的探索与革新。从“五四”新文学的发生，到新时期文学的复苏，再到当下文学的多元化发展，可以看到每一个重要文学时代的开启都是伴随着文体的革新，而文学的蓬勃发展又进一步丰富和深化文体的形式。回首“五四”新文学新文化一百年，文体的变革是我们不可忽视的一条重要线索。

一、文体初探与新文学的发生

西学东渐之后，新思想的到来不可避免地对中国传统的文化生态造成剧烈冲击。在文学层面，首先是文章理念的变化。在中国的历史文化长河之中，八股文作为明清科举考试的重要环节，对中国文学的发展有着深远的影响。在极其漫长的一段岁月中，无数的中国文人都被这种严格的文体所束缚，或是旁征博引，或是歌功颂圣，而文人内心的情感、渴望的宣泄都被无情地压抑着，囿于八股文的中国文坛显得死气沉沉。其实一些不拘泥于旧制的文人早已明了文章应当是心灵表达的载体，从一些私密的文人随笔或是民间传播的一些“不入流”小说中透露出灵动鲜活的清新气息便是最好的例证。而当接触到西方文化，越来越多的文人感悟到文体所带来的更多可能，对于文体创新的尝试也逐渐增加。

在清末民初之际，一些有过出国学习经历的能人志士最早开始尝试跳出旧文体的怪圈。首先要提到的是中国近代文学史上诗界革命的最早倡导者黄遵宪。黄遵宪在年轻时便对诗歌创作有着自己独到的见解，他早已洞察传统诗歌陷入了“自古至今，而其变极尽矣”的尴尬现状。为了解决这一困境，他提出了“苟能即身之所遇，目之所见，耳之所闻，而笔之于诗，何必古人？我自有我之诗者在矣”①，认为只要文人能够摆脱诗歌的传统限制，不拟古，不追求形式主义，遵从自己的内心并且反映自己独一无二的外部体验，便能够写出令人耳目一新的创新诗歌。黄遵宪的《都踊歌》描绘了日本极具特色的文化民俗，在翻译这一日本歌舞曲词时，特意融入了中国古代民歌与客家山歌。《都踊歌》的每一句末尾都有“荷荷”，和中国民歌《董逃歌》有着异曲同工之妙，并且和山歌中的助声词相类似。可以看出，黄遵宪对中国诗歌的形式体样有着不懈的追求，潜心探寻“使用于今、通行于俗”的新文体，然而在当时的时代背景之下，他并未从根本上摆脱古代诗歌的文体范式，依然受制于传统文体观念，但是他的这种尝试无疑给僵化的文坛带来一阵新风。

另一位不得不提起的人物是梁启超，他不仅最早提出了“文界革命”，还成功创造了新文体。梁启超在其著作《清代学术概论》中多次谈及新文体。在谈及桐城派文章时他说道：“启超夙不喜桐城派古文；幼年为文，学

---

① 黄遵宪．致周朗山函［M］//陈铮．黄遵宪全集：上．北京：中华书局，2005：291－292．

晚汉魏晋，颇尚矜炼；至是自解放，务为平易畅达，时杂以俚语韵语及外国语法，纵笔所至不检束；学者竞效之，号新文体；老辈则痛恨，诋为野狐，然其文条理明晰，笔锋常带感情，对于读者，别有一种魔力焉。”① 这段话对新文体的特征做出了一个较为全面的说明。在该书中他进一步对新文体做出了阐释：“然则曷为并文学亦不发达耶？欧洲文字衍声，故古今之差变剧；中国文字衍形，故古今之差变微。文艺复兴时之欧人，虽竞相与研究希腊，或径以希腊文作诗歌及其他著述；要之欲使希腊学普及，必须将希腊语译为拉丁或当时各国通行语；否则人不能读。因此，而所谓新文体（国语新文学）者，自然发生。”② 梁启超有关新文体的叙述，不仅反映出文体变革的必要性，更折射出当时进步文人赋予文学以新的精神。

梁启超所撰写的新文体散文较之以往的文章已不太一样，极富个性张力。这些“开文章之新体，激民气之暗潮”之文承载的新思想令人眼前一亮，词句行文比传统古文通俗简洁，不分骈散，将俚语俗语以及外来句法一并融会贯通，所采用的表达手法也是丰富多样的，极大地增强了表现力，给予当时沉闷的文坛以不小的震撼。他的《新民说》《说希望》《少年中国说》《过渡时代论》中的诸多文章都体现了“新文体”的样式。其著名的《少年中国说》一文便是新文体散文的杰出代表之一。在该文中他以高昂的激情论述生气蓬勃的少年对于中国的无限希望。这篇散文不拘泥于形式，行文淋漓痛快，在谈及少年之于国家时连用数个排比句式，飞流直下，气势雄浑，具有极强的感染力与煽动力。可以看出，梁启超所创作的新文体散文虽然半新半旧，但却是近代散文转型到白话散文的重要过渡，对于宣扬维新思想更是意义重大。

以黄遵宪、梁启超为主要代表的文人对新文体的积极探索反映出时代的需求，折射出进步文人积极向上的精神风貌。虽然其新文体并没有摆脱

---

① 梁启超．清代学术概论［M］．长沙：岳麓书社，2010：81.
② 梁启超．清代学术概论［M］．长沙：岳麓书社，2010：99.

古语的制式，但是有关新文体观念与创造的新文体样式为之后的文体解放与文学改良提供了坚实的基础。

相比于梁启超等人，胡适对文学、文体的主张则更加激进与彻底。胡适关于文学改良的想法早已有之。在康奈尔大学读书期间，胡适便思考过中国传统文言文和现代社会间的衔接问题，在一次学术活动中他发表了《如何可使吾国文言易于教授》。1917 年胡适在《新青年》上发表的《文学改良刍议》开启了现代文学的序幕。在《文学改良刍议》中他提出了“八不主义”，从语言的层面来倡导白话文的使用：一曰，须言之有物；二曰，不摹仿古人；三曰，须讲求文法；四曰，不作无病之呻吟；五曰，务去滥调套语；六曰，不用典；七曰，不讲对仗；八曰，不避俗字俗语。① 胡适的这一理念其实是把语言工具的革新作为文学革命的利器。1918 年 1 月起《新青年》开始完全使用白话文刊登内容，其他一些刊物也纷纷响应，白话文的运用蔚然成风。

胡适除了在理论建设上倡导白话文，在实践上同样进行了富有价值的探索。他在《谈新诗》中曾经一针见血地指出“若想有一种新内容和新精神，不能不先打破那些束缚精神的枷锁镣铐”②，很好地表达了他“文的形式先于内容”的理念，并认为古代的诗歌由于其形式的制约早已不能满足现代人对于情感的抒发。因此，胡适提出了“诗体的大解放”这一响亮的口号，特意选取发展极为成熟的传统文言诗来实行白话文的尝试。1920 年，胡适发表了新文化运动的第一部白话诗集《尝试集》，从这本诗集的名称便可看出他对于诗文白话的努力探索。该诗集中的一些诗文打破了传统的五言七言句法，改变为长短不一的句式。胡适在增强白话诗音节的婉转上同样进行了摸索，运用了双声叠韵的方式，比如第二编里的诗《鸽子》中的

① 胡适. 文学改良刍议 [J]. 新青年，1917，2 (5).

② 胡适. 谈新诗 [M] //胡适文集：第 2 册. 北京：北京大学出版社，1998：134.

“看他们三三两两，回环来往，夷犹如意”①，《一颗星儿》中“今天风雨后，沉闷闷的天气，我望遍天边，寻不见一点半点光明，回头转来，只有你在那杨柳高头依旧亮晶晶地”②。虽然诗集中的许多白话诗意境浅显、语言幼稚，遭到了许多旧诗人的否定，但却得到了白话文作家的鼓励与响应，鲁迅、周作人、沈尹默、俞平伯、刘半农等人纷纷予以支持。

“五四”新文学促成了“人的觉醒”，同样也促成了小说现代文体自觉的意识。小说在大众心中的地位不言而喻。作为极其重要的文学样式，小说自新文学运动之初便受到新文学家们的高度重视。新文学家们一边对中国传统文化加以重新梳理，批判与继承并存；一边对源源不断输入的外国文学作品与文艺理论选择性地进行吸收借鉴；同时还结合当时的政治环境、人文环境与经济环境进行创作。因此，他们的认知在各种力量的作用下受到了剧烈的冲击，从而形成其思想意识上的复杂性与丰富性。也正是由于这一特性决定了他们在小说的表现形式与结构模式上舍弃了原先单一固定的形态，对小说文体进行多方面的探索，最终突破了文体的限制。以鲁迅为代表，他自身国学功底深厚，同时深受日本文化、欧美文化、俄罗斯文化的熏陶，在审慎的判断分析中发现传统小说的文体缺陷，从而大胆地进行小说文体的革新。鲁迅的小说集《呐喊》里收录的小说几乎每一篇在文体上都有新意，如《狂人日记》中独具匠心地运用了两种文体拼接的艺术形式，在小说开篇采取文言体进行论述，而之后却画风一转，日记中又改为白话文进行叙述，从而凸显出鲜明的反叛精神。小说集《彷徨》中许多小说同样有文体上新的尝试，通过各种表现手法的精心配置，在小说的结构框架上突破了以往小说程式化的范例。其他新文学作家如郁达夫的抒情小说、冰心的问题小说、废名的乡土小说等都以自己的实践突破了传统小说文体的旧则。

---

① 胡适. 鸽子 [J]. 新青年，1918，4 (1).

② 胡适. 尝试集：胡适经典作品 [M]. 昆明：云南人民出版社，2014：21.

文体的初探同样发生于散文上。现代散文肇始于《新青年》开辟的随感录专栏。栏目上陈独秀、刘半农、周作人等新文学家们发表的文章极具思想深度与批判意识，从而逐步形成现代散文文体的一种——现代杂文。新文学家们普遍热衷于散文的改良，在散文文体的理论建设上下了许多功夫，刘半农的《我之文学改良观》、傅斯年的《怎样做白话文》、周作人的《美文》等有关散文的论说反映出新文学家们对于创作现代散文的追求。在实践上，新文学家们的积极探索使得散文创作迅速走向成熟，如鲁迅《朝花夕拾》的对话体散文体式造就了一种全新的审美样式，语丝社成员所创作的自由张弛、闲适淡雅的散文文体，等等。可以看出，新文学家们凭借着敏锐的文体意识，在新文学前期便造就了散文创作文体丰富的景象。

二、文体深化与新文学的发展

20 世纪 30 年代，经过新文学运动初期大量的理论建设与创作实践，加之对社会认知的不断深入，新文学家们的文学作品逐渐走向成熟，作品所反映的思想也更加深刻，文学体式同样随之深化。

戏剧在近代以前一般被看成经史的附庸，仅仅被赋予娱乐与游戏的功能。进入近代后，随着社会时代环境的剧变，戏剧的功能也发生了转变，中国的有志之士重新审视并确认了戏剧的价值与意义，将其视为教化大众强有力的工具，使得戏剧的教育功能得到极大的提升，也正是在这个时候戏剧的文体开始革新，逐步向现代形态转移。但在新文学初期的戏剧并不够成熟，其文体样式与艺术手法的缺陷显而易见，而 30 年代曹禺的戏剧横空出世立刻扭转了这一局面，标志着中国戏剧的成熟。曹禺之前的戏剧普遍存在的一个突出问题是缺乏对戏剧文体中文学性与剧场性之间度的把握。许多文明戏高度重视剧场性，以表演为核心而忽略了文学性对于戏剧文体的作用。而爱美剧则与之相反，对于文学性的过分强调造成作品中可演绎的部分较少，而且通常都是形式单一的独幕剧，风格单调。针对以往戏剧的这类问题，曹禺通过长时间的探索成功把握住了戏剧的本质特征，创造出文学性与剧场性兼备的成熟戏剧文本。除此之外，曹禺在戏剧文体上的创新还体现在其对于多幕剧的发展。此前的多幕剧缺陷较大，文体风格较为粗糙，而曹禺的《雷雨》《日出》等剧的推出使得多幕剧的价值得以发掘，成为之后中国话剧走向世界的重要形式。

如果说新文学运动初期小说界主要是短篇小说大放异彩，那么在20世纪30年代之后，长篇小说也开始有了质的飞跃。1933年茅盾的长篇小说《子夜》出版，不仅奠定了他在文学史上的地位，更标志着现代长篇小说的成熟。茅盾在长篇小说文体上的贡献颇大，开启了史诗式的长篇小说文体。比起新文学运动初期的长篇小说，茅盾史诗式的文体在架构上更为明确，时间跨度拿捏得更为精准，场面也更为恢宏。在内容情节上，主线和副线交替展开，脉络都在精心安排中显得更清晰。小说密度与容量方面也有极大提升，不仅涵盖了当时社会的政治、经济、文化等几乎各个领域，地点从城市到乡村，人物也是选取了社会各个阶层中的典型，有农民、小市民、工人、地主、知识分子、民族资本家、买办资本家等，通过这些极为丰富的内容更为全面地反映了当时社会生活的重大主题。以茅盾的《子夜》为例，虽然小说中所设置的时间跨度并不长，仅有短短两个月时间，但茅盾却能够在这较为有限的时间中以横断面的方式向读者受众展现这部作品庞杂的结构、宏伟的构思以及广阔恢宏的社会生活全景。茅盾的长篇小说的另一个特征是在叙述上的全知视角。在作品中茅盾有意识地以叙述者的身份来进行直接描述，从而与其描述对象产生一定的距离，更有利于他多层次、多方位、多角度地总揽全局。在叙述过程中茅盾还严格地限制自身情感的泛滥，只允许适度的情感通过其冷静与客观的叙述展现，作品给予受众的真实感由此得以极大提升。长篇日记体小说是茅盾对长篇文体探索的又一成就。作为全新的体式，现代日记体小说影响颇大，从鲁迅的《狂人日记》便可看出，但长篇日记体小说的突破可以说是从茅盾的《腐蚀》开始的。在这部作品中，茅盾用细致的心理描写手法将人物内心活动的复杂性刻画得淋漓尽致，而对人物内心的剖析与对社会的剖析的有机组合显示出其叙述表达功底的又一次提升。

对长篇小说做出突出贡献的还有老舍等作家。老舍在长篇小说的叙述上注重吸纳西方小说家的现代艺术手法并将其巧妙地融入自己的作品，他的很多小说都采取了限知叙述来推动情节的发展。虽然深受西方文化的影响，但老舍作品的叙述语言却没有西化，其叙述语言是日常口语的凝练，简单质朴中带有浓浓的地方色彩。这种文学语言的口语化在新文学大众化的实践上取得了突出成就。在借鉴外来技巧的同时，老舍还发扬了传统小说历来强调故事性的传统，可以说故事性是老舍长篇小说文体的一个重要特征，老舍自己也曾说过："小说是人类对自己的关心，是人类社会的自觉，是人类生活经验的纪录。那么，当我们选择故事的时候，就应当估计这故事在人生上有什么价值，有什么启示。"① 老舍关于创作小说的这段论述充分反映了他在文体探索上对于故事性的重视，以及通过故事来反映复杂的社会现实的创作理念，如长篇小说《四世同堂》就是以北平小羊圈胡同中祁家同其他几家之间的矛盾故事来反映当时中国社会大众所经历的艰辛历程。

三、文体自觉与新时期文学的复苏

进入新时期之后，国家社会发展开始迈入崭新的时代，文学同样发生了历史性的转变。在那段不平凡岁月中备受煎熬的人们慢慢开始恢复心理的平衡，修补精神上的创伤，生活的准则也逐步回到正轨。之前心灵上的

① 老舍. 老舍论创作［M］. 上海：上海文艺出版社，1982：251.

失落与生理情感上的苦楚使他们对于世界的认知有了新的感悟，因而他们力图突破以往的文学体例而用更加能够反映时代特征的文学形式来反思过往、宣泄情感、确立自我价值、追求真善美并表达对理想世界的憧憬。正是在这样的背景之下，诗歌、小说等开始了文体自觉的探索。

新时期开始后朦胧诗适时而生，较之于之前新诗通常围绕国家、民族、大众等宏大主题的叙事，朦胧诗所注重的是对于人的本质的思索，对于人自身价值的肯定，对于人道主义的召唤，对于人们内心世界的探寻，如朦胧诗人舒婷所写的《致橡树》。在该诗中诗人精妙地选取了橡树和木棉这两个意象，并将既温婉而又带有刚劲的情感注入其中。这组意象奇特而又新颖，橡树高大挺拔，富有深度，有着丰富的内涵，寓意着阳刚的男性人格；而木棉纤柔、丰盈，反映的是独立高尚的女性人格。诗人采用内心独白式的表达方式，将自己丰富的内心世界用柔美的语调进行解读，不仅反映了诗人对于理想爱情观念的执着、对于理想人格的追求，更体现了诗人对于人类本真的呼唤。舒婷《呵，母亲》则是一首洋溢着人性光辉与世间温情的小诗。细细品读这首诗，其不经意间流露出的人性关怀直达人们心灵最深处，给予人们美的享受。

食指是另一位具有生命意识与自我意识的朦胧诗人。他在《热爱生命》中写道“我下决心：用痛苦来做砝码，我有信心：以人生作为天平。我要称出一个人生命的价值，要后代以我为榜样：热爱生命”①，表达了他对于挫折与不幸的人生际遇的强烈抗争和对自我价值追求的决心。他在《相信未来》中写道“我坚信人们对于我们的脊骨/那无数次的探索、迷途、失败和成功/一定会给予热情、客观、公正的评定/是的，我焦急地等待着他们的评定”②，表现出对于确立自身价值的渴望。

朦胧诗能够赋予人们新的审美体验还在于它对传统诗歌范式的反叛与

① 食指. 相信未来：食指诗选［M］. 南京：江苏凤凰文艺出版社，2016：121.
② 食指. 相信未来：食指诗选［M］. 南京：江苏凤凰文艺出版社，2016：31.

变革。朦胧诗艺术风格上的一个重要特点便是其高度的象征化与立体化。朦胧诗人对于主体意识推崇备至，情感逻辑占据主导地位，将自身的直觉和印象融入诗歌的创作之中，通过意象化的模式以及词句的变幻极大扩充诗的内涵，使之具有多义性，最终得以追求主观真实而舍弃客观再现。

在新时期文学中还有一个重要的文学流派，这就是先锋文学。这一流派聚集着一小群作家和艺术家，他们具有极强的自我意识与文体自觉意识，极富创新精神，勇于打破既定的文学范式。先锋文学是外来文学思潮冲击影响以及中国文学自身革新需求双重作用的结果，诞生之后便受到了文坛的瞩目，而其创新的文学范式对于传统文学模式与审美理念的突破，对于传统文化的冲击以及对于传统阅读习惯的颠覆与震撼，为当代文学注入了新的色彩。

先锋文学的一个显著特征便是高度注重形式上的探索，通过这样一种文学观念使得形式不再依托于内容。先锋文学家马原的作品便是一个很好的例证，马原的小说《拉萨河女神》开启了新的文体探索，小说的创作不再是以内容为中心，他将叙述本身摆在了最突出的位置。在叙述上马原同样做出了巨大的革新，将以往首尾连贯的传统叙事方式肢解得支离破碎，故事的逻辑结构也变得十分复杂，而他正是在时间上的非连贯与空间上的破碎中来挖掘丰富的内涵。他小说中的一些细节是零碎散乱的，讲述毫无故事性，读者往往会因缺乏因果逻辑而导致理解上的失误，而作者正是通过这样突兀的阅读体验使得读者更加留心于叙述本身。孙甘露在探索小说形式的道路上表现出的强烈的反叛意识与求新精神使其成为先锋作家中的一面旗帜。他的成名作《访问梦境》可以视为“非小说的小说”。这部小说兼收并蓄，囊括了小说、寓言、谜语、神话等多种要素，有一种后现代的风格。在语言风格上，作者也是勇于打破旧有的语言法则，随心所欲地拼接、拉长与压缩。这种毫无顾忌的形式实验极大地冲击了原有的小说创作理念。

四、文体新变与新世纪文学的新形态

人们通常将进入21世纪之后的中国文学称为“新世纪文学”。这一命名方式不仅仅只是一个时间概念，更反映出21世纪以其全新的时代风貌与文化精神给予作家与众不同的时代体验，从而促进作家创作空间的极大扩展与文体意识的不断增强，标志着中国文学的发展进入了一个新的阶段。在这个转型中，中国文学在文体风格、精神姿态、题材择取等领域充分显示出它的世纪新变。

在小说方面，新世纪中篇小说品质持续提升，在叙事的深度与广度上有了更为丰富的内涵。小说对于社会生活的探索更加深入，其创作的人物较先前的人物也更加血肉饱满，表现出作家一直以来在避免小说人物概念化、标签化上所做出的不懈努力，如陈昌平的《英雄》中退休工人老高的形象、韩天航的《大爹》中大爹的形象。值得一提的是，作家在个性叙事与宏大叙事之间度的拿捏上也愈发老辣精准，从微观上表现人物发展与偶然性之间的关联，从宏观上揭露人物命运中体现出的必然性，如刘庆邦的《卧底》、孙惠芬的《歇马山庄的两个女人》等。从叙事的广度上看，中篇小说所涵盖的领域更加丰富，无论是从横向还是纵向上看，生活中的各领域与每个年代较具有代表性的事件几乎都被作家所留心过。

新世纪长篇小说在文体上也呈现出了新面貌：一方面，这时期的长篇小说对传统现实主义文体手法与意识有一定的继承；另一方面，它不拘泥于以往的历史想象手法，有了新的突破，如格非的《人面桃花》、都梁的《北平狼烟》、莫言的《檀香刑》等，这些作品不同于以往小说在国家体验与历史想象上的表现，赋予叙事上新的内涵，表露出对于重新定义国家形象的渴望。

在诗歌方面，新世纪诗歌对于21世纪以来社会的脉搏有着更加紧密的把握。诗人们更加注重从当下人们的生存现状与生活经验中来搜寻诗的情感，从更多的角度建立诗歌与新时代间的关联。诗人重庆子衣的组诗《有一种思念叫钓鱼岛》，将面对钓鱼岛争端事件时国人对于捍卫国家领土的坚强决心展现得淋漓尽致。刘虹的一些诗将21世纪以来人们生活中所发生的变化给记录下来，并进行文化反思，如她的《笔》中有对打印机等现代化设备替代了笔的功能的思索。

在新世纪文学中，网络文学是一个不得不提起的话题。网络文学依靠信息技术的迅猛发展和互联网的广泛普及而崛起繁荣，并成为新世纪文学的重要组成部分。其在文体革新的探索上势头十分强劲，凭借自身所具有的另类性与叛逆性对传统的文学范式与文学理念造成了强烈的冲击。在网络文学中，传统四大文学体裁小说、散文、戏剧、诗歌之间的界限十分模糊，许多文学作品很难被归纳到这四大体裁之中。如网络作家当年明月的作品《明朝那些事儿》，初看之下这部作品像是历史小说，它以史料为基础讲述了明朝三百年间发生的故事，但仔细阅读后可以发现里面虽然有小说的手法，可是却不算严格意义上的小说，更不能将之称为散文，这部作品的文体界限不可谓不模糊。还有在博客上发表的文章，很多作家常利用这一媒介记日记，而日记所表达的内容很广泛，既可以议论，也可以抒情、叙事等，它的一个鲜明特点便是跨文体性。此外，在影视文化产业不断成熟的今天，为了取得更好的经济效益，一些网络作家和传统作家同样兼任一些电影、电视剧的编剧。作家和影视编剧的界限变得越来越模糊，这同样造成了他们的作品文体之间的界限也愈发不清晰。小说中的一些情节给予读者一种很强的电影画面感，从而很难区分这到底是小说还是影视剧剧本。

值得注意的是，网络文学文体界限的模糊不仅仅是传统文学体裁之间的界限模糊，还包括文学文体与其他种类艺术形式的融合。多媒体技术的使用大大丰富了计算机以往单一的输出方式，而依托网络平台进行创作与传播的网络文学同样可以借助多媒体手段改变文学的审美特质，使作品呈现出更丰富、更立体的表达。当人们在浏览网络平台中的文学作品时，通常可以发现一些作品不仅仅通过传统的文本向读者传递信息，在文本之中还嵌入了图片、音频、动画、视频、链接等多种信息符号。这种集文字、图片、声音、影像、超链接于一体的表达模式使受众从多种渠道去感知文学作品成为可能，进而让他们对作品的认知变得更加系统、形象、深刻与全面。

除了网络文学文体界限的模糊外，它的文类有时也将多种类别糅合在一起，同样呈现出不明朗的特征，如网络作家海宴创作的小说《琅琊榜》。这部小说中既有悬疑推理的部分，又有宫廷政治的场景，还有儿女情长的描绘，可以说这部小说的文类属于推理小说、政治小说与言情小说三种文类的杂糅。再如网络作家月关的小说《回到明朝当王爷》，该小说讲述的是男主人公无意之中从现代穿越到了明朝而引发了一系列精彩的故事。里面有男主人公与几位女主人公之间情爱的细腻描写，有军事战争的激烈场景，男主人公在政治斗争中和敌人斗智斗勇的情节同样着墨甚多，另外还有对明朝一些相关历史事件的描述或对于一些历史知识的科普，可以说这部小说将言情、政治、军事、历史熔入了一炉之中，从而也体现出这部小说文类的模糊。虽然很多小说文类的界限同样不够明确，但多种元素的融合无疑丰富了小说的内涵。

网络文学不仅是文体革命，还意味着一场语体革命。相较之前的语言模式，网络语言显现出更加自由与混杂的特点，除汉字之外，还将数字、字母、符号、颜色等诸多元素囊括在内，形成了一种全新的语体。例如最早源于网民打错字而演变而来的火星文，后来成了众多网络写手彰显个性、宣泄情感、表达叛逆的符号代码。这些全新的网络语言同样对传统语言造成了较大的冲击。

中编

传统与现代

第四章 | ◆

从“旧韵”到“新诗”：诗歌的百年转向

在“五四”新文学的发生发展中，新诗是最早产生创作成果的门类。根据胡适《尝试集》的自序所言，他是从1916年7月开始写作新诗的。1917年2月，胡适就在《新青年》二卷六号发表了八首白话新诗。到了1918年1月，《新青年》四卷一号共载新诗九首，分别是胡适的四首、沈尹默的三首、刘半农的两首。而小说、戏剧、散文皆发端于1918年以后（《狂人日记》发表于1918年5月，《新青年》设《随感录》栏始于1918年4月，并于1918年6月出过《易卜生专号》）。除了发表时间最早，新诗的诞生还有其独特的革命战斗意义。王瑶在《中国新文学史稿》中评价道：“这原是含有一点战斗意义的；因为小说还有《水浒》、《红楼梦》可以借镜，而韵文又是旧文学自以为瑰宝的，文学革命一定要在诗的国土攫有权力，那才算是成功，才不只是‘通俗教育’的玩艺儿。”① 这样，新诗实际

① 王瑶．中国新文学史稿［M］．上海：上海文艺出版社，1982：67．

上成为新文学的“先锋”，没有人可以否定新诗对于中国现代文学“首开风气”的重要意义。

当然，同样没有人能够忽略，新诗自诞生的那一天起，就是在否定中成长起来的。无论是在发端期还是在成熟的20世纪三四十年代，新诗的发展始终伴随着连续不断的指摘。但我们不能忽略也不得不承认的是，中国新诗在近百年的发展中已然形成了有别于中国古代诗歌的一系列明显特征，如在语言上实现了追求创作主体的自由和独立，创造出了一系列的凝结着诗人意志性感受的诗歌文本，追求自由的形式创造。郭沫若曾说，“新诗没有建立出一种形式来，倒正是新诗的一个很大的成就”，“不定型正是诗歌的一种新型”①。

一、语言：“语气的自然”与“用字的和谐”

胡适在《谈新诗》中提出：“诗的音节全靠两个重要分子：一是语气的自然节奏，二是每句内部所用字的自然和谐。”“语气自然，用字和谐，就是句末无韵也不要紧。”② 语言文字和文体的解放是密切相关的，随着白话文越来越成为我们每个人日常生活的一部分，“五四”时期语言变革的划时代意义似乎越来越被忽略。在传统文化复兴的当今时代，不少人仍然在进行旧体诗、旧体文的创作，而现代文学研究界也持续不断地有学者提出，要将旧体诗词写入现代文学史。实际上，旧体诗词作为一种文学形态，它的存在有其特定的文学史意义，单独将其作为特殊的文学现象来研究未尝不可，但现代文学之“现代”不仅仅是一个时间意义，它更代表了传统与现代、中国与西方交汇的一种特殊价值。在这一视角的观照下，我们发现

① 郭沫若. 开拓新诗歌的路［M］//彭放. 郭沫若谈创作. 哈尔滨：黑龙江人民出版社，1982：58－59.

② 胡适. 谈新诗［M］//胡适文集：2. 北京：北京大学出版社，2013：128.

语言不仅仅是一种创作、表达的工具，也不仅仅是构成文体的外在形式，它浸润于社会的方方面面，早已成为社会文明的一种稳定形态，而要打破这种稳定的形态，必然要从语言的变革兴起。

早在晚清时期，黄遵宪就已经写出“我手写我口，古岂能拘牵！”这样的诗句，这里面暗含了口语和书面语的关系问题。黄遵宪认为：“语言与文字离，则通文者少；语言与文字合，则通文者多。”① 他认为“言文分离”是造成中国古典文学在近代走向没落的重要原因，只有实现“言文合一”，才能使中国文学的发展摆脱束缚。晚清诗界革命提出了颇多“改良文言”的建议，这在一定程度上形成了对传统文言的冲击，但这种改良并未得到广泛的响应，更加没有动摇文言的根基。这主要是因为文言“改良”并未从根本上改变这种语言的性质，语言根植于它所诞生、推动的文化之中，与社会历史的发展密切相关，文言作为传统文化的主要载体，它的命运实际上是与传统文化的命运紧密相连的。

新诗改革首先从语言入手。胡适曾在《逼上梁山——文学革命的开始》一文中说：“无论如何，死文字决不能产生活文学。若要造一种活的文字，必须有活的工具。”② 又在《谈新诗》中说：“文学革命的运动，不论古今中外，大概都是从‘文的形式’一方面下手，大概都是先要求语言文字文体等方面的大解放。”③ 胡适列举了世界其他地区的文学革命为例：“欧洲三百年前各国国语的文学起来代替拉丁文学时，是语言文字的大解放；十八十九世纪法国嚣俄英国华次活（Wordsworth）等人所提倡的文字改革，是诗的语言文字的解放；近几十年来西洋诗界的革命，是语言文字和文体的解放。”他进一步指出：“这一次中国文学的革命运动，也是先要求语言文字

① 黄遵宪. 日本国志［M］. 上海：上海古籍出版社，2001：127.

② 胡适. 逼上梁山：文学革命的开始［M］//赵家璧. 中国新文学大系：建设理论集. 上海：上海良友图书印刷公司，1935：19.

③ 胡适. 谈新诗［M］//胡适文集：2. 北京：北京大学出版社，2013：122.

和文体的解放。”①

《鸽子》是胡适较早的白话诗创作，整体看来，这首诗的审美追求还是不脱古典诗词绝句的意趣，“云淡天高”“好一片晚秋天气”“白羽衬青天”都能让我们联想到唐宋诗词的很多意象。不同之处在于语言的运用，尽管尚有“夷犹如意”这样略显晦涩的短语，但诗歌的语言已经相当口语化，用的现代韵，每行字数不相等，句式和音节也参差不齐，完全不受旧体诗歌的平仄限制。“五四”时期的白话文运动在本质上是一场企求中国现代化的思想启蒙运动。语言的变革是“五四”新文学发生发展的触发点，也是新诗变革的出发点。中国诗歌灿若星河，从《诗经》、楚辞，到唐诗、宋词、元曲，自古以来，不同地域、不同朝代的诗歌风格和文体特色多有更新，但直到新诗的出现，我们才能说中国诗歌发生了翻天覆地的革命，呈现出全然不同的面貌。

当时的新诗人大多抱定革命的姿态，更多的意图在于以新语言向旧文学示威，来巩固新文学的地位。胡适认为，文体与思想内容有着密切的关系，“形式上的束缚，使精神不能自由发展”，“先要做到文字体裁的大解放，方才可以用来做新思想新精神的运输品”②。在新文学运动初期，新诗把“文的形式”同人的精神自由发展联系在一起，为批判封建专制文化提供了思想启蒙的武器，从而在社会上形成了广泛而活跃的文化批评与思想讨论的气氛，使得思想启蒙的时代主题落脚到具体层面，落实到每个人都能听懂的诗歌语言中。

形式与内容往往是紧密结合的，文体自由在一定程度上也推动了思想自由。故而初期的白话新诗，除了在语言上运用白话，讲求形式的自由外，就内容而言，都表现出鲜明的思想倾向。例如刘半农的《相隔一层纸》：

①② 胡适. 谈新诗［M］//胡适文集：2. 北京：北京大学出版社，2013：122.

屋子里拢着炉火，
老爷吩咐开窗买水果，
说“天气不冷火太热，
别任他烤坏了我。”

屋子外躺着一个叫化子，
咬紧着牙齿，对着北风呼“要死”！
可怜屋外与屋里，
相隔只有一层薄纸！

刘半农的这首短诗虽然只体现出朦胧的社会意识，但阶级的对比是非常强烈的。诗歌用简短清晰的白话语句深刻对比描绘了上层阶级生活的浮华与下层人民生存的艰难。刘半农在《我之文学改良观》中曾说，文言和白话二者各有所长，不可偏废。如胡适、陈独秀等人重视白话文是文学的正宗，但是就平时翻译的经验来讲，往往同一语句，用文言文可以用一句话表明，而用白话可能两三句都表达不清，这是白话不如文言的地方。同一句话，用文言文竭尽全力描绘，始终还是觉得呆板无趣，而一旦改为白话，就有神情俱备、呼之欲出的美妙。这又是文言不如白话之处。刘半农进一步提出，要实现白话文的正宗地位，只有暂且将文言与白话并列，从两方面进行变革：在文言一方面，力求浅显，使之与白话相近；在白话一方面，除了发挥其固有的长处之外，也应该吸收文言所具备的优点，只要白话同时具备两方面的长处，文言自然就被淘汰。

文学作品的形式问题包含体裁、结构、手法、风格、韵律等多个方面，但所有这一切，都是通过语言文字表现出来的。比起民主、自由、个性、解放这些宏大的话题，语言似乎显得过于日常，它浸润于每个人的生活当中，每个人都会用，每个人也都要用。也恰恰因为这种日常，让它天长日久地凝固为整个民族最深沉、最顽固的文化内核，让它成为最终撬动中国千年文化转型的重要杠杆。在诗歌创作领域，文言文几千年的演变和锤炼使中国古诗词发展得相当成熟，它的古朴、典雅和精练铸就了许多中华文明的经典和精华。《诗经》、楚骚、唐诗与宋词，哪怕今天读来，我们都还能感到一种文言独有的文化气韵。但也正因为如此，“五四”时期，当社会迫切地面临着转型的时候，这种成熟的语言体系便会成为一种屏障，如果不能突破这种屏障，就很难继续在思想、文学文化上有所突破。新诗创作始于白话入诗，始于语言变革，不仅是文学革命的问题，更是思想转型的根本问题。

二、韵律：“自由体”的追求与“格律化”的规范

一时代有一时代之文学，“五四”新文学的发生发展正是基于这样一种文学进化论的思想观念，在这一文学观的推动下，胡适主动发起对古典诗词格律的责难，认为“律诗乃真小道耳”。随后，他又明确提出“诗体大解放”的口号，从诗体变革的实践路径入手，提出诗体大解放的具体方法在于语言是白话的，文体是自由的，不拘格律的，“有什么题目做什么诗，诗该怎么做，就怎么做”①。后来胡适又将“诗体大解放”的内涵概括为“要须作诗如作文”，“有什么话，说什么话；话怎么说，就怎么说”②。“作诗如作文”“话怎么说，就怎么说”实际上就是对自由体、散文体诗歌的倡导。胡适主张新诗创作要打破传统旧诗的束缚，格律、平仄、韵脚、音节和体式等，都是不需要遵从的“死的”规范。新诗应该追求最大限度的自由化，从外在的结构形式到内在的语言韵律都应该迥异于传统格律体诗歌。随后，响应胡适新诗自由化的号召，刘半农的《我之文学改良观》、俞平伯的《白话诗的三大条件》和康白情的《新诗底我见》等文陆续发表，他们

① 胡适．谈新诗［M］//胡适文集：2．北京：北京大学出版社，2013：125．

② 胡适．《尝试集》自序［M］//胡适．尝试集：胡适经典作品．昆明：云南人民出版社，2014：50－51．

同样以“诗体大解放”为核心，提出新诗创作的理论建构和艺术追求，从不同角度呼应胡适等人提出的诗体变革的追求和主张。当然，新诗自由化不仅仅停留在理论倡导的层面，刘半农、沈尹默、俞平伯、刘大白、康白情等新诗人纷纷投入自由化新诗的创作，以坚决的态度冲破古典诗歌韵律规范和文言模式。如此全新的自由姿态和充满个性的声音使得白话诗轰动文坛，当时流传甚广的《新青年》《新潮》《少年中国》等杂志纷纷发表白话诗歌，形成了中国新诗自由化的第一次浪潮。

回顾早期新诗的发展与建设，主要围绕两个方面对中国诗歌进行了重要变革：一是在语言上实现了以白话作诗，将中国诗歌从古典固化的文言语体中解放出来；二是在韵律上摆脱了传统格律的限制，创立了自由诗体，将中国诗歌从旧体诗词严整的体式中解放出来。这两大变革都是形式上的变革，但这些形式上的变革恰恰为中国新诗的生长提供了良好的契机。如此一来，“诗体大解放”就找到了与传统诗歌完全不同的艺术路径，抛弃传统诗歌典雅的文言，抛弃传统诗歌严谨的格律，转而采取通俗的白话、自由的形式，使古典格律诗的语音结构和文法结构转为口语化，章法结构转为自由化和散文化，引起了诗歌语象世界和语义世界的变化，突破了近代“诗界革命”存在的“旧瓶装新酒”的难题。而新诗对自由形式和自由表达的运用，很快就彰显出与旧诗决然不同的姿态和艺术追求，显示出独特的诗学观念和审美特质。

郭沫若是自由体诗歌的积极响应者、倡导者和实践者。他指出，“诗不是做出来的，是写出来的”，“我们的诗只要是我们心中的诗意诗境之纯真的表现”，正像“生命源泉中流出来的 Strain（诗歌），心琴上弹出来的 Melody（曲调）”，是“生之颤动，灵的喊叫，那便是真诗，好诗”；诗“便是我人类欢乐的源泉，陶醉的美酿，慰安的天国”①。正是基于这种诗美主

① 郭沫若. 论诗三札［M］//许霆. 中国现代诗歌理论经典. 苏州：苏州大学出版社，2008：123.

张，中国现代新诗在郭沫若的笔下，不仅打破了旧诗格律的禁锢，还冲破了一切形式的束缚；不仅追求自然音节的表现，还深化为追求感情涌动的自然流露。诗集《女神》正是郭沫若自由体诗风的结晶，不仅开创了新诗的一代风气，也奠定了中国现代新诗的格局。其中有这样的诗句：

我是一条天狗呀！
我把月来吞了，
我把日来吞了，
我把一切的星球来吞了，
我把全宇宙来吞了。
我便是我了！

这是诗歌《天狗》中的一节，这首诗表现出诗人吞吐宇宙、飞奔狂叫的力量，正是诗人追求个性解放、思想高昂的表现。郭沫若的诗不是一首一首看的，一首一首看郭沫若的诗，绝对不是精致的、精美的。但郭沫若的诗是整体性的，拥有整体的冲击力量，作为一个偏于主观的浪漫抒情的诗人，郭沫若常常不可遏制地将自己的思想感情、生活体验灌注在艺术形象当中，也因此形成了独立的诗风与个性。在诗歌的"形式方面"，郭沫若"主张绝端的自由，绝端的自主"①。《女神》不是通过对现实的深刻观察和描绘而来的，而是通过诗人强烈感情无拘无束地倾泻出来的。"我自己对于诗的直感，总觉得以'自然流露'为上乘，若是出以'矫揉造作'，不过是些园艺盆栽，只好借诸富贵人赏玩了。"② 在郭沫若看来，诗歌的本体意义在于抒情，这种抒情性不拘于时代，"古人用他们的言辞表示他们的情怀，已成为古诗，今人用我们的言辞表示我们的生趣，便是新诗"③；甚至不拘于结构和形式，"自由诗、散文诗的建设也正是近代诗人不愿受一切的束

① 郭沫若．论诗三札［M］//许霆．中国现代诗歌理论经典．苏州：苏州大学出版社，2008：130.

②③ 郭沫若．论诗三札［M］//许霆．中国现代诗歌理论经典．苏州：苏州大学出版社，2008：128.

缚，破除一切已成的形式，而专挹诗的神髓以便于其自然流露的一种表示"①。他进而指出："情绪的律吕，情绪的色彩便是诗。诗的文字便是情绪自身的表现"，"艺术训练的价值只许可在美化感情上成立，他人已成的形式是不可因袭的东西。他人已成的形式只是自己的镣铐"。② 无论是传统诗歌还是现代诗歌，无论是自由诗还是散文诗，诗歌不拘于时代和体式，都应该是个人情绪的自然流露，不应该受到任何既成规律或者形式的束缚。

当然，形式上的自由也带来了新诗创作的混乱。梁实秋就曾指出新诗自由化的弊端，认为其"注意的是'白话'，不是'诗'，大家努力的是如何摆脱旧诗的藩篱，不是如何建设新诗的根基"③。郭沫若的诗歌创作的确拥有"火山喷发"般的激情，体现了狂飙突进的时代热潮，在这种自由表达的呼唤和指引下，郭沫若运用了大量的口语、译语、西洋语、科学用语等非同寻常的诗歌语汇，构成了众"语"狂欢的场面。但这也带来了郭沫若诗歌过分的"自然流露"，他那种对于绝端自由和自主的追求使得《女神》失去了内在情绪的节制，在诗歌体式上因缺少传统格律的束缚而随意走笔，任由感情的流动自然成诗，因此更加显得自由松散，淡化了体式上的特征和规律。

1926 年 4 月，《北京晨报·诗镌》周刊创办的时候恰逢新诗创作最为混乱的时候，诸多诗人和诗集如雨后春笋，但实际上可读的作品非常少，自由诗的泛滥招致诸多不满。何其芳就经历了从主张自由诗到怀疑自由诗并提倡现代格律诗的转变过程。"中国的新诗我觉得还有一个形式问题尚未解决。从前，我是主张自由诗的。因为那可以最自由地表达我自己所要表达的东西，但是现在，我动摇了。因为我感到今日中国的广大群众还不习惯

① 郭沫若. 论诗三札［M］//许霆. 中国现代诗歌理论经典. 苏州：苏州大学出版社，2008：128.

② 郭沫若. 论诗三札［M］//许霆. 中国现代诗歌理论经典. 苏州：苏州大学出版社，2008：129－130.

③ 梁实秋. 新诗的格调及其他［J］. 诗刊（创刊号），1931（1）.

于这种形式，不大容易接受这种形式。而且自由诗本身也有其弱点，最易流于散文化。恐怕新诗的民族形式还需要建立。这个问题只有大家从研究与实践中来解决。”① 在中国新诗文体发展的形式诉求方面，格律诗体就成为该时期的风尚，于是在翻译外国诗歌时，部分诗人就根据中国新诗自身文体建设的需求，将外国诗歌翻译成格律诗。比如徐志摩采用格律体翻译波德莱尔的《死尸》，就是为了实践自己的格律诗主张。闻一多提出诗歌“三美”理论，主张“节的匀称”“句的均齐”，主张“音尺”、重音和韵脚，强调诗歌应该有音乐的美、绘画的美和建筑的美。其中，“音乐的美”指的是音节，“绘画的美”指的是词藻，“建筑的美”指的是章句。下面以闻一多的《红烛》为例：

红烛啊！
既制了，便烧着！
烧罢！烧罢！
烧破世人底梦，
烧沸世人底血——
也救出他们的灵魂，
也捣破他们的监狱！

红烛啊！
你心火发光之期，
正是泪流开始之日。
…………
红烛啊！
你流一滴泪，灰一分心。

---

① 何其芳．关于诗歌形式问题的争论［M］//杨匡汉，刘福春．中国现代诗论：下编．广州：花城出版社，1986：112.

灰心流泪你的果，
创造光明你的因。

红烛啊！
“莫问收获，但问耕耘。”

《红烛》摆脱了形式主义的弊病，谨严精练，字句精工，围绕着“红烛”这一个意象进行了细致的刻画和生动的联想，表达了诗人真切热烈的情感。诗歌运用了重复、押韵等艺术手法创造诗歌的音乐性，前后照应，保持每节诗句的相对齐整。格律诗的提倡在当时起到一种廓清的作用，至少让大家意识到新诗并不是那么容易作出来的，诗人应该对创作抱有一种严肃的态度。

从自由诗到格律诗并不是一个取代和替换的过程，“《尝试集》里的诗，除了《看花》一首之外，没有一首没有韵的。我押韵有在句末的，有在倒数第二字的，都不用举例，还有在倒第三字的（如《应该》一首的‘望着我’押‘想着我’），有在倒第四字的（如《小诗》的‘免’押‘愿’），有在倒第三和第四字的（如《我的儿子》一首诗‘教训儿子’押‘孝顺儿子’），有完全在句里的（如《一颗星儿》的‘我望遍天边，寻不见一点半点光明’一句中押韵七次），这都是我一时高兴的‘尝试’，大概我这点尝试的自由是可以不用向读者要求的”①。胡适要打破的是传统格律用韵的规范限制，消除其严格的、僵化的平仄、押韵的束缚，给现代新诗以自由，但这种自由并非绝对的自由，是一种受到基本的韵律（韵脚、节奏）限制的自由，只不过其用韵的方式、押韵的位置及韵脚的种类更加丰富，更富有变化而已，这一点与现代格律诗派的主张是一致的。胡适认为，“诗体大解放”只是文学革命的第一步，文学革命决不是形式上的革命，决不是文言白话的问题，“我们认定文学革命须有先后的程序：先要做到文字体裁的

① 胡适．致胡怀琛［M］//胡适全集：第23卷．合肥：安徽教育出版社，2003：261．

大解放，方才可以用来做新思想新精神的运输品”，所以，“诗体大解放”仅仅是文学革命的第一步，“新文学必须要有新思想做里子”①。

三、意境：情感的流动与思想的烙印

诗歌的意境，可以说是诗人的主观思想感情与诗歌的客观意象情境相融合而构成的一种整体上的艺术境界，这种艺术境界往往是立体的、情景交融的，甚至是只可意会、不可言传的艺术图画。意境不仅体现在中国传统诗歌之中，同样存在于现代新诗。在主观世界与客观世界的互动中，在情感流动与思想烙印的交融中，新诗构成了属于自己的独特意境。

周作人在《论小诗》一文中说：“如果我们‘怀着爱惜这在忙碌的生活之中浮到心头又复随即消失的刹那的感觉之心’，想将他表现出来，那么数行的小诗便是最好的工具了。”② 1922 年，郑振铎翻译了泰戈尔的《飞鸟集》，此后表现零碎思想的小诗很快就流行开来。冰心最开始的小诗创作是很有成就的，《繁星》《春水》既有世界眼光，又有独立风格，实际上是冰心心灵感受的诗意表达。冰心在《我的文学生活》一文中说：“《繁星》《春水》不是诗。至少是那时的我，不在立意作诗。……我写《繁星》，正如跋言中所说，因着看泰戈尔的《飞鸟集》，而仿用他的形式，来收集我零碎的思想。”《繁星》第二十九：

我的朋友，
对不住你；
我所能付与的慰安，
只是严冷的微笑。

---

① 胡适.《中国新文学大系·建设理论集》导言［M］//胡适全集：第 12 卷. 合肥：安徽教育出版社，2003：290.

② 周作人. 论小诗［M］//钟叔河. 周作人文选. 广州：广州出版社，1995：175.

冰心的小诗往往富含哲理，更多地歌咏大海、歌颂母亲、歌唱自然，如果用一个字来概括冰心的小诗创作，那就是“爱”。“大海呵！/那一颗星没有光？/那一朵花没有香？/那一次我的思潮里/没有你波涛的清响？”“母亲呵！/天上的风雨来了，/鸟儿躲到它的巢里；/心中的风雨来了，/我只躲到你的怀里。”无论是歌咏大海、母亲，还是歌颂自然和“爱”，这种思想和情感的表达，都是在现代文化的刺激和影响下诞生的。这些闪烁着哲理思想的小诗，单纯、清新，充满了童心与爱，有些片断化但不乏实际生活的感受，更加富含情绪的自然流动，极易引发现代读者的联想与共鸣。

1923年年末，宗白华出版了《流云》小诗，其中有一首《宇宙的灵魂》：

宇宙的灵魂
我知道你了，
昨夜蓝空的星梦，
今朝眼底的万花。

这首诗虽只有寥寥四行，但在意象转换之间，呈现出“宇宙”“蓝空”“星梦”等诸多传统诗歌不具备的意象，既有广阔的宇宙气象，又有对自然生命的现代感知，诸多体悟呈现其中。宗白华的小诗哲理味较浓，甚至有较强的泛神论色彩。这些小诗创作在当时引起了较大的反响，对哲理与情感的融合与表达都体现了诗人独特的艺术构思，但其形式本身的局限和一些诗人的粗制滥造引起了诗坛的不满。所以在宗白华的《流云》出版后，小诗也渐渐消沉下去。

反观小诗的发展，周作人曾说：“中国的新诗在各方面都受欧洲的影响，独有小诗仿佛是在例外，因为他的来源是在东方的：这里边又有两种潮流，便是印度与日本，在思想上是冥想与享乐。”① 小诗之所以成为小诗，必要的条件就是真实的感兴、迫切的情思和凝练的形式。实际上小诗对于

① 周作人．论小诗［M］//钟叔河．周作人文选．广州：广州出版社，1995：177.

刹那情绪的把握，对情感表达的追求，是最为接近中国古典诗歌的审美意蕴的，但即便是最为接近传统诗歌意蕴的小诗，彰显的也是现代化的哲思和情感。以往很多学者推崇冰心小诗的哲理化思想，但这种“哲理性”恰恰是冰心小诗的“累赘”，甚至是导致后来冰心的创作越来越走向衰落的重要原因，因为它远离了“童心”所带来的鲜活的世界感知和人生感受，远离了“诗心”所带来的触动人心的情感力量和心灵意蕴。

冯至曾被鲁迅称为“中国最为杰出的抒情诗人”，他的《我是一条小河》《蛇》等抒情诗歌大多蒙着一层淡淡的哀愁，在整饬自然的语言中流露出细腻真挚的情感，读来有一种令人怅惘的情调。在诗歌《蛇》中：

我的寂寞是一条长蛇，
冰冷地没有言语——
姑娘，你万一梦到它时，
千万啊，不要悚惧！

它是我忠诚的侣伴，
心里害着热烈的乡思：
它在想着那茂密的草原，——
你头上的，浓郁的乌丝。

它月光一般轻轻地，
从你那儿潜潜走过；
为我把你的梦境衔了来，
像一只绯红的花朵。

诗歌把青春的寂寞和隐秘的爱情比喻为一条梦中的“蛇”，这是中国诗歌史上从未见过的。诗歌借用“蛇”这一意象的游走和归来表达了“我”对“姑娘”热烈而诚挚的单恋情思。整首诗歌融情入景，“我”的寂寞如蛇，蛇长且冰冷，冰冷即无言，无言亦深沉。外表的冰冷始终无法熄灭内心的热烈，“我”的寂寞正热烈地思念着它的家乡——那茂密的草原，你的乌丝。这里用了三个意象的转换，乡思—草原—乌丝，层层铺垫，最后才彰显长蛇贪恋的正是姑娘浓郁的头发，“我”的寂寞也恰恰寄托在姑娘的梦境里，“轻轻”“潜潜”的连用凸显了长蛇细腻、温柔的一面。据冯至回忆，他是从一幅画中获得了这样一种意象，画中的蛇尾部盘在地上，身躯直立，头部上仰，口中衔花。“蛇，无论在中国，或是在西方，都不是可爱的生物，在西方它诱惑夏娃吃了智果，在中国，除了白娘娘，不给人以任何美感”①。但冯至仍然被画中的蛇所吸引，他认为，画中的那条蛇“看不出什么阴毒险狠，却觉得秀丽无邪。它那沉默的神情，象是青年人感到的寂寞”②。冯至在这首诗歌中借助蛇的形象来写一种奇妙的寂寞之情，从蛇的游走、蛇的形态到有关蛇的种种联想，都是从不同角度描摹无言寂寞的内涵。学者们对这首诗歌的解读众说纷纭，有学者认为，冯至的这首诗表达了年轻人对女性的朦胧的情思，是“年轻的生命萌动出正常的渴求，因此对心中美好的异性怀着亲近的愿望，然而‘种族记忆’里的民族性格决定了诗人不可能将热烈的相思化作热烈的表白，这里面更有诗人怯懦的性格、节制的古典追求”③。也有学者明确指出了诗歌中的性隐喻，“如果承认（该诗）梦中的图像都是睡眠中器官状态的象征，梦中的‘戏剧化’都是以具体的形象来表现抽象的欲望的，那末《蛇》中这些图像和‘戏剧化’表现就可以解释成某种白日梦中性行为的象征，而隐义则是追求超文化的动物本能之意这一主体怪异情结的泄露”④。无论是何种解读方式，《蛇》的抒情性是不容置疑的，冯至擅长在日常生活中发现诗，注重从细节着眼捕捉诗意。《我是一条小河》以新颖含蓄的意象、直白清新的语言、惆怅缠绵的情思交汇成一条充满情感波动的“小河”；《在郊原》抒发了诗人痴痴的

①② 冯至．外来的养分［J］．外国文学评论，1987（2）：3－8．

③ 丹妤．行走的花朵：冯至、邵洵美诗《蛇》的读解［J］．诗探索（秋冬卷），2004（Z2）：34－42．

④ 骆寒超．20世纪新诗综论［M］．上海：学林出版社，2001：24．

恋情，渴望“化作了风丝和雨丝”，“缀在花之间”，“挂在树之巅”，献给那采撷花叶编织花篮的姑娘；《狂风中》诗人不甘于现实的羁绊，热切地呼喊着对光明世界的渴望：“愿有一位女神，/把快要毁灭的星球，/一瓢瓢，用天河的水，/另洗出一种光明！”相较于古典诗歌的含蓄，冯至的抒情诗无论在意象上还是在情感表达上都进行了更为大胆的尝试，呈现出截然不同的意境。

在中国文学史上，诗歌是所有文学体裁中与本民族传统文化关系最为密切的。中国是一个诗的国度，几千年来传统诗歌的成就可以说是登峰造极，无法超越。欲在这样一个领域获得生存空间，新诗只能采取与传统诗歌截然不同的道路，从语言、韵律和意境等多种形式层面进行彻底的变革，并不断进行新的尝试与探索，逐步建构起现代新诗的文体观念。

第五章 | ◆

从小道到新民：小说的现代启蒙

小说在古典文学中并不受重视，在很长一段时间里被讥为小道。《汉书·艺文志》说："小说家者流，盖出于稗官，街谈巷议，道听途说者之所造也。"① 又说："虽小道，必有可观者焉，致远恐泥。是以君子弗为也，然亦弗灭也。"② 就是说尽管小说有"可观者"，也可以经久流传，但毕竟是君子不为的文体样式。因此小说位列十家之尾，不登大雅之堂。且小说因其荒诞不经，常被视为"恐语怪力乱神"，被官府以"祸害人心，有伤人伦"为由屡加限制。清代对小说的控制尤其严苛，史料记载，自康熙至同治年间，中央和地方发布的小说禁令为二十条以上。

然而文学文体的兴衰总是和时代相联系，正如黑格尔所说："每种艺术作品都属于它的时代和它的民族，各有特殊环境，依存于特殊的历史的和其它的观念和目的。"③ 时至晚清，内忧外患的清廷大厦将倾，其控制力日

①② 班固．汉书·艺文志［M］．上海：上海古籍出版社，1986：167．

③ 黑格尔．美学：第1卷［M］．朱光潜，译．北京：商务印书馆，1979：19．

趋下降，小说已经难以依靠政令禁止。与此同时，中国面临政治、经济的巨大变革，传统文学体系也即将重建。小说由君子不屑、正史不录的文学末流，转为备受推崇。

梁启超将小说视作“文学之最上乘”。他认为小说是补充六经、正史的最佳文学体裁，在《译印政治小说序》中说：“六经不能教，当以小说教之；正史不能入，当以小说入之；语录不能谕，当以小说谕之；律例不能治，当以小说治之。”① 1902 年，他在日本横滨创办《新小说》杂志，在创刊号上发表了《论小说与群治之关系》一文，论证了小说和新民之间的关联。他说：“今日欲改良群治，必自小说界革命始；欲新民，必自新小说始。”② 不难看出，梁启超将小说宣传成为政治立宪、移风易俗、教育改革的最佳工具。他的文章颇具鼓动性，“正名”之后的小说也得以迅速发展，据阿英的《晚清小说史》统计，20 世纪第一个十年，小说发行出版至少在 1 000 种以上，这已经超过以往一个朝代的小说总量。③

“五四”时期，白话文运动再次将小说推至风口浪尖。胡适发表《文学改良刍议》，呼唤“活文学出现”，提倡白话小说。陈独秀发表《文学革命论》，号召建设国民文学、写实文学和通俗的社会文学。钱玄同在《致陈独秀信》中认为小说、戏剧皆文学之正宗。迅猛的理论造势后，鲁迅又给予作品上的支持，他的《狂人日记》是第一篇白话小说，而后又接连出版《呐喊》《彷徨》两部堪称巅峰的短篇小说集，确立白话小说独步天下的地位。在 1917 年后的十年时间里，中国现代小说与传统小说拉开了距离，呈现出焕然一新的面貌，中国传统小说发生了向现代小说的“突进式”转变。现代小说成为新民的利器，这从根本上扭转了中国传统文学观中小说即为

---

① 梁启超. 译印政治小说总序 [N]. 清议报，1898 - 12 - 23.

② 梁启超. 论小说与群治之关系 [M] //饮冰室文集点校：第二辑. 昆明：云南教育出版社，2001：760.

③ 阿英. 晚清小说史 [M]. 上海：东方出版社，1996：2.

"小道"的观念。小说的地位因此上升至"文学之最上乘"①，成为现代文学成就最高的文体之一。

一、长篇小说：历史脉动的捕捉

鲁迅说："一时代的纪念碑底的文章，文坛不常有；即有之，也什九是大部的著作。"② 能称为"大部著作"的，唯有长篇小说。长篇小说的特点在于规模宏大，不仅字数多、篇幅长，还需要容纳更广阔的时空维度。长篇小说大都人物众多、结构繁杂，在展现一幅社会风俗画的同时对人物内心进行深刻体察，并对历史大势做出深刻的反映。因此，人们往往将气势恢宏、纵横捭阖的长篇小说作为一个时代文学的标志。

中国传统文学中也不乏优秀伟大的长篇小说。不仅有代表明清文学巅峰的《西游记》《水浒传》《三国演义》《红楼梦》"四大名著"，还有以《封神演义》为代表的神魔小说，以《杨家将》《说岳全传》为代表的英雄传奇小说，《隋唐演义》《东周列国志》等历史演义小说，《三侠五义》等公案侠客小说，《金瓶梅》等人情、世情小说。但这些小说无论是在思想内容还是在艺术结构上均属于古典小说的范畴。艺术风格上，传统长篇小说大都采用章回体结构，线索清晰但相对单一。就思想内容而言，尽管小说被视作"小道"，在一定程度上摆脱了封建礼教的束缚，保留一定程度的自由与叛逆，但传统小说的故事情节与人物的道德评价标准却必定要合乎"正史"的历史观与封建礼教规约下的道德观。而且大多数小说包含了浓重的封建等级秩序思想和圣君贤相、忠君护主意识。即便是颇具反抗意识的《西游记》、描写聚众起义的《水浒传》，或者被人视作"淫书"的《金瓶

① 梁启超．论小说与群治之关系［M］//饮冰室文集点校：第二辑．昆明：云南教育出版社，2001：760.

② 鲁迅．《近代世界短篇小说集》小引［M］//鲁迅全集：第四卷．北京：人民文学出版社，2005：134.

梅》，也都将主旨归到中国传统小说的“仁义道德”“因果报应”“万恶淫为首”的古典传统伦理观的说教路子。而现代长篇小说则突破了传统小说的题材限制和审美追求，不再是封建伦理道德的说教，而是要求反映现实，追求对社会和历史的总体性把握。

众所周知，长篇小说需要庞大的信息量和历史纵深感。这就要求长篇小说的作者对历史有准确的把握，对社会有深刻的体验。他们不能像短篇小说那样追求社会横截面的精妙裁剪，或是浮光掠影地描摹时代生活，而必须把艺术的眼光投射到社会的深处，要有历史的纵深感和全景式的广度。作者必须试图描绘历史在不同时期的呈现以及发展脉络，从而直抵本质并揭示社会发展的趋势。

在新文学第一个十年里，长篇现代小说也几乎缺席。尽管这一时期短篇小说获得了极大的成就，但茅盾、鲁迅、郑伯奇在归纳总结新文学第一个十年的时候不约而同地指出了长篇小说缺席的遗憾，茅盾认为小说只表现“个人生活的小小的一角”①，鲁迅也认为“所感觉的范围颇为狭窄，不免咀嚼着身边的小小的悲欢”②，郑伯奇也指出第一个十年的文学“抓不住现实”，只能写“身边小说”③。

事实上，中国现代小说先有短篇后有长篇并不奇怪。人类认识世界的顺序总是由浅入深，由部分到整体。20 世纪中国社会面临重大变革，小说家仓促上阵，在社会巨变的洪流中难以把握自身，更谈不上对世界系统的认识。即便是具有极高文学修养、思想深邃的文学家也很难全面表现社会。因此，反映生活侧面和社会局部的短篇小说是第一个十年最突出的文体。随着认识的深入，社会逐渐呈现出它的全貌，历史呈现出一定轨迹，作家反映生活的能力才会逐步提高，才可能出现长篇小说。

---

① 茅盾．中国新文学大系：小说一集［M］．上海：上海文艺出版社，1984：导言 10.
② 鲁迅．中国新文学大系：小说二集［M］．上海：上海文艺出版社，1984：导言.
③ 郑伯奇．中国新文学大系：小说三集［M］．上海：上海文艺出版社，1984：导言 14.

1922年张资平的《冲击期化石》是新文学的第一部长篇小说，但年轻的作家尚难以驾驭长篇小说这种宏大、复杂的文体。事实上，现代文学的第一部长篇小说是失败的，不然它也许会像《狂人日记》那样为人熟知。直到1928年，叶绍钧在《教育杂志》上发表《倪焕之》，新文学才出现较为可观的长篇小说。《倪焕之》发表后，茅盾立刻撰文指出作品“具有时代性”，是“扛鼎”之作。夏丏尊也说：“《倪焕之》不但在作者的文艺生活上是划时代的东西，在国内的文坛上也可说是划时代的东西。”① 此后长篇小说创作进入了丰收期：1931年巴金在上海《时报》上连载《激流》，1933年茅盾发表长篇小说力作《子夜》，随后老舍推出他的巅峰之作《骆驼祥子》（1937年），李劼人的小说《死水微澜》（1935年）、路翎的作品《财主底儿女们》（1945年）、周立波的《暴风骤雨》（1948年）、钱锺书的《围城》（1947年）、丁玲的《太阳照在桑干河上》（1948年）等长篇小说也相继问世，构成了现代文学长篇小说的第一个爆发期，长篇小说呈现井喷之势。这固然是作家们潜心创作、厚积薄发的缘故，但时代和历史的变革也促成了中国现代长篇小说文体的繁荣。正如茅盾所说的：“一九二八年以前那几年里震动全世界、全中国的几次大事件，我都是熟悉的，而这些历史的事件，都还没有鲜明力强的文艺上的表现，我以为那些历史事件须得装在十万字以上的长篇里才能够抒写个淋漓透彻”；“那时候，我觉得所有自己熟悉的题材都是恰配做长篇，无从剪短似的”，“只嫌几十字的短篇容纳不下复杂的题材”。②

《子夜》正显示出茅盾的这种独一无二的大气魄。他将笔触延伸至近现代中国的各个角落，用艺术的笔法和政治家的眼光描绘了现代中国社会的历史长卷。20世纪30年代，中国的民族资本主义内忧外患。在这一背景

① 夏丏尊．关于倪焕之［M］//夏丏尊．夏丏尊自述．合肥：安徽文艺出版社，2014：59.

② 茅盾．茅盾选集［M］．上海：开明书店，1952：自序3－4.

下，茅盾以唯物史观为依据，用他解剖刀般的笔法精当地分析了三四十年代的中国社会。在小说《子夜》中，他借助吴荪甫、赵伯韬等资本家形象，精准地分析了当时社会各个阶层，并准确地预判了民族资本家的走势。须知，三四十年代正是中国资产阶级的上升期。茅盾却能准确地指出民族资本主义自身的弱点和内外忧患。这种惊人的分析力和判断力不单是小说家难以企及，也是当时很多政治家无法比拟的。

《子夜》一经出版，瞿秋白即刻发现了《子夜》的价值——是“中国第一部写实主义的成功的长篇小说”①。它的发表是长篇小说的成功，也是新文学的成功，是中国文艺界的大事件。鲁迅也高度赞扬了《子夜》，他在书信及文章中反复提及这部小说，可见重视程度，其中在给曹靖华的信中评价道：“我们这面，亦颇有新作家出现；茅盾作一小说曰《子夜》，计三十余万字，是他们所不及的。”② 这种不及不仅是字数和长度的不及，更重要的是《子夜》的大手笔和大气魄，茅盾没有延续第一个十年是问题小说或乡土小说的主题，而是将艺术涉足重大题材，触动了历史的动脉。茅盾介绍自己的创作经验时说：“我总以为我敢涉足他人所不敢而又是人们所关注的重大题材，是原因之一。”③ 杨义说：“茅盾给我国新文学所增添的是史诗的气魄。”④

巴金的《家》则抓住了历史进程中封建家庭解体这一重大题材。家庭不仅是社会的细胞，更是整个封建伦理的基石，家庭格局的动荡意味深远，影响深刻。就传统而言，家庭伦理道德就是要遵守父子、夫妻、兄弟的礼仪，在这套礼仪体系下包含着等级尊卑的界限。但随着封建制度的解体，社会面临巨大转型。以往稳固的“三纲五常”正遭受极大的挑战。尤其是在民国时期，知识分子看到了西方的自由和民主，对封建伦理道德中森严

① 瞿秋白.《子夜》和国货年［N］. 申报·自由谈，1933－04－02.
② 鲁迅. 鲁迅全集：第12卷［M］. 北京：人民文学出版社，1981：148.
③ 李岫. 茅盾研究在国外［M］. 长沙：湖南人民出版社，1984：56.
④ 杨义. 茅盾、巴金、老舍的文化类型比较［J］. 文艺研究，1987（4）：78－86.

的尊卑界限更加排斥。巴金注意到这一深刻的历史变局，他根据自己的生活经验塑造了高家四世同堂的大家族。他们尽管生活在一起，有着宗族的血缘关系，但已经不再是封建传统时期的父慈子孝的其乐融融，一片和美；而是壁垒森严地划分为新旧两大阵营：一方是以高老太爷为首的封建统治者，他们虚伪顽固，另一方是以觉民、觉慧为代表的渴望爱情与自由的年轻一辈，他们是家族的叛逆者，是接受新知识，自由、民主的一代，因而势必和封建保守的父辈产生不可调和的冲突。巴金的《家》充满了激情、壮美、热烈、乐观的美感色彩，但小说中展现的父子对立也形成了现代文学最为经典的冲突模式。

老舍将视域集中在北京的市民阶层，他的艺术世界几乎包罗了北京市民阶层的一切生老病死和喜怒哀乐。透过市民阶层小人物的命运，老舍准确地把握了历史的脉动。在老舍的小说里，市民阶层正受着现代文明的冲击；尽管现代性的进程体现了历史的进步，但市民阶层在道德和精神上却呈现出衰落之势——这无疑是现代性最严重的后果。《骆驼祥子》正是这样一部较早反映现代性恶果的小说。老舍笔下的祥子是一个怀揣梦想的洋车夫，曾经健壮、诚实的青年，勤恳地拉活赚钱，但他所做的努力却将他推向堕落的深渊；他从一个破产的农民逐渐被市民化，而后又沦为城市流氓无产者。尽管祥子的堕落带有偶然性，但在那个时代更多的是必然性。

老舍的小说有浓重的家国情怀和民族感情，他一直尝试在战争与动荡中探究民族的命运和未来。《四世同堂》是老舍最长的小说，堪称中华民族抗日战争的鸿篇巨制。小说从北京小羊圈胡同的几户居民的日常生活入手，展现出沦陷区百姓的沧桑变故，从而全景式地展现了中华民族抗日的悲壮历程，史诗性地表现了中华民族的文化批判与文化重建。正如赵园写的："老舍从他独特的角度，反映了特定历史时期中国社会生活的某些本质方面。从这个意义上，我们完全有理由说，老舍小说也是那一时期中国社会的一面镜子。”①

钱锺书的《围城》则描写了历史转型中的知识分子群像。钱锺书在《围城》初版序言中写道：“在这本书里，我想写现代中国某一部分社会，某一类人们。”②《围城》通过方鸿渐的人生旅途探讨了知识分子所经历的教育、爱情、事业和婚姻四大阶段，进而展示出民国时期“新儒林”知识分子群像。尽管钱锺书笔调轻松，幽默讽刺充斥全书，但围城和金丝雀的寓言却时常出现，挥之不去，就像缠绕着民国知识分子的宿命一般——无奈而又沉重！一般意义上而言，知识分子引领了文化革命和文学革命，是作为启蒙者出现在中国近现代历史舞台上，但钱锺书的《围城》却展示了知识分子的另一个侧面——卑琐、庸俗、虚伪。这本书体现了知识分子的反思和自省，更通过知识分子这一特殊的角度捕捉到民族的精神危机。

现代中国长篇小说作家成熟于20世纪30年代，他们不再是截取社会的横截面，而是青睐于表现历史的纵深，具有创造史诗的雄心。而动荡社会恰好给作家创造了机遇，他们有机会走出书桌，来到“十字街头”，将个人的生命体验融入社会，寻找自身和历史的契合点，用自己的眼光观察这个伟大而悲壮的时代。

二、短篇小说：社会横截面的提取

中国古代短篇小说的源头可以追溯到上古，其发展脉络也非常清晰：神话是最初的短篇小说样式，口耳相传，是最为朴素的文学样式。魏晋南北朝时期是小说成长期，出现了干宝的《搜神记》和刘义庆的《世说新语》这类志人、志怪小说。唐传奇的出现如《柳毅传》和《莺莺传》，则标志着中国古代小说的成熟。宋元话本、拟话本的出现使得小说题材更加丰富，

---

① 赵园．老舍：北京市民社会的表现者与批判者［J］．文学评论，1982（2）：35－50.

② 钱锺书．围城［M］．北京：人民文学出版社，2004：序1.

文体进一步得到完善。明清时期长篇小说得到了充分发展，短篇小说尤其是文言短篇小说也诞生了如《聊斋志异》这样的古代短篇小说的集大成之作。从文体角度而言，古代短篇小说有两种基本体式：一是文言短篇小说，以唐传奇和明清笔记体小说为代表；二是白话短篇小说，以宋元话本、拟话本为代表。

古代短篇小说大都具有共同的叙事结构及特征。首先，古代小说强调内容的"故事性"。这点从历代文体称谓即可看出：无论是位于小说源头的上古神话传说、魏晋南北朝的志怪志人，还是唐代传奇，宋元带有明显说书痕迹的话本、拟话本，故事性、传奇色彩一直是古代短篇小说普遍追求的叙事原则。尽管古代小说也走过了一条由传奇到写实的道路，但根本而言，都保持了故事的特质。其次，古代短篇小说追求小说情节的完整性。无论字数多少，古代小说都具有完整的故事情节，往往从姓甚名谁、哪里人起笔，一般会写出主要人物的生平经历。而且古代小说写作也有一定之规，要在一定篇幅内呈现出起承转合的文章结构，小说的起因、经过、高潮、结局均要讲清楚、写明白，都要符合古典文章学的基本要求。最后，古代短篇小说有着较为明确的创作主旨。尽管小说被视作小道，但却不能完全避开"文以载道"的传统文学观。小说也要讲究"微言大义"，承载"卫道"和"劝诫"的使命。唐人传奇、宋元话本，以至于《聊斋志异》，都不能完全摆脱因果报应、劝人向善的创作主旨。

20 世纪初，短篇小说完成了由古代到现代的文体转变。在理论建设方面做出了突出贡献的是胡适的短篇小说论。"横截面"理论经胡适阐释而被广泛接受，至今仍是短篇小说理论的核心词语。胡适在《论短篇小说》中对短篇小说文体做出界定："短篇小说是用最经济的文学手段，描写事实中最精彩的一段，或一方面，而能使人充分满意的文章。"① 胡适对"横截

① 胡适. 论短篇小说［M］//胡明. 胡适精品集：第 1 册. 北京：光明日报出版社，1998：125.

面”做出进一步阐释：“事实中最精彩的一段或一方面”便是社会生活（包括“一人的生活，一国的历史，一个社会的变迁”）的“横截面”①。胡适强调“横截面”的写法就是严格限定了短篇小说结构不能像古代小说那样追求叙事的完整性。这就必须要求打破从头说起，而后起承转合的叙事结构模式，而是“用全副精神气力贯注到一段最精彩的事实上的结构局势”②。这也是胡适说的“最经济的文学手段”，即“不可增减，不可涂饰，处处恰到好处”的表现手段。写轻处“十个字记十年的事，不为少”，写重处“一百多字记一天的事，不为多”③。尽管胡适没有完成短篇小说创作的转型，但他的理论建设的确为现代短篇小说做出了明确的指引和规约。

胡适未能完成的创作任务是由鲁迅完成的。作为中国现代小说的开拓者，鲁迅深入研究了古代小说的内容特质及艺术特征，同时他又充分借鉴了外国小说的创作经验与写法。在此基础上，鲁迅不断摸索、试验，最先打破了中国小说传统的“大团圆”结局，并以崭新的叙述视角和叙述者对小说进行艺术创新。在鲁迅手上完成了中国小说由传统到现代的转变。正如张定璜所说：“《双枰记》等载在《甲寅》上是一九一四年的事情，《新青年》发表《狂人日记》在一九一八年，中间不过四年的光阴，然而他们彼此相去多么远。两种的语言，两样的感情，两个不同的世界！……读了他们再读《狂人日记》时，我们就譬如从薄暗的古庙的灯明底下骤然间走到夏日的炎光里来，我们由中世纪跨进了现代。”④

1918 年载于《新青年》第 4 卷第 5 号的《狂人日记》，是中国第一篇真

---

① 胡适. 论短篇小说［M］//胡明. 胡适精品集：第 1 册. 北京：光明日报出版社，1998：126.

② 胡适. 论短篇小说［M］//胡明. 胡适精品集：第 1 册. 北京：光明日报出版社，1998：125.

③ 胡适. 论短篇小说［M］//胡明. 胡适精品集：第 1 册. 北京：光明日报出版社，1998：130.

④ 张定璜. 鲁迅先生［M］//孙郁，张梦阳. 吃人与礼教：论鲁迅：一. 石家庄：河北教育出版社，2000：8.

正意义上的现代白话短篇小说。小说没有惊奇的故事，也没有严整的结构，而是由白话文写成的年月日不详的日记构成正文，以“表现的深切和格式的特别”打破了传统起承转合的文章格局。鲁迅发表《狂人日记》后，又继续进行小说的文体实验。他接连创作了《呐喊》《彷徨》《故事新编》短篇小说集，不断挑战传统小说的旧形式，不断尝试并发展着中国现代白话短篇小说新文体。

《示众》是一篇非常典型的鲁迅式“横截面”小说，故事纯粹取自一个杀头示众的场景，最大可能地淡化了情节和叙事的完整性。在“首善之区”，盛夏的正午，街头巷口因杀头示众而聚集起一群看客：这是一群没有名姓的男女老少，他们高矮胖瘦形形色色，本毫无关联，但在正午的刑场，他们都因杀头的热闹而来，都一样地表现了看客的麻木和无聊。小说并不存在一个贯串始终的故事，而是聚焦在十字街头这一特定场域，进行氛围的渲染和对心理的刻画。小说也不存在严格意义上的开端、高潮和结局，只是描写了国人最为常见看热闹的片段，但在鲁迅极准确和精当的表述中让人如身临其境，不免为之产生无聊和精神的空虚。钱理群曾说：“鲁迅有两篇小说是代表 20 世纪中国短篇小说艺术最高水平的，其一就是《示众》。”①

张爱玲也是一位短篇小说的高手。尽管她受中国古代小说《红楼梦》影响至深，但她的短篇小说和古代小说完全不同。《传奇》小说集所写的人物大都是上海或香港的中产阶级，在抗战时期他们的爱情故事毫无浪漫可言。张爱玲本人细腻而敏感，无疑是写爱情的高手，但她小说中却从未有过对爱情过多的颂扬，她总是冷峻地撕下上层社会或中产阶级温情脉脉的面纱，让人看到那触目惊心的残忍。同样，她所展示的中国大都市看似华美，但却充满了丑恶和卑劣。她的小说既没有传统小说的悲喜情感，也没

---

① 钱理群. 鲁迅作品十五讲［M］. 北京：北京大学出版社，2003：79.

有对人生的教诲和劝诫。张爱玲用她对语言的精准把握和反讽的笔法写出了一个荒凉而苍白的现代都市，从而完成了她对传统小说的背离。

排在《传奇》最末的《封锁》堪称中国短篇小说的佳作。小说是截取了战时上海临时封锁的“横截面”——在一辆搁浅的电车上——就剪裁而言，张氏的眼光不亚于鲁迅。这电车上的人“有报的看报，没有报的看发票，看章程，看名片。任何印刷物都没有的人，就看街上的市招”，“他们不能不填满这可怕的空虚——不然，他们的脑子也许会活动起来，思想是痛苦的一件事”①。作者和鲁迅一样不约而同地触及现代短篇小说最核心的情感流变。爱情不过是为了打发时间，填补空虚。于是《封锁》的主人公吕宗桢向同车的吴翠远调情。如果换个环境，吴翠远很明显不是吕宗桢喜欢的类型，因为在吕看来，“整个的人像挤出来的牙膏，没有款式”②。吕宗桢也不是英俊小生。这和《倾城之恋》中的爱情似有相似。在封闭的电车里，他们恋爱了，可是下车后就自然而然地分手了。吕宗桢闪入人群，当作一切没有发生过。翠远终于醒悟过来，“整个的上海打了个盹，做了个不近情理的梦”。《封锁》短小而精彩，极为经济地截取了电车上的一角，在寻常的日常生活中发现不一样的人生。这是一篇直抵人类灵魂的佳作，也是一篇颇具现代风格的小说。

显而易见，现代短篇小说在文学样式和审美追求上显现出和古代完全不同的艺术追求。首先，现代短篇小说有意表现出对故事的疏离。对比张爱玲的《传奇》和唐代传奇不难发现，此时的传奇是普通人的生活，已经不是古时的飞天遁地、荒诞不经的传奇。而且现代作家意识到日常生活中的细枝末节更能表现人物的灵魂。因此，短篇小说在外形上呈现出淡化故事性情节的趋势，以具体的生活或心理片断构成其基本的叙事框架。其次，对完整性或者团圆式的摆脱。近现代以来，中国原本完整而严谨的道德伦

① 张爱玲. 张爱玲文集［M］. 合肥：安徽文艺出版社，1992：274.
② 张爱玲. 张爱玲文集［M］. 合肥：安徽文艺出版社，1992：277.

理体系解体，这带来一系列认识论和价值观的变化。原本完整的世界在现代作家看来是支离破碎的，而且越来越难以评价人物的是非成败。这就让作家很难陈述一个完整的故事和对世界完整的认识。"横截面"是作家的有意追求，也是无奈之举。最后，反讽手法的大量运用使现代小说表现出更为复杂的情绪。

三、写实小说：从"问题"到"乡土"

写实小说这一称谓可追溯至1902年梁启超的《论小说与群治之关系》，该文将小说分为"理想派"和"写实派"。稍后，胡适也提倡写实的白话小说，认为"以此种小说皆不事模仿古人，而惟实写今日社会之情状，故能成真文学"①。陈独秀也将写实文学作为文学革命的目标，他宣扬的"三大主义"中有一条就是"建立新鲜的立诚的写实文学"②。因此，写实小说被认为是最适合启蒙的文体而一度受到热捧。1922年瞿世英描述写实小说的特点时说道："说写实派小说努力描写事物的实在状况，描写现实的人生不避免平常的凡庸的事情，亦不避免不痛快不悦意的事情，譬如用一个镜子，镜子照着怎样，便怎样地写，毫不加粉饰，更不用遮掩。"③

"五四"时期，写实小说首先以问题小说的形式成为文坛的主潮。这是由于辛亥革命失败之后社会矛盾冲突不断，新旧意识相互博弈，很多问题凸显出来，新小说家大都关注到这些问题，因此杨义认为："出现于1918年到1921年之间的新小说家，几乎都是问题小说家。""这种青年社会的意识与初步觉醒的小说意识相结合，就要求小说以哲学为其本质，跟着哲学

---

① 胡适．文学改良刍议［M］//胡适．胡适文存：上册（一——二卷）．北京：中央编译出版社，2014：7.

② 陈独秀．文学革命论［M］//陈平原．《新青年》文选．贵阳：贵州教育出版社，2014：71.

③ 瞿世英．小说研究：下篇［J］．小说月报，1992，13（9）.

走，就必然产生反映这种思潮的‘问题小说’。”①

“问题小说”这一称谓，源自于周作人，他说：“问题小说，是近代平民文学的出产物。这种著作，照名目所表示，就是论及人生诸问题的小说。”② 周作人在《中国小说里的男女问题》中进一步区分“五四”“问题小说”与传统的教训小说：“凡标榜一种教训，借小说来宣传他，教人遵行的，是教训小说。提出一种问题，借小说来研究他，求人解决的，是问题小说。……教训小说所宣传的，必是已经成立的，过去的道德。问题小说所提倡的，必尚未成立，却不可不有的将来的道德。一个是重申旧说，一个是特创新例，大不相同。”③

文学研究会作家在“为人生”的口号下，发表了大量问题小说。最初“问题小说”集中表现在爱情方面。罗家伦的《是爱情还是苦痛?》、冰心的《两个家庭》、杨振声的《贞女》都是集中体现爱情的问题小说。这和当时作家个人生活和阅历有关。随后作家将视域推展到社会各个角落，开始在更广阔的世界中发现问题、表现问题。例如：冰心的《斯人独憔悴》，不单纯是爱情，而是关注到了家庭中伦理道德的问题，特别是父子新旧观念的冲突；庐隐的《海滨故人》尽管也是从感情入手，但已经开始关注女性生存的问题；朱自清的《别》则看到生活的贫困是人生最大的问题，因为贫困妻离子散，劳燕分飞；孙俍工的《隔绝的世界》则开始注意到劳工生存问题。冰心的《超人》是问题小说的代表作。《超人》写的是主人公何彬曾是一个“超人”主义信奉者，他沮丧失望，消极对待生命，但在感受到“爱”之后，他认识到：“世界上的母亲和母亲都是好朋友，世界上的儿子和儿子也都是好朋友。”这体现了冰心用“爱”的方式解决问题的态度。

问题小说显然具有启蒙意识。小说家试图通过问题小说揭露现实世界

---

① 杨义. 中国现代小说史：上［M］. 北京：人民出版社，1986：125.

② 周作人. 日本近三十年小说之发达［M］//钟叔河. 周作人文类编：7. 长沙：湖南文艺出版社，1998：233.

③ 钟叔河. 周作人文选：1898—1929［M］. 广州：广州出版社，1995：43.

中的弊端，以期引起“疗救的注意”。尽管问题小说只提出问题，并不负责解决问题，而且从各方面看并不是成熟的文体；但问题小说切近现实，情感描写细腻，展现出明显的现代意识和启蒙色彩。问题小说正体现了胡适曾在《文学改良刍议》中所期盼的“活的文学”“真的文学”“人的文学”。如勃兰兑斯所说：“在现代，我们晓得文学所以能活着，是在其提供问题之点的。”①

问题小说退潮之后，乡土小说开始占据文坛主要位置。鲁迅曾对乡土小说有过简单的定义：“蹇先艾叙述过贵州，裴文中关心着榆关，凡在北京用笔写出他的胸臆来的人们，无论他自称为用主观或客观，其实往往是乡土文学”②。陈平原归纳乡土文学的特征为：第一是“伤感的故乡风”；第二是“近乎无事的悲剧”；第三是“国人沉默的灵魂”。③

在20世纪，乡土小说无疑是具有世界性的文学思潮。这一时期工业文明迅速上升成为社会主体，大量乡村解体，城市纷纷建立，在世界范围内农耕文明逐渐失去其主导地位。被逐渐侵蚀的乡土和田园成为人类最后的精神家园，引发作家广泛的怀念和追忆。但中国乡土小说明显受鲁迅影响。在鲁迅笔下，无论是《故乡》还是《社戏》，乡村已经失去了固有的魅力，故乡不再美丽，她不是传统的精神家园，更不是现代人的栖居地。在中国的乡村，遍地是饥荒和贫穷，那里的村民大都如闰土般麻木和愚昧。因此，“五四”时期的乡土文学多是批判国民的劣根性，带有明显的启蒙色彩。

王鲁彦的小说《菊英的出嫁》展现了“冥婚”这一乡村恶俗，即将已经去世的未婚男女移棺合葬，完成阴间的婚礼。小说中菊英娘甚至对着棺材谆谆教导，告诫死去的菊英到丈夫家里去做“他的人”，顺从丈夫，听公

① 勃兰兑斯．十九世纪文学之主潮：第一册　移民文学［M］．侍桁，译．北京：商务印书馆，1936：原著者序6.

② 鲁迅．中国新文学大系·小说二集·导言［M］//王光东．中国现当代乡土文学研究：上．上海：东方出版中心，2011：11.

③ 陈平原．在东西方文化碰撞中［M］．上海：华东师范大学出版社，2014：180－181.

婆的话。台静农的《烛焰》则描写了“冲喜”的恶俗，“伊”嫁给吴家将死之少年只是为了给久病的人“冲喜”，结果事与愿违，刚嫁过门的新妇便成了寡妇。王任叔的《疲惫者》、许钦文的《疯妇》、台静农的《红灯》写出了乡村穷苦家庭在生死边缘的挣扎。许杰的《惨雾》描写了一场乡里间的“械斗”。在浙东近山农村，玉湖庄与环溪村因开垦权之争引发两村“械斗”。在宗族的名义下，两个村的全村男女都加了进来，最终以惨烈结局收场。在一片触目惊心中，乡土作家展现了乡村物质上的贫瘠，更暴露了贫苦百姓精神上的愚昧。

四、心理小说：从“自叙”到“新感觉”

心理小说本身带有现代性的特质，米兰·昆德拉在《小说的艺术》中说：“由注重人物的行动描写到重点描写人的心理是现代小说的一次伟大革命。”① 中国传统小说文体中并没有心理小说这一分类。尽管早在魏晋南北朝时期的志怪、志人小说就出现了心理描写，但多半质朴而又简短。唐传奇和宋元话本丰富了心理描写的内容，也出现了比较细腻的心理描写，但总体而言心理描写比重甚少。直到明清，古典小说已臻大成，但语言和行动仍是表现人物的主要方式，心理描写仍没有受到足够的重视。唯有长篇名著《红楼梦》里面的心理描写才可以说已经真正成熟了。但这些都只是心理描写，称不上心理小说。

顾名思义，心理小说是以心理描写为主或以展现人物心理为主要意图的小说。直到“五四”之后，中国才出现这一文体。杨义认为：“心理小说的笔致则是向内的，透视人物内心的情感和理智、理想和意志、本能和意识、显意识和潜意识等诸多层面之间冲突、擒纵、升沉、转移，以及这些

---

① 昆德拉. 小说的艺术［M］. 孟湄，译. 北京：生活·读书·新知三联书店，1992：67.

心理层面在外界环境和文化气氛中的反应方式和表现方式。"①

心理小说最初是以"自叙传"的形式出现在"五四"时期。郁达夫无疑是"自叙传"小说的代表作家。"五四"新文化运动后，自我意识获得极大的解放，但现实压力却使自我意识难以舒展，难免产生压抑和苦闷。郁达夫本就属于敏感多情的浪漫派作家，加上他早年留学日本，深受日本"私小说"影响，同时又受卢梭《忏悔录》影响，因此他创作大量的表现苦闷压抑的"自叙传"小说也就不足为奇。郁达夫写过《沉沦》《茫茫夜》《茑萝行》等50余篇小说，除了后期写的《她是一个弱女子》《出奔》等少数几篇，其他大部分都带有"自叙传"性质。由此可见他对这一文体的偏爱。

郁达夫的"自叙传"塑造了敏感多情的"零余者"。作为被侮辱被损害的一类人，"零余者"是"五四"时期遭社会挤压而无力把握自己命运的小人物，大都有"性苦闷"或"性变态"的特征。作者大胆坦露自我的"性隐私"，这在当时也是惊世骇俗的。因此"自叙传"小说引起了不小的轰动和争议。但作者的高明之处在于不完全将这种变态归结为性压抑，而是归罪于弱国子民的身份。这当然体现了作者性格纤弱的一面，但同时也是对于社会现实的一种控诉。因而"自叙传"小说在当时颇能引起一部分人的共鸣。

《沉沦》是郁达夫的代表作，小说中的"他"无论是经历还是性格都和郁达夫本人高度相似。"他"19岁时随长兄赴日，并考入东京第一高等学校，是个有才华但敏感的青年。"他"身体不好，"忧郁症愈闹愈甚"，但处于青春期的他对异性的渴慕一天强于一天。因为他弱国子民的身份，这种渴望竟然变成了奢望。然而自卑的心、悲愤的情、弱国子民的屈辱地位，使得"他"不敢也不可能得到"伊扶"的爱情。他回想起身世的凄凉、故

① 杨义. 京派文学与海派文学［M］. 北京：生活·读书·新知三联书店，2007：149.

国的不堪、身处异乡的屈辱和对异性的向往等生活的苦闷、性的苦闷和社会的苦闷，凡此种种交织在一起，一步一步逼得主人公走向沉沦以至于自杀了结。投海自尽前“他”大呼：“祖国呀祖国，我的死是你害死的！”① 这让我们明悟到《沉沦》背后的悲剧诚然有自身性格的因素，但国家的衰败是旅日青年受歧视、性压抑的根本原因。小说尽管有所虚构，但却真挚感人，写出了旅日青年真实的心理。

继“自叙传”小说之后，“新感觉派”逐渐成为心理小说的代表。这类小说是诞生在上海的一种先锋文体。20 世纪 30 年代的上海有“东方巴黎”之称，是中国最为前卫的国际大都市。施蛰存说：“这里面包括着各式各样的独特的形态；汇集着大船舶的港湾，轰响着噪音的工场，深入地下的矿坑，奏着 Jazz 的舞场，摩天楼的百货店，飞机的空中战，广大的竞马场……甚至连自然景物也和前代的不同了。”② 国外的报刊、小说，一切都能在上海买到和读到。

20 世纪 30 年代上海独特的市民社会环境、文化氛围极易诱发新的小说文体。1928 年，刘呐鸥翻译了日本“新感觉派”小说集《色情文化》，将日本“新感觉派”译介到中国。1932 年 5 月，“新感觉派”以大型文学月刊《现代》为阵地，聚集了刘呐鸥、穆时英、施蛰存三人，并形成上海“新感觉派”。施蛰存等三人熟悉上海，出手阔绰，他们经常出入于浮华喧嚣的十里洋场，享受现代都市的物质和商业文明。同时他们大量阅读外文小说，深受西方现代主义文学的熏陶，追求文学的先锋性，在文体样式上不但和中国传统小说拉开了距离，也和写实派有着巨大差异。“新感觉派”小说创作有其独特的风格，大都节奏快速，情节跳跃，与都市生活相适应。

穆时英的《夜总会里的五个人》用几个片段反映上海都市的夜生活。小说描写了金业交易所、大学校园、夜总会、汽车、大饭店等只有都市才

---

① 郁达夫. 沉沦 [M]. 北京：作家出版社，2000：38.

② 施蛰存. 关于《现代》的诗 [J]. 现代，1933，4 (1).

有的场面，并将许多互相不联系的感觉意象叠加在一起，用跳跃的结构和多线并进的方法造成时空交错的感觉，打乱了情节的连续性和顺序性，展现了上海都市生活的纸醉金迷和畸形错乱。《上海的狐步舞》就同时出现了几条并进的线索，由一系列不连贯的蒙太奇镜头组成画面。这种快速的节奏，恰好表现出现代大都市生活的快速旋律。“新感觉派”在结构艺术上还大量采用心理情绪流的结构，十分注重心理分析。

现代性、先锋性是“新感觉派”给人最突出的感觉。钱理群评价道：“新感觉派小说之‘新’，在于其第一次用现代人的眼光打量上海，用一种新异的现代的形式来表达这个大都会的城与人的神韵。”① “新感觉派”用心理分析与意识流等现代式创作技巧颠覆了传统小说的旧模式，并且探入到传统小说并未达到的深度。

和传统小说相比，“新感觉派”最大的差异则体现在小说对心理世界的空前关注。施蛰存于1994年为《世界文学大师小说名作典藏本》所写“总序”里为现代小说的这次转向做了一个简洁的概括。他说：“在第一次世界大战之后，欧洲文学出现了新的动向。在新成立的苏联，作家强调写无产阶级的革命的意识形态；在西欧，由于弗洛伊德心理学说的影响，作家们注意到：一切世态人情，都有表象和内蕴两种状态。人的一切思想、观念、语言、行为，都不是单纯的思维成果，它们是各种矛盾的、复杂的意识形态斗争的结果。于是，有不少作家，不再以外在的人情世态为作品的题材，而以揭示人物内心的思维活动情况为题材，于是出现了心理分析小说，使小说这一文学样式开发了新的题材领域，短篇小说也随之而产生了前所未有的创作方法。这些作品，我们称之为现代型的小说。”②

施蛰存无疑是“新感觉派”小说作家中最杰出的代表。他有明确的文

---

① 钱理群，等. 中国现代文学三十年［M］. 北京：北京大学出版社，1998：324.

② 施蛰存. 总序［M］//世界文学大师小说名作典藏本. 上海：上海文艺出版社，1994：2 -3.

体创新意识，他舍弃了茅盾的批判现实主义创作方法，也没有在郁达夫自叙传的老路子上停留，而是如他自己所言要“开辟一条创作的新蹊径”。他所说的新路径是来自西方的。他说：“二十年代末我读了奥地利心理分析小说家显尼志勒的许多作品，我心向往之，加紧了对这类小说的涉猎和勘察，不但翻译这些小说，还努力将心理分析移植到自己的作品中去，接连出版了《将军底头》、《梅雨之夕》、《善女人行品》等集子，这一时期的小说，我自以为把心理分析、意识流、蒙太奇等各种新兴的创作方法，纳入现实主义轨道。”①

《石秀》是施蛰存的代表作之一。该作品取材于古典小说《水浒传》，根据梁山好汉石秀、杨雄落草前的故事改编而成，和《水浒传》中的传统写法对比更容易看出“新感觉派”的文体特征。石秀原是梁山好汉中“义”的象征，他路见不平拔刀相助，又替义兄除掉不贞的嫂嫂。但施蛰存却将注意力放在石秀的内部世界，即石秀杀嫂的心理，尤其是创造性地展示他的变态的性欲心理。受弗洛伊德性本能的观点影响，作者并未认同义薄云天、坐怀不乱之类的古话，而是认为石秀必然会被潘巧云勾动性欲，下意识有着“虽然杨雄是自己的义兄，究竟也不是什么了不得的关系，便爱上了他的浑家又有甚打紧”②；后来石秀得知潘巧云和裴如海发生关系，又大怒；最后唆使杨雄残忍肢解了自己的妻子，石秀“又觉得一阵满足的愉快了”。这种感觉无疑是“新”的。施蛰存将石秀的“性欲”“暴力”和古典《水浒传》的“义气”“豪爽”形成反讽，成就了《石秀》一文的现代经典心理小说的地位。

---

① 施蛰存. 关于“现代派”一席谈［N］. 文汇报，1983-10-18.

② 施蛰存. 石秀［J］. 小说月报，1932，22（2）.

五、诗化小说：文体的破壁与互渗

传统的四分法将文体分成诗歌、散文、小说、戏剧四大类。而这四种文体有各自的特质，因而形成了森严的壁垒。但文学又经常出现“破壁”和“互渗”现象，增加了文学的魅力。

一般而言，当文体发展成熟到一定程度，就会出现超越文体的破壁现象或者互渗现象，这是源于文体创新的自觉；而另一种情况则发生在文体尚未成熟，处于探索阶段的时候。中国传统小说经过千年的沉淀，基本形成了稳定的结构范式，但在此基础上建立的现代小说却还未完全成型。因此，在现代文学时期，无论是小说家还是理论家都大胆地尝试小说文体的创新，这其中最为常见的就是文体的破壁和互渗。

周作人提出过“抒情诗的小说”概念①，是专门强调小说中的抒情成分。朱光潜曾赞赏过乔伊斯和伍尔夫的小说样式，尤其欣赏他们将诗歌引入小说，他说：“乔伊司和伍尔夫夫人诸人的小说”即是对“诗和小说的陈规”② 的反叛。和沈从文有着明显传承关系的汪曾祺专门探讨了短篇小说的特点，在《短篇小说的本质》一文中他认为：“我们宁可一个短篇小说像诗，像散文，像戏，什么也不像也行，可是不愿意它太像个小说，那只有注定它的死灭。”③ 可见，现代小说在其开创阶段存在大量的破壁与互渗，而最为常见的则是诗化小说。

诗化小说就是指小说具有诗歌的某些特征，比如拥有诗歌那样优美凝练的语言、浓重的抒情性以及诗的意境和情调等。现代小说，尤其是短篇小说经常会有诗化的可能，这首先是由于诗歌一直是我国传统文学中最具

---

① 周作人在翻译库普林的《晚间来客》的译后记提出这一概念，载于1920年《新青年》第7卷第5期。

② 朱光潜．桥［J］．文学杂志，1937，1（3）．

③ 汪曾祺．短篇小说的本质［J］．益世报·文学周刊，1947（43）．

统治力的文体样式，闻一多说："我们这大半部文学史，实质上只是一部诗史。""诗似乎也没有在第二个国度里，像它在这里发挥过的那样大的社会功能。在我们这里，一出世，它就是宗教，是政治，是教育，是社交，它是全面的生活。"① 因此，中国作家有着深厚的诗歌情感和抒情传统。在创作其他文体时，不经意就会将诗歌的抒情性倾注在其中。从这个角度上说，诗化小说给现代小说保留了一条通向传统的道路。其次，现代小说，尤其是短篇小说最直观的特点就是摆脱了传统小说故事性或者说书人的痕迹。结构上的散化和情节的淡化是现代短篇小说的创作倾向，而远离故事的策略之一就是亲近抒情，小说诗化。

现代诗化小说可以追溯到鲁迅的作品。《故乡》《社戏》《鸭的喜剧》《在酒楼上》《伤逝》等作品语言凝练，文笔优美，富有诗意。但鲁迅的文体实验的方向并不在小说的诗化，尽管他的小说展现出一定的诗化倾向，但很少有人将鲁迅视为诗化小说的代表。

真正以诗化小说被人记住的作家是废名。废名是"京派"代表作家，一向被认为是周作人的弟子。他从不掩饰对晚唐诗人温庭筠、李煜诗词的喜爱，坦承古典文学对其的影响。在《废名小说选》的"序"中，废名说："就表现的手法说，我分明地受了中国诗词的影响，我写小说同唐人写绝句一样，绝句二十个字，或二十八个字，成功一首诗，我的一篇小说，篇幅当然长得多，实在用写绝句的方法写的，不肯浪费语言。"② 《桥》是废名诗化小说的代表作，写少年男女纯洁的初恋。小说以美丽的乡村为背景，描写了"东方朔日暖，柳下惠风和"的史家庄，宛如桃源般宁静，村里的人物也都淳朴天真。小林、琴子、细竹三个儿童是小说的主角，他们从小一块玩耍，渐渐萌生了感情，但这种男女之情却又似儿童的友谊，有时淡得根本不存在，有时又浓得化不开。三人尽管有淡淡的情感纠葛，但儿童

---

① 闻一多. 闻一多全集［M］. 北京：生活·读书·新知三联书店，1982：202-203.

② 废名. 废名小说选［M］. 北京：人民文学出版社，1957：序2.

的天真却让他们内心纯净，能够和睦相处。小说一经问世便被称为“破天荒”的作品。显然那种诗意被读者注意到。“读者从本书所得的印象，有时像读一首诗，有时像看一幅画，很少的时候觉得是在听故事，所以有人说这本书里诗的成分多于小说的成分，是不错的。”① 朱光潜则认为《桥》里充满的“是诗境，是画境，是禅趣。每境自成一趣，可以离开前后所写境界而独立”②。

废名之后，沈从文接过了诗化小说的旗帜。沈从文也从不掩饰这种文体的传承。他说：“自己有时常常觉得有两种笔调写文章，其一种，写乡下，则仿佛有与废名先生相似处。由自己说来，是受了废名先生的影响。”③ 沈从文同样是“京派作”家，他生在湖南湘西，身上具有少数民族血统。他致力于对故乡的描写，并成功塑造了一个如诗如画的“湘西世界”。其中《边城》是其最具代表性的作品。该小说情节简单，主要写了船家少女翠翠的感情故事。但作者显然不在意感情的纠葛，而是致力于对湘西风土人情的描绘。小说文笔细腻优美，人物单纯美好。有人认为沈从文的《边城》“整个调子颇类牧歌，可以说是近于风的”④，是在现代性的强大冲击下，面临本土的传统美感日渐丧失所带来的怅惘体验和挽歌情怀。除此之外，冯至的《伍子青》、师陀的《果园城记》、萧红的《呼兰河传》、骆宾基的《幼年》以及汪曾祺的短篇小说都显示出明显的诗化倾向，增加了小说的韵味和美感。

“五四”以来，小说创作取得了巨大成就，从反映社会问题到表达自我情感，从短篇到鸿篇巨制，从写实到诗化，小说在跟随时代的发展过程中不断发展成熟，并且在各种小说类型的不断出现之下逐步确立了自身的地位，成为现代启蒙的重要手段与方式。

---

① 灌婴．桥［J］．新月，1932，4（5）．

② 陈振国．桥［M］//陈振国．冯文炳研究资料．北京：知识产权出版社，2010：179．

③ 沈从文．夫妇［M］//沈从文别集．长沙：岳麓书社，1992：127．

④ 汪伟．边城［N］．北平晨报，1934－06－07．

◆ | 第六章

从“曲”到“剧”：戏剧的本体置换

提到“戏剧”，新文化运动之前，人们对这一词语的认知是传统戏曲，而在新文化运动之后，“戏剧”有了更加丰富的指代，它还指话剧。而今，提起“戏剧”一词，“话剧”作为戏剧的其中一种形式，占据着非常重要的地位。新文化运动对于戏剧的巨大影响，是不再让以歌唱为主要表达方式、以音乐为主要内容的“戏”独占“戏剧”一词的义项，它将以对白为主要表达方式、以对话推进情节的现代话剧引入了中国。由“曲”到“剧”，中国戏剧在文体方面发生了重要的调整。

一、本土与舶来：现代话剧发生的双重维度

提到中国戏剧，即使是在 20 世纪出版的专著中，“话剧”也不是一个主要的内容。以 2007 年出版于上海同济大学出版社的专著《中国戏剧》（李玲珑主编）为例，书中所介绍的“中国戏剧”从先秦讲起，重点介绍了

元代杂剧、宋元南戏、清代地方戏以及少数民族戏剧，书的最后分析了一下中国戏剧之美，但没有提及随着新文化运动而产生的中国现代话剧。如果说上海同济大学出版社 2007 年版的《中国戏剧》是以中国古代戏剧研究为主题的专业书籍，那么由五洲传播出版社于 2016 年出版的《中国戏剧》（傅谨著）则是一本面向大众的普及类读物。在这本书中，现代话剧也只是在倒数第二章的一小节中被提及，还是与清末的文明戏并提的。其他普及类的中国戏剧书籍，大多是与五洲传播出版社出版的书籍类似的情况。众多出版物之中，只有廖全京所著的一本名为《中国戏剧寻思录》（文化艺术出版社，2005 年版）的专著有较大的篇幅提到了中国现代戏剧。但是，这本书分为“历史之寻”和“现实之思”两大板块，提及现代话剧的也只是在第二板块之中。

列举如此多的例子，并不是为了指责当下对现代戏剧的关注度不足，而是为了说明，在中国人心中，或者说在大多数中国人心目中，“中国戏剧”指的仍是传统戏曲，并不是现代话剧。原因也非常显而易见，一方面，因为中国现代话剧的产生并不是在中国本土自发生成的，而主要是在新文化运动所带来的欧风美雨滋养下生成的。另一方面，虽然中国话剧从一开始就带有浓重的“洋味儿”，但话剧这个艺术形态能够在中国保留至今，仍旧拥有旺盛的生命力，依靠的则是从形式到内容上对于中国本土戏剧的借鉴和对中国现实问题的关注，也就是“土味儿”。话剧作为西方的艺术形态所具有的与新形式一起相伴的先进性令新文化运动同人决定在中国引入话剧，而作为“中国”的话剧，这一新型艺术形态与中国本土结合的程度决定了它能在中国扎根多深、发展多远。中国话剧从一开始就带有“本土”与“舶来”的双重维度，只不过，“舶来”的特征体现于外部，而“本土”的影响深入骨髓。

中国话剧早在萌芽之初，就带有“土洋结合”的特点。1866 年，中国诞生了第一座话剧剧院——兰心剧院。这时候，话剧的表演和观赏都仅限于西方人。1899 年，上海的教会学校圣翰书院的学生搬演了话剧。虽然搬演地点仍是教会学校，但表演者已经变为了中国人，而所搬演的剧目就更耐人寻味——剧目为《官场丑史》，反映的是当时中国官场的现实。以西洋的形式，演中国的问题，这种中西结合的特色一开始就出现在中国话剧中。并且，此时的话剧中的女性角色都还是男扮女装的，几乎可以算“男旦”的保留。1900 年冬天，另一家充满了异域色彩的学校——上海南洋公学也搬演了话剧，剧目为《六君子》和《义和拳》，同样是演中国时事。1904 年 8 月，汪笑侬在上海的京剧舞台上，以京剧的形式编演出了一出“洋装戏”《波兰亡国惨》。这部剧是京剧，但经过了汪笑侬的改良，念白增加，演员也不再按照传统京剧的角色要求进行装扮，而是穿着“洋装”，演了一出别开生面的反映欧洲时事的京剧。在这一时期，新传入的话剧借用了中国的时事，搬演了中国的故事，而中国传统的京剧借助了话剧的舞台装扮和表现形式，搬演了西方的内容。这种自觉的文体互渗从一开始就存在于中国现代戏剧诞生之中。本土与舶来的色彩并存，可谓是中国现代话剧的底色。

不过，不论是改良京剧还是学生剧，都处于一个非常不稳定也非常幼稚的状态，难以形成成熟完善的新艺术形式。中国现代话剧形态的正式确立，离不开一群留学日本的中国留学生。1906 年底，李叔同、曾孝谷等留日学生一起发起建立了春柳社。1907 年 6 月，这个社团借用了东京的戏院，演出了经过曾孝谷改编的五幕剧《黑奴吁天录》。这部剧借鉴了西方的话剧形式，第一次摆脱了中国传统戏曲中有固定程序的唱腔和程式化的歌舞的束缚，而用日常语言和写实性的动作来表达剧情。这部剧的布景、服装、道具也都力求写实，所表演的情节也贴近观众的现实生活。这种“一切写实”的表现形式，成了文明新戏的基本形态，后来所搬演的文明新戏大多沿袭了写实的基本表现基调。不过，此时的文明新戏与现代话剧还有一段距离。因为，文明新戏是没有剧本的，一切采用幕表制，演员即兴发挥，没有严格的故事情节。并且，在整个剧团的管理上，后来国内所搬演文明新戏的剧团都不同程度地存在演员个人腐化堕落的现象。这也说明，此时的文明新戏演员仍被看作“戏子”，往往容易沦为玩物，他们对自己也没有太高的要求，文明新戏不论从演出的形式还是演员的自我定位方面来看，都还与传统戏曲有着千丝万缕的联系。

以上提到的“土洋结合”的特点，有些是中国话剧在发展过程中的必经过程，有些也是一时不容易去除的封建糟粕。“土洋结合”一方面带给观众中西合璧的新鲜感和熟悉感，另一方面也有令人唏嘘的问题。不过，文明新戏时期，以念白而不以唱腔，以高度写实的道具而不以程式化的服装来进行表演的“剧”已经成为一种新的艺术形式，拥有了数量不小的受众群体，它已经在中国观众的心目中稳稳扎下根来。

二、文本与剧场：现代话剧经典化的两个环节

文明新戏在短暂的“甲寅中兴”之后，由于一味迁就市民的口味，内容逐渐转为低俗，外加剧目本身带有很多封建意识和落后的观念，渐渐失去了观众，没落下来。但是这个戏剧形式留下了非常值得注意的成果，那就是它创造出了很多生动的人物形象：“中上家庭的老爷、太太、姨太太、少爷、少奶奶、丫头、男女用人；妓女、流氓、巡捕；买办、小商人、摊贩、城市贫民——卖花的、倒马桶的、扫街的；三教九流人物——和尚、道士、医生、卜卦算命的、三姑六婆；男女学生、私塾的先生等等”①。完全不同于传统京剧中“生、旦、净、末、丑”的程式化角色划分，文明新戏虽然在末期有内容庸俗的问题，但它做了一项非常大的贡献：它通过自己的表演告诉观众，戏剧中不只有程式化的五种角色，还有鲜活的生活本

① 欧阳予倩．谈文明戏［M］//《中国话剧运动五十年史料集》编辑委员会．中国话剧运动五十年史料集：第一辑．北京：中国戏剧出版社，1958：83．

身。这种拓宽视野的贡献是现代话剧在文明新戏的基础上继续向前发展的重要前提。

新文化运动开始后，《新青年》杂志对中国戏剧开始了系统性的改良和整理。首先，《新青年》以及所有新文化运动同仁开始扭转戏剧在中国人心目中的地位，将其由原来的“不登大雅之堂”的九流，抬高为文学正宗。与戏剧一起改善了地位的还有小说。这种扭转固有印象、抬高地位的举动不只为新文化运动的传播工具（即小说和戏剧）顺利“正名”，还在无形中改变了从业艺人自认为是“下九流”，因此不自尊自爱的情况，对避免艺人堕落也有一定的作用。为戏剧正名之后，新文化运动同人开始对原有的传统戏剧进行了整理。1917—1918 年，《新青年》展开了一场“旧戏评议”活动，对传统戏曲的缺陷做了一一清算。评议中，新文化运动的提倡者认为，传统旧戏存在如下问题：仅求娱乐效果，不求社会意义；仅求大团圆结局，不求批判性；仅求猎奇的、程式化的表现方式，不求取材现实。然而，以上这些缺点与传统戏剧的结合非常紧密，难以分离，如果想要以旧戏的形式来表现新思想，是非常不现实的事情，因此经过权衡，新文化运动者们一致决定，为传播新思想，只好先创造一种新的戏剧形式，而这种形式又需要向西方借鉴学习。

在这种认识之下，新文化运动的倡导者首先确定了戏剧改良的方向：现代戏剧应该追求社会意义，剧作内容应该起到批判现实的作用，剧作应取材于现实并反映现实，揭示现实的本来面目。确定改良方向之后，1918 年《新青年》推出了“易卜生专号”（第 4 卷第 6 期），以整整一期刊物来重点介绍这位挪威戏剧家。刊物中介绍的剧作有《傀儡家庭》（即《玩偶之家》）、《国民公敌》和《小爱友夫》的一部分，刊登了胡适所写的《易卜生主义》和袁振英所写的《易卜生传》，对易卜生做了集中介绍。在这期“易卜生专号”之后，新文学界掀起了一股翻译外国优秀剧本的热潮。在易卜生之外，莎士比亚、萧伯纳、泰戈尔、王尔德、斯特林堡、梅特林克、霍普特曼、契诃夫、安特莱夫、果戈理、席勒、莫里哀等文学大师的作品纷纷为中国读者所熟悉，他们的戏剧作品构成了中国话剧进行创作的参考样本。1917—1924 年，全国出版翻译的剧本有 170 余部。这种繁荣的景象为中国话剧优秀剧本的诞生奠定了良好的基础。

很快，在翻译热潮之后，新文化运动者开始尝试着搬演“原汁原味”的话剧，但这一行动的开端却不太顺利。1920 年 10 月，由汪仲贤主持、由《新青年》在此前大力宣传提倡的话剧《华伦夫人之职业》在上海新舞台剧场搬演，但是，演出的反响却不好，竟还不如《济公活佛》这一类内容陈旧的没落文明新戏上座率高。事后汪仲贤总结教训，认为照搬西方剧本毕竟不是长久之计，若要话剧能够在中国扎下根，就必须有独特的高水平剧本。他的这种认识成了当时话剧倡导者的共识。在这种认识的推动下，现代文学作家们开始试着创作自己的、“中国的”话剧剧本。起到开路先锋作用的代表有胡适的《终身大事》、欧阳予倩的《泼妇》、洪深的《赵阎王》等。虽然这些作品努力将“中国元素”引入话剧之中，但因为是尝试之初，作家还不熟悉话剧这种艺术形态，仍是以模仿为主，创作也就难以摆脱生硬的痕迹，接受度也有限。此后，虽有田汉、丁西林等人创作出了更加优秀的作品，这些剧本也有很高的艺术价值（例如田汉的《梵峨嶙与蔷薇》《古潭的声音》《南归》，丁西林的《压迫》《一只马蜂》等）；但是，这些剧本（例如田汉的作品）因为不符合大众的欣赏水平，导致不少观众看不懂，因此虽然艺术上的探索取得了成果，但普及效果仍然有限。而作为一名优秀的喜剧作家，丁西林的作品只追求趣味，不追求社会普及效果，因此他的作品虽然受欢迎，但能够给新文学作家提供的成功经验有限，因为新文学从一开始就背负着社会责任感，一味追求趣味并不是新文学作家的目的。

因此，此时的话剧虽有佳作，但中国话剧仍处于探索时期，并不成熟。中国话剧最终在艺术与接受度上取得双重的成果，话剧最终作为一个艺术形态在中国成功扎根，是在20世纪30年代曹禺的剧作横空出世之后。

曹禺的戏剧才华本身就是“土洋结合”的。他从小跟随继母欣赏了大量的中国传统戏曲，中学时代获得了丰富的舞台经验，而在大学，他接触了大量优秀的西方话剧作品，例如奥尼尔、莎士比亚、易卜生等人的剧作。这些多元化的营养共同成就了曹禺。曹禺的几大代表作《雷雨》《日出》《原野》《北京人》，无一不是在“中国故事”的外壳里糅进新东西的体现。《雷雨》虽然被曹禺本人评价为“太像戏”，但这部剧已经有充分的“土洋结合”特点可供分析。剧作的故事发生在一个典型的大家庭之中：专制的大家长、隐忍的主妇、欲望被压抑的年轻妻子、懦弱的长子、单纯的次子、青春无知的丫鬟、奸猾的下人。用以推动剧情发展的情节是典型的“始乱终弃”情节，所有人物的反应也非常符合他们各自的身份和性格，虽然所有矛盾集中在一晚上爆发不太可能发生在现实之中，但观众能够在剧中看到矛盾必然发生的合理性。不过，这部剧高于以描写家庭矛盾见长的文明新戏的地方在于，虽然剧作中所表现的每一个情节都是观众所熟悉的，但剧中所呈现出的思考却是少见的。剧中呈现出几重哲学上的思考：周朴园的赎罪行为，周冲爱的对象究竟是活生生的四凤还是“活力”与“美”本身，鲁侍萍逃离命运却最终落入命运的捉弄的经历。这些远在家庭矛盾之上的思考来自于西方的哲学思想，而曹禺对话剧所做的最大贡献是他将这些中国人从没有想过的问题糅合进中国人的生活，将它们呈现在舞台上。他的其他代表作也都渗透了哲学问题，例如，《日出》中对于历史变革与个人的关系的讨论，《原野》中对于复仇与赎罪的思考，《北京人》中对于生命原力的呼唤和对于爱情的重新审视。此外，剧本的形式也是中西结合的。剧本的体例严格按照西方剧本的格式，例如，有严格的布景描写，详细的幕间划分，演员需要背下台词，不能临场发挥，等等。但是，剧中的某些表达方式是属于传统戏剧的，例如人物对话的高度留白，以音乐变化推动剧情发展，以小道具（例如《原野》中花金子与仇虎之间捡拾的一朵小花，

《北京人》里面的棺材和苏钟等）来连接剧情、交代人物关系，等等。不过，虽然这些属于传统戏剧的特征都被保留在曹禺的剧作之中，但剧本仍旧是以西方体例为主。曹禺的剧作虽然充满了中国味，但毕竟不再是传统戏剧形态了。

如果说曹禺之前的话剧作家在探索一条属于中国话剧的“土洋结合”之路，那么曹禺就是终于在自己的创作中找到了“土洋结合”的最佳配方。在曹禺之后，新文学剧作家沿着曹禺开辟出的道路继续前行，他们虽然很少有人能够达到曹禺的成就，但仍不乏优秀作品问世。自此，中国话剧的剧本才真正由“尝试”走向了“经典”。

剧场在话剧发展的过程中，也发生了变化。由原来人声鼎沸的“大剧场”变为观众较少、更利于互动和表达的小剧场。并且，改良了的话剧严格推行导演制，不再以演员为中心，而是将重心放到了导演身上。此外，还建立起了高度写实的剧场环境，力求演出的场景与日常生活场景相一致。为防止话剧再次被资本所利用挟持，“爱美剧”应运而生。“爱美”是英文“amateur”（业余）一词的谐音，之所以如此命名，是因为这种由汪仲贤倡导的戏剧形式鼓励业余演剧。1921 年 1 月，汪仲贤在文章《营业性质的剧团为什么不能创造真的戏剧》① 中提到，话剧若要继续发展，发展的方向应该是“脱离资本家的束缚”、推行非营业性质的演出形式。他的观点得到了众多戏剧人的响应。1921 年 4 月 22 日到 9 月 4 日，陈大悲在《晨报副刊》上以《爱美的戏剧》为题目发表连载文章，详细讨论非营业性质戏剧的功能，并大力鼓吹这种新形态的作用。文章中，陈大悲首次提出了“爱美剧”这一名称。他的文章也得到了众多同人的响应和支持。很快，几个“爱美剧”剧团在中国成立了。在上海，1921 年 1 月成立了民众戏剧社。同年，辛酉学社和上海戏剧协社也成立了。这三个剧团介绍了大量的西方戏剧理

① 汪仲贤. 营业性质的剧团为什么不能创造真的戏剧 [N]. 时事新报·余载，1921－01－27.

论，翻译了众多欧洲近代写实主义的剧作。其中，上海戏剧协社在存在的12年间举行了16次公演，还搬演了由洪深根据《温德米尔夫人的扇子》译编的剧作《少奶奶的扇子》，大获成功。上海戏剧协社因为对中国话剧的巨大贡献而被评价为“‘爱美剧’戏剧运动柱石”。在北京，北京实验剧社成立于1921年11月，中华戏剧协社成立于1922年1月，这些都对话剧形式的转化起到了重要的推动作用。

三、民族与大众：话剧的“战时”意义

1928年，“革命文学”的提法出现。从此，以创造社为代表，新文学作家开始创作宣传共产党革命斗争的作品。1930年，中国左翼作家联盟成立，革命文学的发展有了固定的组织，也有了更坚实的根基。在这样的背景下，戏剧的创作方向和作家对于好的戏剧的定义也发生了变化。虽然此前，中国话剧已有了众多优秀的作品，但随着社会环境的变化，民族认同感的增强，不论是作家还是观众，都不再仅仅满足于剧作本身艺术水准的优秀，他们还要求戏剧能够为共产党当时所进行的革命事业做出贡献，也要求戏剧可以体现作家对于革命战争的理解——他们想要“无产阶级”的戏剧。不过，当时在上海活跃的戏剧团体，虽然都不同程度地有支持共产党革命斗争、反帝反封建的认识，但因为这些认识是剧团的自发行为，因此不仅境界不高，也无法满足作家和观众对于“好戏剧”的期待。

1930年，田汉发表《我们的自己批判》一文，对自己此前的创作进行了深入的审视和检讨。他认为，此前的自己以及自己领导的南国剧社，过分沉溺于感伤情调之中，缺乏团结民众的观念，导致所创作的艺术作品脱离了革命的步伐。此时，以田汉为代表的戏剧人已经开始转变自己的观念，但此刻由于处在观念转变之初，话剧的创作尚无较为有价值的作品，戏剧本身的变化也还不明显。不过，在“九一八”事变之后，民族矛盾空前突

出，戏剧为革命服务的诉求也空前高涨，因此，文坛对戏剧发展的看法不再仅仅停留于理论上的探讨，而开始对戏剧作品本身进行改革。1936 年开始的“国防戏剧”口号的提出对戏剧形式的继续发展起到了重要的作用。这一提法是配合口号“国防文学”提出的，目的在于倡导剧作家创作鼓舞人们精神，呼唤民族解放，具有高度现实意义的作品。这一时期，戏剧的转变有如下几点：第一，内容上，反映工人阶级和农民运动的作品增多，写小知识分子生活的剧作减少。田汉在发表过《我们的自己批判》一文之后，创作了一批新作品，包括《顾正红之死》《一九三二的月光曲》等，这些剧作描写工人运动，体现了阶级斗争的残酷和工人阶级夺取胜利的信心，对当时的革命活动起到了很大的鼓舞作用。洪深在这一时期创作出了著名的“农村三部曲”（《五奎桥》《香稻米》《青龙潭》），反映了当时农村地区的革命斗争和各阶层的变迁情况。第二，斗争型人物增多，“彷徨型”人物减少。作品中不再充满矛盾，而是充满了爱国情怀。这一点在田汉身上体现得最为明显。这位曾在 20 世纪 20 年代执着于“美”“忧伤”，纠结于“灵肉冲突”的作家，在这一时期创作出了《回春之曲》这样一部充满了坚定信仰的作品。作品中的主人公之一高维汉是一名教员，但这位教员身上不再有此前田汉剧中的纠结和彷徨，而是充满了爱国热情，对革命拥有坚定的信心，即使失去了记忆，仍不忘保家卫国，上场杀敌。20 世纪 20 年代热情呼唤个性解放的女作家白薇，在这一时期写出了《假洋人》《敌同志》等救亡作品。另外，这一时期产生了颇为特殊的“街头剧”形式，代表作品为“好一计鞭子”（《三江好》《最后一计》《放下你的鞭子》的合称）。这种“街头剧”没有舞台，演员藏在人群之中，看似是寻常的街头对话，但却能起到鼓舞人心、激励斗争的目的。

20 世纪 30 年代，话剧在文体上的变化主要是微调，调整的是表达内容和情感倾向，而对于话剧本身的体例，因为第一个十年打下了较好的基础，观众也逐渐习惯了话剧这种艺术形式，因此具体体例的调整不大，唯一几点调整都是为了令话剧本身更加灵活，更加适合宣传。话剧在这一时期，在观众心中的地位已经由单纯的“欣赏”对象变为了功能型艺术形式，这种功能认知上的变化，也是值得注意的方面。

四、历史与现实：历史剧的双重指向

在现代话剧中，历史剧占有非常重要的地位，为数不少的著名剧作家，如郭沫若、宋之的、陈白尘等人，都有数量丰富的历史剧作品。虽然历史剧的完成有赖于历史与现实两个维度上的综合考量，但在新文学史上的历史剧，大多是在偏向现实的前提下借助历史的外壳进行表达的。因此，虽然新文学的历史剧带有双重特征，一重指向历史，一重指向现实，但也正如话剧土洋结合，以“洋”为主那样，同时指向历史与现实，但主要指向现实，历史仅作为外壳为剧作家想要表达的事物提供途径。历史剧的这一重特征，使得整个现代文学中的历史剧大多带有强烈的现实指向，历史本身的味道较淡，也就造成了剧情与历史不协调的问题。随着新中国的成立，历史剧创作渐渐修正了这种一边倒、偏向现实的写法，在当代的历史剧作中，“历史”的程度渐渐提高起来。

历史剧最开始在新文化运动时期就已经出现，当时，郭沫若的历史剧创作是非常重要的成果。1920—1925 年，郭沫若创作了《湘累》《女神之再生》《广寒宫》《孤竹君之二子》《卓文君》《王昭君》《聂嫈》等一系列基于神话或历史故事而改编的剧作。这一时期创作的历史剧被后世称为“翻案剧”，原因在于作家往往借助历史故事来表达自己对于现实世界的关心。也正因为名为“翻案剧”，这些剧虽然内容为历史事件，但重点放在了表达现实上，因此，其中的“历史”成分并没有多少。例如，在创作话剧《孤竹君之二子》的时候，郭沫若曾在自己的文章中提到，他创作这部剧，起因是他“感觉着寂寞，感觉着国内的文艺界就和沙漠一样”，因为当时《创造季刊》在他看来销路不好，文学上与他们同路的开拓者非常稀少。因此他在遇到写完了《血与泪》的郁达夫，两人一起去喝酒的时候，心情非常苦闷。两人喝到酒酣，郭沫若自己描述情形：“有一轮满月从街头照进楼来，照着桌上的酒壶的森林。我连说‘我们是孤竹君之二子呀！我们是孤竹君之二子呀！结果是只有在首阳山上饿死’！达夫红着一双眼睛就象要迸出火来的一样，可他说过的一些话，我现在通不记忆了。”① 虽然创作缘起并不能完全说明作品本身，但毕竟说明了郭沫若灵感的来源不来自于历史，而来自于现实。剧作中，伯夷出场所唱的歌简直就是郭沫若自己写的诗，充满了对自然的歌颂和对热情的赞叹。在剧中，他与叔齐拒绝继任国君之位，理由也并不是历史上所宣扬的忠孝精神，而是对生命本真的热爱。这部剧的情节看似来自历史，但与历史的本来面目有巨大的区别。这些剧作的情节明显体现出了郭沫若对于历史的态度：他写历史剧的目的，不是为了从历史事件的本身汲取营养，而是从现实出发，选择能够借助它们表达现实需求的历史事件，借助这些事件的外壳来写出作家本人对于现实的关怀。但如果历史中并未发现能被他所用的切入点，他则会按照自己的写作需求为历史人物另外塑造出一个新的性格来。

这种做法一直被郭沫若沿用，也成为他历史剧创作的特色，被后人称作“失事求似”。“失事求似”的积极影响是能够极大调动观众的认同感，能以极为有效的方式传播作者想要传播的新思想，并且，“历史”的外壳有力地保护了郭沫若和郭沫若的作品躲避当局的审查。但是，这样的写法弊端也比较明显。郭沫若仅仅是将现实的内容装进了历史的躯壳之中，基本不考虑历史本身与现实的契合度，这就导致了演出的剧目与历史事件非常不协调。然而，郭沫若建立起的历史剧演出理念在文坛上被广为接纳，他所写的历史剧虽然与历史本身不协调，但却有极高的艺术价值。郭沫若为

① 郭沫若. 创造十年［M］//沫若文集：第七卷. 北京：人民文学出版社，1958：126－128.

历史剧乃至于话剧在文学上地位的确立做出了巨大贡献。与郭沫若创作方式类似的同时代作家还有同为创造社成员的王独清。不过，在 20 世纪 20 年代，另有一位剧作家顾一樵秉持了不同的创作理念进行历史剧的创作。

1924—1926 年，顾一樵创作了历史剧《荆轲》《项羽》《苏武》等。与郭沫若的“失事求似”不同，顾一樵非常看重历史本身，他秉持的是写实的创作方式。在历史剧《荆轲》中，虽然也有一位少女名叫“巧姐”，但这位少女在出场的时候并没有担负起代表“自由恋爱女性”的任务，她只作为一名普通的、热爱燕国的少女出现。作者更没有为她和荆轲安排情感线索，巧姐在剧中一直称荆轲为“荆大爷”。剧作虽然以白话文写成，但基本符合历史原貌。这种忠于历史的写法在当时受到冷落，也并没有人延续顾一樵的写法写下去。因为，在一个以反传统为主导思想的年代，忠于历史这一举动本身就是一件逆时代潮流而行的事情，但顾一樵对历史剧与历史之间关系的理解却在后来被人们所重视。

20 世纪 40 年代，随着民族危机空前严峻以及国民党面对日军的丑恶嘴脸越发显露，社会弥漫在一股压抑的氛围之中。在这种情况下，直接针砭时弊没有表达的机会，因此借古讽今的历史剧创作又迎来了一个高潮。也是由于人们当时的创作诉求，所选取的历史事件大多集中在春秋战国和明清时期。郭沫若的作品仍是这一时期最为重要的成就。他从 1941 年开始，在一年多的时间内接连写了 6 部历史剧，分别为《棠棣之花》《屈原》《虎符》《高渐离》《孔雀胆》《南冠草》。《棠棣之花》在由陈白尘、董健主编的《中国现代戏剧史稿》中被称作是“郭沫若历史剧走向成熟的标志”①，这一方面意味着郭沫若历史剧的艺术水准达到了高峰；另一方面也说明了郭沫若的历史剧创作沿袭着一贯的手法和模式，发展到了成熟的阶段。郭沫若在 20 世纪 40 年代所创作的几部剧作仍沿袭着他一贯的“失事求似”

① 陈白尘，董健. 中国现代戏剧史稿 [M]. 北京：中国戏剧出版社，1989：470.

手法，辅助以热情洋溢的情感表达，与其在20年代所创作的作品一脉相承。

在《棠棣之花》中，聂政、聂嫈姐弟两个与其说是古代的刺客与普通女子，不如说是两位受到新文化运动思想影响的新青年。聂政去行刺杀，不是为了原本历史中的“忠君”，而是为了“救国救民”。聂嫈在和着聂政的洞箫歌唱的时候，唱词中占据主要基调的是家国情怀和为国家牺牲个体的理想，并不是古代刺客忠君的一贯理念。这与聂政刺杀故事的本身大不相同。在话剧《屈原》中，郭沫若加入了一个历史中没有出现的人物——婵娟。婵娟在剧中代表了争取恋爱自由、人格独立的女性。子兰追求她，她丝毫不为子兰的贵族身份所影响，反而对子兰嬉笑怒骂，敢于对他说出“跛脚公子”“我喜欢你受罪”等话语。婵娟拒绝了追求她的贵族公子，追随命运多舛的屈原，最终为保护屈原而死。婵娟身上带有鲜明的“五四”精神。不过，相比于20世纪20年代的创作，郭沫若此时虽然在剧情上依旧以现实为第一考虑对象，但在创作方法上却渐渐吸收了传统文学的营养。这样的举动不仅代表传统文学在这位新文学作家的信念中仍旧占有重要位置，也代表他不再仅将历史当作一个外壳，他渐渐开始顾及历史本身的事实，力求将自己想表达的主观的诗情与客观的事实达成某种平衡。郭沫若曾说：“写历史剧可用《诗经》的赋、比、兴来代表。准确的历史剧是赋的体裁，用古代的历史来反映今天的事实是比的体裁，并不完全根据事实，而是我们在对某一段历史的事迹或某一个历史的人物，感到可喜可爱而加以同情，便随兴之所至而写成的戏剧，就是兴。”①

这一时期另有阳翰笙、阿英等剧作家创作了历史剧作品。例如，阳翰笙于此期间创作有五幕历史剧《李秀成之死》（1937年）、《天国春秋》（1941年）、《草莽英雄》（1942年）。阿英在上海成为“孤岛”的时候，创作了“南明史剧”系列，分别为《碧血花》（1939年）、《海国英雄》（又

① 郭沫若．郭沫若讲历史剧［N］．文汇报，1946－06－26/28．

名《郑成功》，1940 年）、《杨娥传》（1941 年）。此外，他还创作了历史剧《洪宣娇》（1941 年）和《李闯王》（1944 年）。两人的作品大致沿用了郭沫若的写法，以历史指代现实，现实是重点，而历史仅为表达的辅助场景。但是，阿英所写的《杨娥传》中有了值得注意的问题：《杨娥传》本也计划与《碧血花》《海国英雄》一样，重点塑造杨娥这个形象，选取这个人物一生中的几个片段，刻画她的复仇精神，但阿英在写作过程中产生了犹豫。最能体现杨娥复仇精神的“刺杀吴三桂”一场戏，被安排在了杨娥的梦里。她与吴三桂从故事一开始一直到结束，实际上只有杨娥“蒙面谋刺”吴三桂这一点，两人其实连正面交锋都没有。最有反抗精神的举动成了杨娥的一场梦，这部剧的号召力就打了很大的折扣。之所以产生了这样的现象，是因为阿英在写作的过程中，既想要重点塑造杨娥，又想在剧中呈现当时的历史情况，想写出当时永历皇帝的灭亡以及郧阳十三家义军反抗的情形。因此他无意之间还是遵循了历史本来的时间线索进行创作。从这里也可以看出，历史剧中历史与现实的平衡已经开始被作家所考虑。

现代文学历史上的历史剧作品，大部分以现实为第一考虑因素，剧作家很少从历史本身出发进行作品的创作。在当时反传统为当务之急，民族危机空前严重的环境下，这一做法可以理解。不过，历史所能提供给话剧的，绝不仅仅只是一个承载现实的外壳。不论是 20 世纪 20 年代还是 40 年代，都有剧作家在如火如荼的历史剧创作间隙思考历史与现实在历史剧中的平衡关系。随着新中国的成立，当代文学中的历史剧创作呈现出了新的面貌。

第七章 | ◆

从“骈”到“散”：散文的多维辐射

在中国古代，散文与韵文相对，诗歌以外的作品几乎都可以归入它的范畴。“五四”新文化运动期间，随着西方近代文艺理论的引入，散文的概念得到了新的确定，成为与诗歌、小说、话剧并列的一种文学形式。回眸20世纪初的中国，在“王纲解纽”的大变局中，科举制废除在客观上对现代散文的孕育产生了全局性的深远影响，由此散文写作不再是“代圣贤立言”，也不再是文人雅士的贵族式、山林式、古典式的书写。僵硬、固态的文化范式被打破，对传统价值的质疑批判、对西方思潮的积极引入成为时代主流和散文主题。尤其是报刊的兴起，现代传媒的发展，使各种新学说、新思潮、新流派获得了生长的舞台。西方文艺理论的引入，唤醒了自我意识和心灵思考，为现代散文的新生提供了理论基础、文体革命和语言实验。中国现代散文在这种自觉的变革中逐渐形成了多样的语言风貌、自由的书写形式、丰富的主题、奔放的情感和强烈的主体意识。杂文、小品文、报告文学、日记、随笔等形式都有着各自的特点和发展脉络，共同构成了中国现代散文的多维空间。

一、杂文的“杂”与“论”

现代杂文是中国新文学最早出现的文学样式之一。1918 年 4 月，《新青年》第 4 卷第 4 期开辟了《随感录》专栏，成为现代杂文运动的开端。现代杂文的出现有其特殊的社会以及时代背景，在 20 世纪初风起云涌的社会革命浪潮中，在呼唤思想革命的启蒙运动中，议论性的散文成为自由表达政治、社会、文学观点的最佳武器。1924 年 11 月，中国现代第一个以刊登杂文为主的期刊——《语丝》月刊，在北京创刊，为更多的杂文创作提供了发表的园地，到了 30 年代，杂文创作蔚为大观。杂文逐渐成为一种独创性的文体。

而在新文学发展的早期，杂文被视为不登大雅之堂的雕虫小技，很难为之下一个准确的定义。杂文从微末小道走向作为独立文体的过程中，鲁迅作为现代杂文创作的提倡者和实践者，对杂文的兴盛起到了重要甚至是决定性的作用。在 1934 年文坛关于“中国为什么没有伟大的文学产生”的讨论中，鲁迅旗帜鲜明地提出了自己的观点：“不错，比起高大的天文台来，‘杂文’有时确很像一种小小的显微镜的工作，也照秽水，也看脓汁，有时研究淋菌，有时解剖苍蝇。从高超的学者看来，是渺小，污秽，甚而至于可恶的，但在劳作者自己，却也是一种‘严肃的工作’，和人生有关，并且也不十分容易做。”① 早期以小说名世的鲁迅，其创作生涯的中后期更是与杂文结下了不解之缘。到了 1935 年为徐懋庸的《打杂集》作序，鲁迅则更进一步断言：“杂文这东西，我却恐怕要侵入高尚的文学楼台去的。”② 除鲁迅以外，还有诸多创作者也选择了以杂文作为武器。李大钊、胡适、

① 鲁迅. 做“杂文”也不易［M］//鲁迅. 鲁迅经典全集：杂文（下）. 北京：北京理工大学出版社，2016：1254－1255.

② 鲁迅. 徐懋庸作《打杂集》序［M］//鲁迅. 鲁迅经典全集：杂文（下）. 北京：北京理工大学出版社，2016：1070.

周作人、钱玄同、林语堂等人以《新青年》《每周评论》《语丝》等杂志作为阵地，发表了数量众多且质量优异的杂文作品，共同构成了杂文创作的新篇章。可以说，“杂文的自觉”展现了一个时代的自觉。

解析杂文的关键词离不开“杂”与“论”两字，前者概括了杂文的文学资源、文化背景以及外在的美学风格，而后者则揭示了杂文的内在行文逻辑。“论”作为杂文的核心，注重以严谨缜密的思维逻辑层层推进，说理充分，这成为杂文最鲜明的文体特征之一。首先，杂文是一种“杂”体文，其外在形式的“杂”是显而易见的。尤其是在和其他体裁的对比中，杂文不像诗歌讲究语言的节制而且有分行的需要，也不需要像小说那样塑造人物形象，安排事件冲突与矛盾，并且得给读者交代前因后果。杂文的出现主要是出于表达的需要，出于对当下社会现象的抨击，需要及时性的、直截了当的论述与判断。

其次，杂文谈论的问题无所不包，所涉猎的领域极为广泛。其范围不受约束，触角伸向了社会的方方面面。就文学领域的杂文论战而言，可以评论语言形式，也可讨论文学思潮，还可计较国外文学之优劣。而在社会领域则是星罗棋布、无所不包，可以评论时局，抨击某一社会现象，反驳某种社会观点，甚至可以讨论封建迷信、国人的卫生习惯、交通状况等，事件无论大小都可入文。因此它必定是形式自由、变化多端的。形式上的“杂”必然和内容上的“杂”互为因果。除了取材的“杂”之外，杂文的“杂”落实到了杂文的具体写作之中，根据文中的中心论点旁征博引，古今中外事皆可信手拈来，又不似古文用典般佶屈聱牙、晦涩难懂，字里行间皆是人世百态。如鲁迅的杂文给人的第一印象即是“杂”，天南海北、古今中外，所有的材料都可以融汇于杂文之中，有时上下句之间思维跳跃极大，但是却隐含着内在的关联。正所谓嬉笑怒骂皆成文章，鲁迅的杂文向来举重若轻，能够将一个很大的话题化整为散，以“杂”的形式破解其症结。就如其名篇《拿来主义》中，鲁迅面对如何处理外来文化这一复杂且庞大的问题，短短千字，立意鲜明锋利，所用的比喻看似芜杂，却又紧扣主题。鲁迅对“杂”是极力肯定与赞赏的，这种追求在其青年读书时期就已有显露，不喜被视为正统的文章词句，而对绣像小说等“杂书”情有独钟。或许“杂”所暗示的“非正宗”、多元化的文化正契合了鲁迅的性情，成为其一以贯之的文化取向。

而从社会层面来讲，杂文的“杂”主要得益于现代报纸杂志的发展，而也正是包容性极强的报纸为杂文的创作提供了一席之地，报纸发行的对象并不仅限于文学从事者，各行各业、各种文化程度的人皆可以从报纸上或寻觅花边新闻，或读文学作品，或是关注社会大事。报刊内容的“杂”一定程度上包容了杂文的形式，毕竟正因其“杂”，杂文的社会性才得到了最大限度的发挥。以鲁迅为例，鲁迅自青年时期就有阅读报纸杂志的习惯，到了上海后这一习惯自然延续下来。来自于报刊的众多素材甚至成为鲁迅写作的动力之一，或是提出自己的观点与意见，或是回应其他文章的质疑与挑战，或是就报纸上所反映的一些社会问题做出自己的判断。如 1919 年 4 月 27 日《时事新报》发表的《新教训》一文，骂鲁迅“轻佻”“狂妄”“头脑未免不清楚，可怜！”等等。鲁迅在《今天我们怎样做父亲》一文中，不仅论述自己对这一社会问题的看法，并且对其言论也予以回击。

解析杂文的另一关键词是“论”。“论”是中国古代的一种文章形式，论说文作为一种说理的文章，是中国古代散文的重要文脉，承袭千年从未断绝。《文心雕龙》中已有对“论”的解释：“论也者，弥纶群言，而研精一理者也”。现代杂文在“论”的基础上，加入了感性的、具体的论述形式，并不着力于思想逻辑的严密与抽象，在形式上更为松散且变化多端，不拘一格。直面现实来说理是杂文的一大特点，即使是引证旧事一般也是为了服务当下。通俗地讲，杂文是“有事儿说事儿，有理儿谈理儿”。它对现实生活有直接的针对性，这种针对性常是一事一议，对写作对象进行直接评价。从这一层面来说，杂文的写作与新闻报道有相似之处，却并不止步于新闻的及时性与针对性。杂文所着重的“论”并不停留于某一事件或现象的评论，其最终指向的是更深层次的存在状态与社会意识。就以鲁迅的杂文为例，其写作出发点可能是某一具体社会形象，但是其中所展现的关于国民劣根性的思考，其高度是新闻报道所不能达到的。

杂文的舆论效果同样与20世纪初报刊的迅速崛起有关。报纸杂志是杂文的唯一诞生地，是它最佳的载体，也是最直接的写作源泉。杂文独立成篇，却又可以在你来我往中构建一个事件的不同侧面，发出不同的声音。对于社会热门事件的关注，一方面吸引了广泛的读者群体，另一方面也是知识分子所具备的社会责任感的体现。

比如1925年，鲁迅置身于“女师大事件”，写下了多篇与之相关的杂文，其中最为著名的是《记念刘和珍君》。直至今日，这篇杂文仍然是我们了解这一历史事件的重要窗口。20世纪20年代末，面对军阀的武力威胁，面对史无前例的“清党”恐怖，鲁迅始终以杂文为武器进行抗争和战斗，始终以杂文表达丰富而深刻的思考。可以说，鲁迅成年以后的人生轨迹及其所经历的时代大事，都可以在其杂文创作中找到端倪，杂文的成长和鲁迅思想的成熟是同一步调的。语丝社、莽原社等文学社团同样以杂文名世。报刊传播广泛、迅速，对当下事件的评论可以迅速得到反馈，面对的阅读对象基数极大，所刊登的内容一般又都是大家所关心且热门的事件或现象，经常能激起阅读者讨论的兴趣，报刊作为论战的阵地是得天独厚的，而杂文作为论争的手段同样是不可或缺的。或许别的文体也可以承担这一重任，就如茅盾写作《子夜》，以此来回答“中国是否应该走资本主义道路”这一问题，但毕竟历时太久，早已失去了时效性。因此，文学历史中的论战基本都采用了杂文的形式，如1933年至1934年“京派”和“海派”论争的浪潮中，沈从文、鲁迅、周作人、胡适等人皆就此问题以杂文的形式发表意见，从作家行文风格到南北地域差异，所囊括的问题范围之广，涉及的作家群体之多，讨论程度之深浅，非杂文不能容纳。诸如此类的例子不胜枚举，而正是在这一次次的杂文论争中，“杂文的自觉”与时代保持了同一步调，成为一个时代的文体。

二、小品文的“小”与“趣”

从“五四”新文学运动诞生到20世纪三四十年代走向繁荣，小品文作为一种独立的文体，它与杂文既互相联系又互有区别。与带有政治性、社会性短评性质的杂文相比，小品文往往表现一些小题材、小意趣，它创造出的是充满生活情趣、冲淡平和的自由语体。周作人被称为“小品文之王”，其地位不言而喻。此外，梁遇春、丰子恺、钟敬文、梁实秋等人的小品文各擅胜场，或是新奇怪丽、低沉忧郁，或是天真童稚、纯真率性，或是圆润雅致、平和幽默，共同为中国现代小品文开拓了一条广阔的发展道路。

解析小品文一大关键词就在于“小”，用林语堂的话说，小品文的选材范围是“苍蝇之微，宇宙之大”。当然，小品文主要还是倾向于前者，写那些小事件、小问题，人世间的细微之物皆可入文。而和这些小事件相契合的，则是平凡人的平凡生活以及真情实感。就以周作人为例，在《泽泻集》中，其写饮食方面的小品文就有《谈酒》《故乡的野菜》《北京的茶食》诸篇。而《苍蝇》《乌篷船》《苦雨》《死之默想》等篇，则从高级生命形式的“人”，到微小生物“苍蝇”，从自然现象“苦雨”，到旅行工具“乌篷船”等等，周作人花了大量的笔墨描写了在别人看来不值一提的小玩意，从苍蝇之微而观宇宙之大。林语堂认为中国“古典文学的传统倾向于文字的绝端简约”。小品文容量小，这就要求作者要在方寸之间容纳天地之阔，就如古代诗歌中的五言绝句，寥寥数字可写尽天地无穷。总体来说，小品文的文体风格偏于叙述、抒情，议论的成分较少而且以幽默或反讽为主，很少有语气激烈情、感波动较大的语调，而且因为行文方式较为节制，较少花哨的铺排，整体情调较为平和，风格偏于或优雅，或闲适，或婉转，以宋词作比，可归于柳七、易安居士等婉约一派。

对于小品文的小巧闲适不少人曾给予严厉批评，认为在国难当头的社会危机下大力鼓吹小品文是不合时宜的。20 世纪 30 年代曾经爆发过关于小品文的白热化论争。其导火索则是周作人的《五秩自寿诗》，与沈尹默、刘半农、林语堂的《和岂明先生五秩自寿诗原韵》等和诗在《人间世》创刊号上刊发，在当时引起了轩然大波，最终引起自由主义知识分子与左翼知识分子的一场论战，也就是"《人间世》论战"。这场论战延续着之前"小品文"论争的论调，争论焦点主要是对幽默性灵小品文的批判，标志着 30 年代小品文论战的高潮。在这场论争中反映出来的问题是人们对于小品文的批评往往过于看重文学的工具性，而忽略了小品文的艺术性。实际上，小品文对于世道人心的作用有时并不低于那些批判时事的作品，虽然可能即时性、针对性、战斗性不足，无法与敏于时事、现实感责任感强烈的杂文作比，但是其影响更为深远沉潜。毕竟能够超越时代，直击人类心灵的作品往往具有更加长久的生命力，小品文虽"小"，但其对于整个社会的影响并不限于一时一地。陶渊明的《桃花源记》作于乱世，并没有直接批判时事，揭露黑暗，但是其魅力与影响并不会因其立意于世外桃源而降低，反而给千百年后的人们提供了心灵的栖息地，谁又能说它没有体现知识分子对于社会与时代的良心呢？伍蠡甫曾说："小品文既有一种艺术的表现机能，它便决不致被有闲者所专享，也不是批评家所能骂得毕命。为了保持低度的而却又能够长在的温暖，为了培树劳作的艰忍耐久的力量，为了供给休息期间还能补益的药剂，那负着全人类社会工作的一群也一样可以享受小品的赐予，而文艺批判更不会忽视小品文的此种机能，而妄加攻讦了。"①

① 伍蠡甫．小品文与革命的浪漫主义［M］//王景科．中国现代散文小品理论研究十六讲．济南：山东文艺出版社，2009：313．

现代小品文在一定程度上是对传统和现代主流文学沿袭的“载道”传统的反叛，面向日常生活，表现日常生活和作家内心世界，以其“小”在一定的程度上弥补了功利主义文学所导致的“大”，促进了文学深层次的发展。值得注意的是，随着时间的推移与社会的变迁，杂文的时代会随着时代主题不断更新，赋予新的内涵。而周作人、丰子恺、张爱玲、梁实秋、钱锺书等的小品文却更接近于普通阅读者的心灵，获得更为长久且丰盈的生命力。但是正由于小品文与日常生活之间的亲密关系，也很容易产生平庸琐碎、附庸风雅等弊端，有时将宇宙和苍蝇等量齐观，钻入牛角尖，或者假装闲适，或者冒充学识渊博，或者热衷于小悲欢小摆设，格局狭小，难以创作出上乘之作，这也是一大问题。而这一问题需要我们在小品文的“小”品中挖掘到小品文的“趣”，趣有深浅、有格调、有大小，正是因为有了“趣”，苍蝇才可爱，宇宙才近人情。小品文创作者大多倾向于人道主义的文学观，体现了一种人间之趣，充满了人世烟火气，取材也是“家常事家常情”。梁实秋的《雅舍小品》写男人、女人、汽车、请客、让座等，家长里短世间人情百态，容纳于一方雅舍。

而谈到小品文的“趣”，就不得不提周作人，周作人深得小品文“趣”之神髓。他认为：“生活不是很容易的事。动物那样的，自然地简易地生活，是其一法；把生活当作一种艺术，微妙地美地生活，又是一法。”① “我们于日用必需的东西以外，必须还有一点无用的游戏与享乐，生活才觉得有意思。我们看夕阳，看秋河，看花，听雨，闻香，喝不求解渴的酒，吃不求饱的点心，都是生活上必要的——虽然是无用的装点，而且是愈辅炼愈好。”②

就以鲁迅与周作人这对兄弟对比，对于同样一件事“去年故孙美瑶团

---

① 周作人．生活之艺术［M］//周作人．雨天的书．北京：北京十月文艺出版社，2011：101.

② 周作人．北京的茶食［M］//周作人．雨天的书．北京：北京十月文艺出版社，2011：55.

长在临城做了那‘算不得什么大事’之后新增的兵车”①（此处指的是当时轰动一时的临城大劫案，孙美瑶于津浦铁路临城站劫车，掳去中外旅客两百多人），鲁迅写下：“孙美瑶掳去他们站在军前，还使官兵不敢开火。何况在华屋中享用盛宴呢？”② 借此讽刺甘为奴隶的中国人。周作人则写道：“但我总觉得好笑，这两点光照在火车的尾巴头，好像是夏夜的萤火，太富于诙谐之趣。”③周氏两兄弟对于此事的态度截然不同，鲁迅一以贯之的刀锋所向，直指世道人心；而周作人以诙谐的态度付之一哂，将自身置于具体的时空之外，于虚空中捕捉到了一点趣味。

> 我坐在车中，看着窗外的亮光从地面移在麦子上，从麦子移到树叶上，心里起了一种离奇的感觉，觉得似危险非危险，似平安非平安，似现实又似在做戏，仿佛眼看程咬金腰间插着两把纸糊大板斧在台上踱着时一样。我们平常有一句话，时时说起却很少实验到的，现在拿来应用，正相适合，——这便是所谓浪漫的境界。④

于不安定的环境、隐隐的威胁之中感到浪漫的境界，这种发现趣味的本能似乎是周作人小品文所独具的。此种趣味来源于时间流逝中的事物原本面貌的变形，来源于空间的断裂错位。他无心寻求潜藏于时间流的事情真相，也对设身处地体验那种危险的境地毫无兴趣，而是以漫不经心的态度体验这种时空交错带来的迷离感。作者并不急于探讨事情的本质，而是将自身抽离，事物的本来面貌并不是他所关心的。肃杀乱世与村野戏台，严肃与荒诞的参差对照，最终坠入一种似梦非梦的境地。恰如卞之琳所言“小处敏感，大处茫然”⑤，其小品文中流露出的乱世气象是糊里糊涂又带有点天真的孩童气，看世事都如同做戏般有趣。

---

①③　景泓．最好的杂文：典藏版［M］．北京：中国华侨出版社，2013：380.

②　鲁迅．灯下漫笔［M］//鲁迅全集：第1卷．北京：同心出版社，2014：112.

④　周作人．济南道中之二［M］//周作人．雨天的书．北京：北京十月文艺出版社，2011：167.

⑤　卞之琳．雕虫纪历［M］．北京：人民文学出版社，1984：自序4.

小品文的“趣”很大程度上得益于“五四”时期文言与白话所处的过渡阶段，白话文还在很大程度上带有传统散文的审美特性，其审美趣味、审美理想无不带有传统古典文化的烙印。而处于过渡阶段的中国新文学作家，或是接受了良好的传统教育，或是倾心于古典文学，或是喜爱写作旧体诗词。以郁达夫为例，虽然他独特的自白体风格使他在中国小说史上留下了浓墨重彩的一笔，但其同样在旧体诗词上颇有造诣。这种古典式语言的痕迹与在传统文化环境中成长起来的作家思维结合在一起，共同推进了小品文的繁荣。

三、报告文学的“实”与“虚”

文学的革新与创造，既是社会变革的延伸，也是文学本体内容与形式推陈出新的结果。报告文学是适应了纷纭变化的时代需要的年轻文体，在不到一百年的发展中，它曾于20世纪30年代和80年代两度成为文坛的主流。迄今，报告文学所创造的辉煌和影响，已足以使其与诗歌、小说、散文等古老的文学样式比肩。报告文学的兴衰成败与其文体的发展演变息息相关，文体演变成为报告文学命运的晴雨表。可以说，一部报告文学发展史，就是一部报告文学文体演变史。

现代文学视阈中的“报告文学”，经历了从萌芽到确立文体名称再到第一次繁荣的丰富历程，显示了一种崭新的文体经由历史的洗礼和打磨而愈来愈强大的生命力。同时，在这样的进程中，报告文学也逐步形成了自身的独特气质：既有描写现实生活和真实人物的“实”，又有超越现实而生发出思想穿透力和社会洞察力的“虚”。报告文学这种独特的真实性和思辨性，使其具有了不同于其他文学品种的品格和力量，在社会上引起了广泛的关注和强烈的共鸣。以至于在一段时间内，几乎所有的文学报刊都不能无视它的存在，并以能够发表报告文学作品为时尚。

当我们拨开历史的尘雾，试图去发现报告文学的历史起点时，首先映入眼帘的便是19世纪末20世纪初的“准报告文学”，这一阶段出现了以文学写新闻和以新闻写文学两种创作倾向的作品，在当时它们被称为“时务文体”和“报章文体”。这种文体样式兼有新闻、散文、政论的综合特点，“它们似新闻又非新闻、似散文又非散文”①，虽无清晰的报告文学文体意识，但已经烙上了报告文学明显的印痕。脱胎于纪游散文和通讯报道的此类文体，在出现的一开始，便显示出新闻写作的真实性和评论性，又饱含文学写作的抒情性和思辨性，恰恰契合了报告文学在日后所凸显的“新闻”和“散文”两种维度。

20世纪20年代是中国报告文学战斗传统开启的年代。1925年的“五卅”惨案之后，出现了一些反映革命斗争的、有影响的作品。例如，茅盾的《五月三十日的下午》、叶圣陶的《五月卅一日急雨中》、郑振铎的《街血洗去之后》。这些及时、连续的报告，使读者在一段时间内沉浸在巨大的悲痛之中。其中，《五月三十日的下午》以随笔体形式，将惨案发生半个小时后所引发的感情波澜与半个小时前做了对照，表达了作者强烈的激愤情感。1926年的“三一八”惨案发生后，朱自清抑制不住内心的愤慨，写下了《执政府大屠杀记》，作者以亲历者的身份揭露屠杀真相，批驳歪曲报道，从而增加了作品的真情实感与描写力度。此后，谢冰莹发表了反映北伐革命战争的《从军日记》，作者以亲历者的身份在战斗间隙写下了这篇报告，为我国第一次国内革命战争的一个侧面留下了形象的历史记录。之后不久，林语堂就将它译成英文刊登于《中央日报》英文版副刊上，从而引起了国际影响。1927年以后，施英的《上海工人三月暴动纪实》对上海工人的武装斗争做了翔实而生动的报告，留下了可贵的历史见证。“四一二”之后，郭沫若的《请看今日之蒋介石》等抨击社会时弊、揭露旧社会阴暗

---

①　王晖．百年中国报告文学的体裁变迁：百年中国报告文学文体流变论［J］．社会科学辑刊，2002（3）：167－174．

面的作品在当时也引起了很大的反响。

1930 年是中国报告文学发展进程中具有标志性意义的一年。在陶晶孙译的日本作家中野重治的《德国新兴文学》一文中第一次正式使用了“报告文学”这一名称。而在 1930 年左翼作家联盟（简称“左联”）成立之后，“左联”又大力倡导报告文学，不仅翻译、评价了许多报告文学作品及理论，还进行了大量的创作实践活动，使报告文学转入了自觉的理论梳理与创作时期。与此同时，报告文学的文体规范开始确定，社会批判功能逐渐凸显，从此，报告文学作为文艺的“轻骑兵”发挥了积极的战斗作用。

1936 年是报告文学史上具有重要意义的一年。这一年，堪称经典的几部报告文学作品的出现，激活了广大作者对于报告文学的创作热情，使得报告文学产生了第一次繁荣，这种繁荣不仅仅是作品数量的增多，更是创作者、创作题材的全方位跃动。因此，1936 年被称为中国报告文学史上的第一个“报告文学年”。

这一年，夏衍的《包身工》出现了，作为中国报告文学史上第一座里程碑式的作品，《包身工》以现实为基础，描写细致生动，议论深刻精辟，具有思想表达和艺术手法的双重高度，它的成功建构起了报告文学一种全新的写作范式。精辟深刻的议论经由丰富的艺术想象力体现，使得批判和描写达到了完美的结合。可以说，在《包身工》这部作品的创作中，作者既有对深入调查采访、尊重事件真实性的坚守，更通过结构设计来贴近艺术性，展现了一种全新的文本样式，具有较高的典范意义。

20 世纪 40 年代，报告文学承接 30 年代的势头，继续发展着。这一时期，出现了一大批反映革命战争的作品，如刘白羽的《游击中间》、碧野的《北方的原野》、周立波的《战地日记》、卞之琳的《第七十二团在太行山一带》、黄钢的《开麦拉之前的汪精卫》、骆宾基的《东战场别动队》、沙汀的《随军散记》和《我所见之将军》、沈起予的《人性的恢复》、周而复的《诺尔曼·白求恩片段》、华山的《英雄的十月》、曾克的《挺进大别山》、李立的《四十八天》等，这些在当时都是影响较大的优秀作品。随着新中国的建立，作为文学战线的“轻骑兵”的报告文学，敏锐、及时地抓住了时代的这一变化，广大作家迅速地从战争年代着重于对战争题材、战争进程的报告，转向了祖国各条战线的社会主义建设的伟大实践，用自己的心去体验生活、感应生活，创作出了一大批优秀的作品，从而形成了一种“小中兴”的局面。

而在报告文学的发展历程中，关于报告文学的理论建构也逐渐深入。随着一些擅写小说的作家的加入，报告文学也开始出现“小说化”的倾向。这种倾向在茅盾的倡导下走向极致。茅盾认为，包括报告文学在内，“创作的最高目标是写典型事件中的典型人物”，这一意见直接把报告文学等同于小说的纯文学定位：一方面推进了报告文学的“文学性”发展，克服了报告文学重写事、轻写人的片面化，使得报告文学创作涌现了一批佳作，如萧乾的《刘粹刚之死》、曹白的《杨可中》、沙汀的《随军散记》等；但另一方面也相应地带来了报告文学“新闻性”的减弱，以至于蔓延到后来长达几十年的关于报告文学“真实性”的讨论。

一种文体的兴衰，其实有着极为复杂的内、外因素。报告文学在不到一百年的历程中就创造了文体由雏形到成熟、再到繁荣发展的局面，相对于小说、诗歌、散文、戏剧这些源远流长的文体而言，这无疑就是一个奇迹。奇迹的出现，既有社会转型和激变为其提供了良好的时代机遇，又有大量西方理论的引入提供了参考的范本，而报告文学文体自身的擅变也是一个重要的决定性因子。

首先，报告文学因时而生。19 世纪末 20 世纪初，印刷工业的发达带来了报刊业的兴盛，这为报告文学的产生和发展奠定了坚实的物质基础。在近现代社会转型期，动荡的政治、文化常常让人迷惑，人们迫切地需要掌握更多真实且有效的信息，从而更加有效地参与社会生活。这时候，较之虚构的小说、抒情的诗歌，报告文学的特性便契合了大众的诉求。“它的存在是为了要给读者以新闻（News），读者在他进早餐的时候需要有一个世界动态记录的日志，他要知道发生了些什么事，为何发生和如何发生等。”①

另外，在报告文学发展成熟的过程中，相对丰富的思想理论资源的滋养无疑起到了一定的催化作用。思想理论资源都是与特定的历史时代相联系的，在中国报告文学的发展道路上，西方思想理论和我国的思想运动都曾不同程度地影响着它的生长发育。早在报告文学的诞生期，西方现代文化的大量涌入，就为它的发展提供了相当丰富的现代文化参照资源。例如，捷克报告文学理论家基希《秘密的中国》、俄国伟大的无产阶级文学家高尔基《一月九日》、美国进步作家约翰·里德《震撼世界的十天》等作品的译介，都为中国报告文学提供了参考的范本。

与此同时，一批以西方民主思想为自身思维方式和价值取向的重要参照系，并有改革现状意识的知识分子的写作主体出现了，他们以对现实社会的反思、批判作为向社会发言的方式，创造了报告文学这种特殊的文体形式。报告文学的出现，为文学与时代的紧密结合找到了新的途径，也为作家参与社会现实开辟了崭新的阵地和有效的渠道。尤其是“左联”的倡导、参与、实践，为报告文学的形成和确立带来了深远的影响。这不仅体现在一大批“左联”成员作家的报告文学创作，更体现在报告文学阵地的建立，“左联”的许多刊物如《文艺新闻》《北斗》《文学界》《光明》《中流》等，或介绍外国著名报告文学作家，或登载报告文学的理论文章，或发表报告文学作品，为报告文学的发展起到了推动的作用。

报告文学与时代发展的紧密关系是任何一种文学文体都无法与之相比的，它始终是与时代同步成长的文学样式。由报告文学与时代精神的内在关联我们发现，在某一个历史阶段中，某一种文学出现大步的迈进，那一定是这种文学适应了这个历史阶段的需要。所以我们看到，在社会大变革、

① 巴克. 基希及其报告文学［M］//王荣纲. 报告文学研究资料选编：下. 济南：山东人民出版社，1983：1217.

大动荡的时代，一定是报告文学迅猛发展的时期。作为时代的文体，报告文学对时代的关爱给予了积极的回应。报告文学以其创作的努力不断反映着中华民族在现代化建设和改革开放进程中的时代精神和品格。中国报告文学的演进，“一开始几乎就是与我国的政治进程和社会发展同步前进的。它扣准时代的脉搏，率先站在斗争的前沿，在近年来众多重大的政治课题和社会问题上，都能听到它的洪亮的声音。如果从新时期报告文学的总体上考察，无疑已经具有史诗性的规模和编年史的意义”①。也就是因为如此，所以在历史的每一个重要时刻我们都能看到报告文学的身影。

那么，报告文学的核心和根基在哪里？使它承担起时代发声之责的原因在哪里？一方面，报告文学需要“实”。真实性是报告文学不能回避的问题。报告文学是关于事实的报告，这种报告首先应是真实的。报告文学创作中的真实性原则要求作品中的人物和事件一定是真有其人、真有其事、查有实据，即使在时间、地点、事件情节上也要真实。也就是说，报告文学创作，不是要求作家去创造艺术的对象，而是要求他们对社会生活中真实存在的人物和事件做认真的搜寻和解读，既不对之刻板地照相，也不进行人为的艺术拔高，而是要做一种与真人真事相符合、与生活本质相符合的表述。

另一方面，报告文学也需要“虚”。这份“虚”是超越描写现实之上的思考现实，蕴藏着理性思辨的力量。报告文学是在现实的基础上产生出来的文学，其源于现实又反映并服务于现实。报告文学应当是站在社会现实前沿、站在时代前沿的文学，应当要用一种先进的、文明的、现代的思维观念和标准来认识和影响现实，为了现实更加合乎人们的愿望和理想而走向现实深处。强调报告文学的“虚”，就是要求报告文学能够超越文本中描述的事件、人物或问题的一般层面，深入到人类存在的本质进行思考，并

① 李复威. 中国当代报告文学选［M］. 北京：北京教育出版社，1988：序5.

从社会学、哲学等方面来表达作者自己的判断倾向和独特见解，更要做到穿透现实发现其背后的本质和历史逻辑，从而给现实生活以积极的影响。正是这份独属于报告文学的“虚”使其不致成为简单的新闻侧写。“好的报告文学作品，从来都不是只对生活现象作平直观照，只是机械地传递生活现象，而是渗透深沉的思辨因素，闪烁着理性的光芒的。”① 可以说，报告文学如果没有思想理性的观照，就会失去灵魂，表现出肤浅和平庸。因此，优秀的报告应该成为思想的产物，是激发读者思考和行动并且作用于社会生活的重要思想资源。思辨性为报告文学注入丰富的理性内容，使其具有了与其他文学样式不同的特殊风格。从这个意义上讲，报告是一个事实的报告，同时也是一个表达了作者理性判断的思想结晶。

四、随笔、日记、文学批评及其他

从“骈”走向“散”，散文形式愈来愈丰富多样，内容愈来愈纵横捭阖。在杂文、小品文和报告文学之外，更多鲜活有趣或蕴含严谨学术性的散文文体出现了。以随笔、日记等私人化的写作和文学批评等学理性的讨论为代表，散文领域以多元化的态势蓬勃地、自觉地发展演变着。

随笔和日记作为一种较为轻松的写作方式，是作家们在严肃的日常写作和激烈的思想碰撞之外，一种私人化的表达和记录。通过随笔和日记，我们看到了一个个更为完整的现代文学作家，这种对于人的“完整性”的自觉实践，可以窥见文学革命与作家之间的互动关系。

杨义在谈到现代随笔时曾说：“随笔作为现代散文中极具文人气质的一支，反应灵便，风度从容，神采活泼，在百十年间发展得林林总总。”② 的

---

① 麦天枢. 1988 · 关于报告文学的对话 [J]. 花城，1988 (6).

② 杨义. 探索通往现代随笔研究的成熟之路：评《中国现代随笔研究》[J]. 中国现代文学研究丛刊，2005 (2)：273 - 278.

确，中国现代作家的随笔书写，受到了国外自由主义思潮和各类写作范式的启发，发端于中国古代的各类随笔、笔记，却又展现出了丰富而独特的“现代”气质。作为中国现代知识分子重要言说方式的一种，随笔的写作或是服务于自我的发现，或是蕴含着对时代的批判与反思，是现代文学各类文体中易被轻视却有着丰厚精神内涵的一种文体。鲁迅将议论性随笔的写作发挥到极致，最终形成了独特的杂文体；周作人将美文式的随笔当作一种理论建设，致力于在形式上推陈出新。现代作家在随笔写作中不受拘束的漫谈与发散，正是自觉地完善和结构自我思想的实践。

日记是作家情感世界真实的投影。“五四”前夕，胡适在日记里发出了“造新文学，此业吾曹欲让谁”的呐喊，鲁迅的日记里记录了划时代的短篇小说《狂人日记》的诞生历程。身在海外的吴宓，对“五四”文学革命的到来却毫不理解，通过日记抒发了忧心如焚、痛不欲生的郁闷心境。20 世纪 40 代后期发生的闻一多遇刺事件，在叶圣陶、朱自清等一批作家思想上引起了强烈的震撼，日记集中地展示了他们精神上的焦虑、愤懑。这份焦虑和愤懑最终化为行动，促使一批作家集体乘船北上投奔解放区，完成了历史性的转向。20 世纪后期，杨沫、巴金、俞平伯、陈白尘等几代作家的日记，更从不同侧面，逼真地呈现了作家在无法抗拒的暴力面前的愤慨与无奈，具有历史深度地揭露了“文化大革命”的荒唐与罪恶。

“百年作家日记也是一座无所不包的现代文学史料库，举凡作家早年出国考察的发现与惊喜，现代文学学科建设具体史料的搜集与整理，乃至在公开发表的文字中较少见到的作家出言无忌的创作评论，在日记里都表现出了特有的个性与精彩。”① 现代作家日记，数量大，内容丰富，在这片独立的话语空间里，我们可以看到不同作家的精神图景，也可以总结出现代文学隐藏的丰富史料。日记可以说是全方位了解过去、多角度梳理历史的

---

① 刘增杰. 论现代作家日记的文学史价值：兼析研究中存在的两个问题 [J]. 文史哲，2013 (1)：125 - 127.

有效通道。

文学批评作为文学研究的重要组成部分，以文学鉴赏为基础，以文学理论为指导，对作家作品和文学现象进行分析、研究、认识和评价，深刻影响着读者的接受能力和艺术趣味，更对时代社会审美理想的形成有着重要意义。

现代文学的理论批评是在现代文学诞生初期一脉产生的，与“五四”新文学、新文化主张有着紧密的呼应关系。1916 年，尚在美国留学的胡适写就了《文学改良刍议》，寄给了国内的陈独秀，文章得以于 1917 年在《新青年》第 2 卷第 5 期发表。这篇文章中首次提出了“须言之有物、不模仿古人”等改良八事，被视作现代文学理论批评的开端。由此，文学理论批评的图景开始展开。陈独秀响应胡适的主张，紧接着在《新青年》下一期刊登了《文学革命论》，提出要坚定革命民主主义的立场，举起“国民文学、写实文学、社会文学”这“三大主义”的旗帜。与此同时，周作人受到人道主义的影响，提出了“人的文学”的主张；鲁迅倡导从文学语言和形式方面入手，将文学革命推向作家思想和作品内容更深的层面；李大钊从马克思主义的角度出发，揭示了思想文化伴随着社会经济大变革而变革的历史性和必然性；钱玄同、刘半农等人也纷纷提出了自己的看法和意见。这些主张或许在政治站位、思想体系、具体观点上有所分歧，但他们都受当时新文学、新文化运动的影响，自觉地从文学革新的根本出发，掀起了中国文学史上前所未有的大变革。

20 世纪末期，随着时代的前进和革命的深入，马克思主义逐渐在中国广泛地传播，并影响着思想文化领域的发展方向。伴随着革命文学论争的热烈，马克思主义理论批评体系也开始较为系统地出现在国内知识分子的视野中。创造社的郭沫若、成仿吾、冯乃超、李初梨和太阳社的蒋光慈、钱杏邨等均积极投身于马克思主义文学理论批评的传播和倡导中。

1930 年，中国左翼作家联盟在上海成立。“左联”的成立，标志着左翼文学思潮的壮大和作为主流文艺思潮地位的确立。“左联”为文学界带来了从文学革命到革命文学的彻底转变，不仅给文学创作的内容和形式提供了全新的声音，更是给文学批评带来了震动性的影响。“左联”的纲领确立了马克思主义的艺术理论及批评理论的总体方针，革命作家和理论批评家鲁迅、冯乃超、彭康、茅盾、冯雪峰、周扬等以多种方式实践着这一整体目标。在与“新月派”“自由人”“第三种人”的论争中，在对“民族主义文艺”的批判中，他们以马克思主义的阶级论驳斥资产阶级的人性论，论证文学与阶级、文学与政治、文学与革命的关系等，表现出他们献身无产阶级和人民群众解放事业的自觉性。此外，还有一些其他类别的文学批评主张活跃在当时的文坛之中。如梁实秋推崇的白璧德的人文主义，朱光潜阐述的克罗齐的美学，傅东华、戴望舒介绍的比较文学研究动向与成果，等等。

抗日战争全面爆发后，由于需要充分利用文学的力量来动员全民抗敌，许多关于如何写作报告文学、如何创作街头诗歌、如何排演现代戏剧的文学理论文章开始发表。这些文章主要着眼于如何运用旧有形式创造出符合时代要求的新作品，起到鼓励抗战的积极作用。20 世纪 40 年代初，毛泽东在全面阐述近代中国的社会性质和革命任务的同时，反复提到“五四”以来新文化运动和革命文学的问题。有关论点主要集中在 1940 年出版的《新民主主义论》、1942 年整风运动期间的《在延安文艺座谈会上的讲话》等演讲中。在《在延安文艺座谈会上的讲话》这篇讲话中，毛泽东号召革命作家深入群众的火热斗争，从中汲取创造性素材，身体力行地将思想情感融入工农群众，主动适应新的人群、新的生活和新的时代。在文学与人民群众如何结合、文学与现实生活如何融合方面，这篇演讲给“五四”以来的现代文学和 20 世纪末的左翼文学带来了划时代的意义。革命根据地（解放区）迅速实施贯彻新的人民文艺方向。陆定一、周扬、艾思奇、沙可夫、荒煤等撰写评论，或者热情推荐优秀作品（如长诗《王贵与李香香》、歌剧

《白毛女》、赵树理小说等），或者及时总结初步经验（如新秧歌剧运动、农村文艺工作、作家的思想改造等）。艾青、朱自清、李广田、闻一多、朱光潜和冯文炳的诗论和诗歌批评，有的结合具体诗作，有的联系多方理论，或者浅言片语，或者广征博引，都在精细的分析中提出了独到的见解。

在随笔、日记和文学批评之外，散文形式的发展也是多种多样的。例如周作人的"抄书体"散文，确保了材料的原汁原味，封闭了"合理"想象与虚构的空间，达到了"以他人之章，也可抒己之胸臆"的目的。

下编

变革与新生

第八章 | ◆

小说的传统与新变

小说自新文化运动之后成为文学界举重若轻的传统文类。当最动荡激烈的时代逐渐平缓，中国社会迈入全新的政治环境，以制度之新、经济之新和文化之新重新走向世界舞台。当代小说作为切近现实生活的一种虚构叙事文体，所描摹的正是一个现代化后发民族国家在由传统向现代转化过程中的社会生活和人性表现，作家们凭着敏锐的嗅觉和辨别力，运用新的创作手法在文体内部快速地自我成长起来。

一、旧瓶与新酒："十七年"小说的传统形式

"十七年"小说指的是创作于 1949 年至 1966 年间的小说，在此期间，中国历史发生最深刻的政治结构变化，新兴的意识形态前所未有地席卷中华民族的思想，中国社会接连开展深刻剧烈的社会运动。当代小说作为切近现实生活的一种虚构叙事文体，所描摹的正是一个现代化后发民族国家

在由传统向现代转化过程中的社会生活和人性表现。“十七年”文学被冠以“社会主义现实主义”“革命现实主义与革命浪漫主义相结合”之名，深层次的社会命题和剧烈的社会变革决定了这一时期的叙事主张本身具有承前启后、旧瓶新酒的对照特色，这让我们意识到这个时期的文学发生在后发的现代化国家的必然性与合理性。

首先，是史传传统与现代意蕴。自新文化运动以来，小说文体在从话本、说话基础上发展起来的明、清章回体小说的面目上有了新的发展。小说的戏剧化情节逐渐转变为浅近平实的叙述；大团圆式的寓教于乐主题逐渐淹没在琐碎繁复的市井生活里；一些说书人最高调的噱头和吊人胃口的后手，逐渐转换成小说作者坦荡的内心剖白和直抒胸臆。而“十七年”长篇小说则重新拾起回归传统的意识，与史传传统产生了千丝万缕的联系，同时对比传统史传在语言文字和叙述方式方面的迥异，让“十七年”小说的史诗性展现出了现代意蕴。

“十七年”小说中具有史诗意味的长篇小说可分为三种类型：

其一为讲述时代阶级性故事。此类小说深受茅盾小说《子夜》的影响，尤其是小说《创业史》，被誉为“农民走向社会主义道路史诗”。如果说《子夜》写了民族资本与买办资本、农民与地主、资本家与工人等对立阶级的矛盾性和交叉性，试图来回答中国是否能够走资本主义道路的问题；那么《创业史》就是在书写中国合作化运动背景下，中国农村各主要阶层如贫农、中农、富农、青年农民、老一代农民等对合作化的不同反应，同时写了城市建设、科学技术、统购统销等经济政策对合作化运动的反应。这种写法滥觞于《子夜》，将社会各阶层的人生百态描摹细致，可将其称为“子夜—创业史”模式。

其二为表现波澜起伏的宏大战争史诗故事。丁玲在1954年批评陈登科小说《淮河边上的儿女》缺乏思想深度，结构松散，“你在里边写了那么多不能给人以兴趣的一个战斗又一个战斗，塞了一些在抗日战争时代到处传诵的动人的舍夫、弃子的故事进去”①。相对成功、影响力较大的作品是杜鹏程的《保卫延安》，作品描写了1947年3月至9月的延安保卫战，以战役最紧张、最严峻的形势起笔——1947年，蒋介石调集胡宗南数十万军队试图歼灭西北解放军，而我方兵力此刻只有3万。作品依次描写青化砭伏击战、蟠龙镇攻坚战、长城线上的运动战和沙家店歼灭战等重要战役，表现出宏阔而风云变幻的战争场面，继承史传小说暗藏褒贬的春秋笔法，将叙史和颂诗相结合，对国民党的腐朽没落和官僚主义批判得入木三分，表现出强烈的道义批判立场。

其三为知识分子等个体形象的成长小说，以杨沫的作品《青春之歌》为代表。“成长小说”是18世纪和19世纪西方小说创作的重要类型。“‘成长小说’以个人的传记经验（出身、成长、婚姻）作为故事框架，其内在逻辑则是主人公人格的‘内在性’成长；这种小说强调个人与环境的冲突，人物具有反叛性，它最终体现为主人公的人格成熟，至少应对‘自我’有所发现。”② 而“十七年”小说里的成长小说事实上与西方成长小说“自我”化的发展方向相反，是将“个体”融入“整体”之中。在《青春之歌》里，林道静的两次离家出走都是“自我”人格的成熟，然而任何个体都不能离开社会整体而孤立存在，林道静从文化意义上的少女成长为青年女性再成长为中年女性，这是每一个个体生命都要遵循的人生轨迹。当“十七年”史诗类小说的叙事者让林道静自觉地进入整体，成为整体中的一员甚至代表时，他们也就“不是被看做有血有肉的自我实体，而是被假想成意识形态、思想主张……的惟一代表”了。③ 在此种场域下的史传小说，事实上借用了成长小说的框架，却仍然回归到群体洪流的传统意识中。

---

① 丁玲. 关于《淮河边上的儿女》致作者陈登科的信［J］. 文艺报，1954（5）.

② 孙先科. 象征中的秩序：知识分子形象及其“成长”［J］. 河南大学学报（社会科学版），2008，48（4）：110－115.

③ 雅卡尔，普拉内斯. 献给非哲学家的小哲学［M］. 周冉，译. 桂林：广西师范大学出版社，2001：64.

由此而知，此三类史传小说都是在既定的理念框架下，“通过对社会生活的生动描写，试图来‘全方位’地概括一个时代的主要社会矛盾，揭示历史发展的趋向，反映一个历史时代社会生活的‘本质’，从而构成‘史诗性’”①。

其次，是新人形象与英雄传奇。俄国文学家车尔尼雪夫斯基在19世纪中叶提出了“新人的故事”这一观点，创作出拉赫美托夫等理想化的新人形象。车尔尼雪夫斯基是俄国民主主义革命的先驱者，他的文学观念随着20世纪社会主义运动的蓬勃发展，深深嵌入社会主义国家的文学意识形态框架。“十七年”小说中有一批作品专注表现革命之后的社会变革，以及在这种变革下逐渐成长的时代“新人”。

受时代背景的局限，车氏“新人”大体仍是上流社会的知识分子或贵族青年，而20世纪50年代文艺界产出的“新人”形象则融入广大的普通人民群众之中。杜鹏程的小说《在和平的日子里》将一对经过战争考验的战友在和平年代的选择做比照，队长阎兴锐意进取，副队长梁建在和平时代渐渐走向懒惰，对工作日益疏忽直至酿成恶果。而阎兴则是一个典型的“新人”形象：不断自我挑战，意识到庸常生活对人性的考验，因此他认为：“只要前头还有战斗，就不能停止前进；只要任何地方还有贫困和落后，就算我们没有完成任务。……历史把我们这帮人选出来，时时把繁难的担子搁在我们肩上。也许，我们有我们的苦处，可是，这苦处也是许多人永远没有资格经受的。”② 阎兴的“新人”形象是文学在表达一种理想关系，即通过改造个体从而改造整个民族以及这个民族的全部内在关系。

草明的《乘风破浪》描写了一家大型钢铁企业围绕增产节约展开的一系列矛盾斗争。青年炉长李少祥是一个锐意进取、敢于开拓创新的“新人”

---

① 傅书华．个体生命视角下的“十七年”小说［M］．北京：中国社会科学出版社，2016：26.

② 杜鹏程．在和平的日子里［J］．延河，1957（8）.

形象。当下对《乘风破浪》的评价认为它是一部迎合时代主潮的作品，承载着明确的政党意志的宣传职能，故事的情节线表现的是“个人与集体、先进与落后、革新与保守的错综复杂的矛盾”，歌颂的是“工人阶级的忘我劳动和进取精神”。① 这种表现时代精神和革命动力的“新人”形象正是当时文学重要的命题之一。

“十七年”小说中时常将塑造先进分子和英雄典型形象密切联系在一起，“新人”形象的精神内核实质上也承接了我国传统的英雄传奇模式。在“新人”小说大受欢迎的同时，“英雄”小说在民间更有广大的民众基础。毕竟英雄传奇这种小说表现方式拥有数百年的传统，其形式的圆润精到、受众的接受程度都远高于其他形式的小说。诸如梁斌的《红旗谱》、吴强的《红日》、刘知侠的《铁道游击队》、曲波的《林海雪原》等作品，既吸收传统的英雄传奇的写作经验，又展现了现代生活经验，当时的评论直接盛赞这些作品为“革命英雄传奇”。

侯金镜就曾评价道：“在描写新英雄人物的作品当中，有一部分虽然思想性的深刻程度尚不足、人物的性格有些单薄、不成熟，但是因为它们具有民族风格的某些特点，故事性强并且有吸引力，语言通俗、群众化……它们的普及性也很大，读者面更广，能够深入到许多文学作品不能深入到的读者层去。”②

梁斌的长篇小说《红旗谱》以描写朱老忠、严志和两个农民家庭的生活为线索，以他们充满起伏跌宕与悲欢离合的人生际遇，表现了 20 世纪上半叶发生在冀中平原的革命斗争。梁斌在谈到《红旗谱》的创作时曾提到，《三个布尔什维克的爸爸》是他根据高小时的一个同学父亲的遭遇写的，这个爸爸形象便是《红旗谱》朱老忠的雏形，他又在这部短篇的基础上创作了五幕剧《千里堤》和中篇小说《父亲》，之后写了短篇小说《抗日人家》

---

① 华中师范学院编写组. 中国当代文学［M］. 上海：上海文艺出版社，1984：119.

② 侯金镜. 一部引人入胜的长篇小说：读《林海雪原》［J］. 文艺报，1958（3）.

和五幕剧《五谷丰登》，构成《红旗谱》第四部主要的故事情节。梁斌1953年开始写《红旗谱》的时候，已经有了二十六七万字的积累。《红旗谱》是一个个创作段落的集合体现，也有作者在小说创作过程中不自觉吸收的传统元素，在新时代的革命风潮中，《红旗谱》却悄然秉承传统的英雄观念。作品描写统治阶级的残酷剥削和压迫，朱老巩一家三代农民反抗封建阶级、敢于斗争的形象也就跃然纸上。

英雄传奇的叙事结构与新人形象的塑造都需要以反映社会矛盾为主要框架，这是小说文体的需要，也是社会时代的需要，"十七年"小说的作家们为了利用好旧形式创作出新内容做出了许多努力，这些努力呈现出中国的现代民族国家叙事的内在矛盾性以及中国文学内在逻辑和叙事张力的复杂性。

此外，还有新题材中的"老故事"。古典小说的创作方法在20世纪50年代得以回流，"十七年"小说的作家们把时代的主流观念注入当代小说的历史叙述框架中，并杂糅叙述传统、个人体验、感情意向等各种因素，力求构成新的叙事模式。

杨绛在研究斐尔丁小说时所提出的论点表明了当时学者对小说文体的认识："斐尔丁的小说或其他人的小说里有那种紧密的安排，整齐的剪裁……小说家凭他的智慧和经验，要把所见的人生真理启示给大家看，就是要抉出这种必机，使它显而易见。小说家不用议论来解释，却是用具体的事实来显示。"① 杨绛认为，写小说要按照事物演变的规律来剪裁安排，这是对当时传奇类小说公式化、概念化写作模式的一个突破，具体反映在《青春之歌》《苦菜花》等新长篇类型中。

《青春之歌》讲述20世纪30年代以北京大学学生为核心的一批青年从1931年"九一八"事变到1935年"一二·九"学生运动的历史生活经历。

---

① 杨绛．斐尔丁在小说方面的理论和实践［J］．文学研究，1957（2）．

作品以林道静的生活展开叙事，有两条主线：一条为大学生在中华民族危急存亡的时刻，挺身而出，控诉强权，在共产党的领导下与邪恶力量坚决斗争的英勇事迹，从而表现出知识分子与中国革命的关系；另一条以林道静的爱情经历为线索，她与于永泽相识却又分手，与卢嘉川相恋而最终没来得及表白，与江华结婚却生死不明。《青春之歌》不是简单的革命与恋爱的套路小说，而是以一种想象和虚构的结合，指出现代知识分子在革命、爱情和婚姻之间的复杂关系，是个体命运在宏大叙事之间的交融和表征。林道静对爱情的追求与对革命的追求在某种程度上达成一致，她写给卢嘉川的告白诗歌其实也是对革命的告白。

另外，20 世纪五六十年代的作家们自觉利用旧形式创作新内容的方式是借鉴古代家族小说的叙述方法创作作品，比如经典作品《三家巷》。它是“十七年”小说中为数不多的涉及家族之间复杂关系和男女之间情感纠葛的作品，同时又反映出政党意志。它“以具有光荣革命传统的广州为背景，通过三个家庭错综复杂的关系，反映出当时的阶级矛盾和阶级力量的消失，真实地再现了震撼中外的省港大罢工、沙基惨案、广州起义、‘四·一二’反革命政变等历史事件，表现出中国无产阶级及其政党由小到大、由弱到强、由幼稚到成熟的过程，组成了一幅广阔而丰富的社会生活画卷”①。

这种创作手法具有双重复调性：第一层以家庭纠葛和人物关系为主线，以细腻的笔法描绘家族的成长史；第二层从宏观的背景图画徐徐展开，将波澜起伏的斗争史融入其中，从而使得作家在书写革命故事的新题材中，仍然能够写出传统的家族范式。

在这个问题下，作家的笔触往往集中在新题材与老故事的交织中，个人经历是小说着力描写的内容，但革命时代的历史线索依旧是小说叙述的基本框架，在这种复调书写中，历史在个人命运的折射下，显得更为跌宕

① 华中师范学院编写组．中国当代文学［M］．上海：上海文艺出版社，1989：136.

起伏，如荧荧烛火，摇曳多姿。

总之，“十七年”小说的政治意识和文学形态虽然是主张进步思想的“工农兵文学”和“革命文学”，但其写作方式却有向传统回流的趋势，无论是章回体小说，还是家族式写法，这种辨乎忠奸的人物秉性、大智大勇的英雄传奇、强烈分明的爱情纠葛和个体命运的悲喜剧等因素，以及中国古典小说的某些写作技法和语言风格，都在这一时期的经典小说中有所体现，这个特点值得研究者们注意，也应发现“十七年”小说的传统与新变。

二、迷宫与能指：先锋小说的叙事实验

20 世纪 80 年代兴起的文学新潮，把中国当代文学推入一个新的历史空间。就新时期文学而言，1985 年前后，马原、格非、余华、残雪和孙甘露等一批以文体自觉意识而进行创作实验的小说家，用新的文学范式进行小说创作，他们的作品被称为“先锋小说”。这股新的文学因素将文学浪潮的流向推到三个审美层面——文化寻根、形式主义和现代派①，而前卫、新潮、实验性以及永不妥协的抗争精神成为“先锋”的精神内涵。

现代主义的作家们认为现实世界是不确定和不稳定的，语言这种具有线条性的存在难以将立体的世界描述细致，言不能尽其所欲，故而将其“陌生化”。而后现代主义作家们则把语言看作一个自给自足的世界，它成体系地存在。于是在他们的文本里，语言实验成了语言游戏，甚至故意让它成为无序的、破碎的、膨胀的存在。对此两种理论，中国先锋小说家们有着自己的理解和反馈。

先锋作家深受卡夫卡和马尔克斯的影响，竭力构造魔幻性修辞和变形性修辞，拉大了日常用语与文学用语的距离。如余华所言：“日常语言是消

① 李劼．历史描述和阐释的二十世纪中国文学史论［M］．西宁：青海人民出版社，1998：46.

解了个性的大众化语言，一个句式可以唤起所有不同人的相同理解。那是一种确定了的语言，这种语言向我们提供了一个无数次被重复的世界，它强行规定了事物的轮廓和形态。”① 先锋作家们主要通过两种方式来达到语言实验的目的，即语言变形和语言陌生化。

语言变形首先体现在“反常用词”上，作家通常从词语着手来突破语言的规范，以此标新立异。比如格非在《褐色鸟群》中有“大雨模糊了村子的轮廓”② 一句，“模糊”一词是形容词作动词，将使动用法简化，直接使用，整个句子的展现形态都和传统句法不一样了。苏童在《城北地带》中写道：“儿子的脸被铁栅栏分割成块状，苍白地透出一股凉气……”③“苍白”本是形容词，这里作副词用，用一句话简洁地把儿子苍白而透着凉气的脸色描述清楚，同时又着重强调了苍白。

其次是“反常搭配”。每个汉语的句子按照语法规范，都要表达有逻辑的意思，先锋作家们则试图打破词语搭配的逻辑定式，常常带有美学目的对常规语言加以变形。例如格非在《褐色鸟群》中有：“他不仅懂画而且懂诗懂开密封罐头懂治疗牛皮癣甚至——他还懂不生。”④在《夜郎之行》中有：“医院的对面是一家银行，一家理发店，一家出售鲜花、花篮和花圈的铺子，一家饭店，一家丧服店……在这些破烂不堪的店铺、砖楼背后，矗立着殡仪馆高大的烟囱。”⑤ 这种堆砌累积的词语和冗长复沓的句式构成了句子成分的多重并列。

余华在《爱情故事》中有“我看着那条破烂不堪的公路怎样捉弄着我们的汽车”⑥，在《往事与刑罚》中有“你在最后的时刻，将会看到在一九五八年一月九日清晨的第一颗露珠，露珠在一片不显眼的绿叶上向你眺

---

① 余华．我能否相信自己：余华随笔选［M］．北京：人民日报出版社，1998：167．
②④ 格非．褐色鸟群［J］．钟山，1988（2）．
③ 苏童．城北地带［J］．钟山，1993（4）．
⑤ 格非．夜郎之行［J］．钟山，1989（6）．
⑥ 余华．余华精选集［M］．北京：北京燕山出版社，2011：112．

望。……将会看到一九六〇年八月七日傍晚来临时的一条山中小路，那时候晚霞就躺在山路上，温暖地期待着你。将会看到一九七一年九月二十日深夜月光里的两颗萤火虫，那是两颗遥远的眼泪在翩翩起舞”①。“公路”如何“捉弄”汽车？还有“露珠”的“眺望”、“晚霞”的“期待”、“眼泪”在“起舞”，这种搭配方式是将物拟人化，使得描写的画面具有了生动而童稚的气味。

孙甘露在《信使之函》中写道：“信使在无须吟诵的时候降至这个难于吟诵的丰沛之地，信使必须穿过时代的郊区才能步入唾面自干的城市。”“信使走近这些逐渐远去的行人和雨景，走近这倚窗侧入温暖房间的冬日北风，走近光线中梦语般慵懒的粉尘。”② 这类由具体动作的动词与抽象宾语的反常搭配，将抽象无形的概念和事物变成具体的形象，创造出一种诗意的意象。“耳语城的人民生活在甜美的时光的片断里。在时光的大街上，男女老幼摇摇晃晃地行走如蚁，他们热切的嘴唇以一种充满期待的姿态微张着，那迷惘的神态似乎是一种劝喻，又像是在暗示他们正穿行在自我迷恋的梦幻中。”③

语言陌生化最早是由20世纪俄国形式主义代表人物什克洛夫斯基等人提出的文学主张，“陌生化”成为形式主义学派的一个核心概念。茨维坦在《俄苏形式主义文论选》中提到了“奇特化”一词，通常也被译为“陌生化”，“为了恢复对生活的感觉，为了感到事物，为了使石头变成石头，存在着一种名为艺术的东西……艺术的手法就是事物奇特化的方法，是使艺术变得模糊，增加感觉的困难和时间的艺术”④。先锋文本中有着种种语言陌生化的表现形式，主要体现在比喻和比拟的陌生化形式。

在先锋作家笔下，喻体往往超越本体的篇幅，成为描写的重心。吕新

---

① 余华. 余华精选集［M］. 北京：北京燕山出版社，2011：179－180.

②③ 孙甘露. 信使之函［J］. 收获，1987（5）.

④ 托多罗夫. 俄苏形式主义文论选［M］. 蔡鸿滨，译. 北京：中国社会科学出版社，1989：65.

在《发现》中写道："一些干燥的方言土语有如缓缓流动着的沙子和尘埃，一点一点地渗透到每一个木头的角落或某一道缝隙里，一直向夜晚的深处坠落而去。"① 这段话里"方言"是本体，但从整个句子构成看，后面的叙述全部围绕喻体"沙子和尘埃"展开，从而赋予了喻体更多的鲜活力和形象感。

仿拟和比拟通常将人化为物，或者物化为人。先锋作家们擅长营造物物互化的文字游戏，并由此打造了一个独特诡谲的文字世界。

经典的案例诸如："我看着朋友们相继离去。孤独的阴影又一次攥紧了我。"② "一旦认出小姐的坟冢，小姐的音容笑貌也就逃脱遥远的记忆，来到柳生近旁，在河水里慢慢升起，十分逼真。"③ 上述诸例把抽象的事物和无生命的事物拟人化，让"孤独的阴影""音容笑貌"有了人的喜怒哀乐，将文本与日常最大化地拉离开，显出陌生化的效果。

此外，先锋小说家们十分青睐西方现代主义和后现代主义文学所常用的叙述技巧和方式。元小说的叙事手法经由博尔赫斯的实践引起先锋作家们的学习热潮；反讽、戏仿和拼贴画的具有达达主义视觉效果的文字形象在先锋作家们笔下生花；叙述故事的非逻辑与荒诞是先锋小说最独特的表征；文本中大量出现的繁复隐喻和象征让先锋小说成为当代文学之林中盛开的奇葩。

元小说叙事手法并非在20世纪的小说才开始出现，早在西班牙小说家塞万提斯的《堂吉诃德》中就显示了元小说的特征，它是一本关于小说的小说，它讲述了小说应该如何被写作与阅读。在20世纪60年代，元小说真正兴起，一些批评家认为元小说是西方后现代文学的主要形式之一，1979年，《外国文艺》刊登了博尔赫斯的4篇小说：《交叉小径的花园》《南方》

① 吕新．发现［J］．花城，1991（6）．
② 格非．夜郎之行［J］．钟山，1989（6）．
③ 余华．余华精选集［M］．北京：北京燕山出版社，2011：167．

《马可福音》《一个无可奈何的奇迹》。博尔赫斯的作品对中国先锋小说的创作有着无与伦比的影响，苏童曾说过："我借到了博尔赫斯的小说集，从而深深地陷入博尔赫斯的迷宫和陷阱里。一种特殊的立体几何般的小说思维，一种简单而优雅的叙述语言，一种黑洞式的深邃无际的艺术魅力。坦率地说，我不能理解博尔赫斯，但我感觉到了博尔赫斯。我为此迷惑。我无法忘记博尔赫斯对我的冲击。"①

元小说叙事的一个基本特点是暴露创作痕迹，或故意提醒读者所读之物只是一种虚构。② 运用此种叙述手法最具代表性的先锋作品是马原的《虚构》，作者在开头便告诉读者他的故事："我就是那个叫马原的人，我写小说。我喜欢天马行空，我的故事多多少少有点耸人听闻。"③ 马原将作者、叙述者和角色重合在一起，为小说即将展开的情节铺垫出虚实结合的故事氛围，这种叙述者游离在现实和文本间的笔法给读者带来了似真似幻的困惑。"或许它根本不存在，或许它只存在于我的想象中。"④ 甚至在结尾也出人意料地模糊了小说与现实："读者朋友，在讲完这个悲惨的故事之后，我得说下面的故事是杜撰的。我像许多讲故事的人一样，生怕你们中间的一些人认起真来：因为我住在安定医院是暂时的，我总要出来，回到你们中间。我个子高大，满脸胡须，我是个有名有姓的男性公民，说不定你们中间好多人会在人群中认出我。我不希望那些认真的人看了故事，说我与麻风病有染。……所以有了下边的结尾。"⑤ 这种叙述方式不仅暴露故事的虚构性，还有意混淆写作与故事的界限，使整个文本具有复合型的立体感。

反讽最早是一种修辞格，在文学作品中，它往往传达两层含义：第一层为表层义，第二层为隐含、闪烁在字面下的深层意义。先锋小说家们以讽刺的方式来展现自我对世界和人生的狐疑，在论述自己或他者的幸福与

---

① 苏童. 寻找灯绳［M］. 南京：江苏文艺出版社，1995：3.
② 翟红. 叙事的冒险［M］. 北京：中国社会科学出版社，2008：60.
③④⑤ 马原. 虚构［J］. 江南长篇小说月报马原专号，2016（6）.

苦难时都以一种超然物外的语调，用冷静的方式来做文字游戏。

拼贴技巧是先锋作家们把风格相似或迥异的题材、文字、情节等拼合在一起，他们把本来具有某种意义的传统故事加以分割、重组、改造，用陈腐和荒诞的、喜剧性和恐怖的混合物构成在有意义和无意义之间游移的画面。唐纳德·巴塞尔姆就拼贴画得出的结论是："拼贴画的要点是：把不相似的东西粘在一起，在最佳的情况下成为一种新的现实。在最佳的情况下，这种新的现实可能隐含了对其他现实的评论，而它就是来自于那种其他现实，也可能是别的什么东西。如果它是成功的话，它就是它自身……"①

隐喻以其诗性本质从来就对作家有着强大的诱惑力，这对专注语言运作与叙述技巧探索的先锋作家尤为如此。先锋作家们大多以隐喻式的叙述结构来写人的生存状态，往往选择规避明确的故事走向，引领读者进入陌生化语境，通过隐喻和象征的强大功能，不断地将人物、情节推向多方位的、带有某种神秘意蕴的话语境域，使文本处于一种繁复而多义的状态。

在20世纪80年代社会思潮的嬗变过程中，启蒙主义始终潜藏于中国作家的文学实践里。作为一种精英知识分子的文化理念，启蒙主义逐渐发展为从伦理道德层面的人道主义诉求转向对传统文化的反思。在此背景下，1984年，韩少功在杭州会议所做的题为《文学的根》的发言，引起文学界极大的波澜，被视为"寻根文学"的代表性宣言。韩少功认为："文学有根，文学之根应该深植于民族传说文化的土壤里，根不深，则叶难茂。"②他主张作家应当回到本民族的文化中去发掘文学发展的动力。

从寻根宣言看，一种重申传统文化的启蒙主义态度已然出现，以地域文化来激活传统文化，其中蕴含着拯救传统文化的启蒙主义思路。在这个意义上，寻根宣言不仅仅是为文学的进步谋取理论证明，也传达了寻根作

① 程锡麟．"碎片是我信任的唯一形式"：谈唐纳德·巴塞尔姆的创作［J］．外国文学，2001（3）：12－16．

② 韩少功．文学的根［J］．作家，1985（6）．

家面对民族国家的启蒙情结，即在学习西方的思想浪潮中，借鉴“现代观念”去确认自我的民族身份，在民族寓言中寻找并建构现代民族国家所必需的文化资源。

以韩少功作品《爸爸爸》为例，主人公丙崽的形象在超现实情境中获得了永恒的象征意味。他作为一个不完整的人，他的痴呆症浓缩了鸡头寨文明的原始状态。“山民们起初对丙崽的嘲弄态度，固然包含着人性恶的因素，但唯有如此，才能使丙崽的形象脱离于鸡头寨的芸芸众生，从而获得一种独立的参照意味。丙崽形象的独立性，在鸡头寨山民嘲弄的观看行为中，昭示了‘山民’这一群体性的自我观照，这种自我观照乃是一种‘对象化的世态人心’。”①

如果说韩少功的文化寻根主要表现为一种“民族自我”与文化身份极度匮乏所造成的迷茫情绪，那莫言的创作则明显透露出一种坚定的文化归属感。它属于高密东北乡的“黑土世界”，《红高粱》是其中的典型。《红高粱》具有一种“民族寓言”的文本特征，“红高粱”作为小说的核心意象正是生命原欲的隐喻，茂密的高粱地是情欲的放纵之地，也是血与火的淬炼舞台。这种原始奔放、强烈浓密的蓬勃力，从爷爷和奶奶的结合得来了父亲，这样具有强大生命力的一代人才是莫言心中完美民族品格的显现。“他们杀人越货，精忠报国，他们演出过一幕幕英勇悲壮的舞剧，使我们这些活着的不肖子孙相形见绌，在进步的同时，我真切感到种的退化。”②

与韩少功和莫言侧重于在边缘文化中寻找民族身份的努力不同，王安忆的文化寻根是从汉民族的儒家文化入手，挖掘汉文化的合理因素，由此开始她的启蒙叙事。1985年发表的《小鲍庄》是王安忆创作生涯的转折点，这篇小说融入了更为强烈的叙事意识，它的文化场景充满了儒家的仁义精神。这篇小说在写与水患的斗争过程中，人类所展现的人性和传统文化积

---

① 叶立文．启蒙视野中的先锋小说［M］．武汉：湖北人民出版社，2007：103．

② 莫言．红高粱［J］．人民文学，1986（3）．

淀下来的稳定关系。“治水”的神话源头代表着小鲍庄人仁义精神的原型。

在先锋小说的文化寻根层面，一种关涉民族命运、寻找民族自我的启蒙主题清晰可辨。就文学实践而言，如何在走向世界文学的过程中持有民族特性，是先锋作家在文化寻根中始终思考的问题。他们对民族身份的指认，实际上是在西方现代文化冲击下所形成的“现代性焦虑”。只有在西方现代文化的巨大影响中，辨认出我们的民族身份，才不会在这种影响下失去民族自我。

总之，相较于西方已被经典化的现代主义而言，20 世纪 80 年代中国的先锋小说一直与现代主义相伴而行。先锋性主要取决于其主题范围和表达方式，它们始终与主流文化的现实主义传统针锋相对。主题表达所依凭的精神资源主要源于西方现代主义和当代启蒙主义，同时也源于 80 年代中期作家们反诉过来的文化追思。因此，80 年代的先锋小说，一方面表达了对个体存在焦虑的人道主义关怀，另一方面暗含着当代中国的启蒙主义的诉求，以达成通过传统历史叙事来解构现实主义传统的目的，最终仍然落脚在人的书写、人性的书写以及对现代民族国家话语的建构上。

三、零度与温度：现实主义的新探索

现实主义是文学创作的基本方法之一，根据《文学百科大辞典》① 介绍，现实主义要求作家客观、冷静地观察生活，塑造典型环境中的典型人物，将审美理想融入艺术描写之中，追求细节描写的真实和艺术概括的典型化。19 世纪中叶，现实主义思潮在法国文艺界兴起，并迅速流行于欧美各国，成为当时的主导文艺思潮，文学大家巴尔扎克、托尔斯泰、乔治·艾略特、狄更斯等人作为现实主义文学流派的代表人物创作了不少传世

① 胡敬署，等. 文学百科大辞典［M］. 北京：华龄出版社，1991：45.

之作。

我国现实主义文学传统源远流长，其源头可上溯至中国第一部诗歌总集《诗经》。而中国现代文学肇始时，陈独秀即在《文学革命论》中提出“建设新鲜的立诚的写实文学”的鲜明主张，表达出现代中国社会对现实主义文学的强烈需求。其后鲁迅、茅盾、巴金、曹禺等文学家都在文学创作中彰显了现实主义品质，留下了诸如《呐喊》《彷徨》《子夜》“激流三部曲”等现实主义佳作。

时至今日，现实主义思想仍旧深刻影响着文艺创作，在各种文学思潮的风起与迭代中，现实依然是影响创作的重要元素。正如学者张业松所说：“不同时代的新兴文学流派在向旧有的文学成规发起挑战时，几乎都要借用现实主义的名义，对之作出新的阐释，从它那里寻求自身的合法性支持。”①下面将介绍新中国成立以来的文学发展情况，阐释文学领域对现实主义的新探索。

新中国成立后的前 17 年，在“文学为政治服务，文学为工农兵服务”的号召下，革命历史小说如《保卫延安》《红日》《红旗谱》《红岩》等重要作品涌现。由于作家们抱着将革命经典化、史诗化的创作冲动，以重大历史事件为故事背景，激情澎湃地讲述革命故事，着力塑造“高大全”的革命战士形象，故难以客观、冷静地进行叙述，细节的真实性因此受到伤害，革命浪漫主义代替现实主义成为这一时期文学创作的主旋律。而在“文化大革命”期间，情况更为严峻，文艺创作受到了政治话语的严重压制，现实主义叙事全面失语，文学创作领域万马齐喑。

“文化大革命”结束后，一批揭露“文革”罪行的文学作品涌现，昭示着现实主义叙事开始复苏，“伤痕”文学、反思文学和改革文学依次出现，宣告新时期现实主义文学的深入发展。

---

① 张业松.“主义”和“现实”：对于“中国现实主义文学”的一种理解［J］. 中国比较文学，2000（3）：32－41.

“伤痕”文学是20世纪70年代末期到80年代初期出现的一股文学思潮。“伤痕”文学控诉“文革”给知识青年带来的肉体和精神创伤，声讨历史逆流。这一思潮始于刘心武于1977年发表的小说《班主任》。小说讲述中学班主任张俊石老师因答应接收“小流氓”宋宝琦到自己班上而引发的班务风波。小说塑造了谢惠敏和宋宝琦两个具有受害者和加害者双重印迹的类似“红小兵”的青少年形象：谢惠敏身上本有着质朴的美德，但因政治活动影响而扭曲，她熟练掌握政治话语方式，热衷于政治斗争。因为受到“左”倾思想毒害，谢惠敏眼界狭窄、是非模糊。她只读“过滤”好的书，竟武断认定《牛虻》是“毒草”，《青春之歌》是“黄书”。宋宝琦的情况则不同，他深信知识无用、造反有理，因而不学无术，具有欺软怕硬的帮派习气和享乐主义作风。刘心武以谢惠敏和宋宝琦的典型形象暴露“文革”对青少年的毒害，呼吁社会考虑如何教育和转变这类青少年。“伤痕”文学的标志性作品是卢新华的短篇小说《伤痕》。小说讲述知识青年晓华为了和在“文革”政治斗争中被划为“叛徒”的母亲划清界限而下乡，因为成分论的影响，她的事业、人际交往和爱情都遭遇不公对待。多年后，晓华收到母亲平反和病重的消息，几经犹疑后回乡看望母亲，却得知母亲已经病逝。晓华的母亲在给她的遗书中写道：“虽然孩子的身上没有像我挨过那么多‘四人帮’的皮鞭，但我知道，孩子心上的伤痕也许比我还深得多。”① 这是一代人对“文革”苦难的血泪书写，也是对尘埃落定的历史篇章的沉痛反思。此外，“伤痕”文学较为重要的作品还有郑义的《枫》、王亚平的《神圣的使命》、从维熙的《大墙下的红玉兰》等，均产生较大影响。

由于思想情感、人物形象和叙事结构等方面的相似，“伤痕”文学在创作上招致理念化、公式化的批评。必须承认，“伤痕”文学存在其历史局限

① 谷声应，陈利民．伤痕［M］．北京：中国文学出版社，1993：160.

性，但是作为为现实主义回归鸣锣开道的先行军，“伤痕”文学观照历史与现实、关注人生与人性的文学精神是值得感佩的。“伤痕”文学从“文革”文学的缄默中喊出了悲怆的第一声，将文学创作的目光投向现实与人生，以文学的方式确证一段历史时期的结束，帮助一代人从“文革”的阴霾中走出来，客观上具有配合政治上的拨乱反正、推进思想解放的历史功绩。一个又一个相似的伤痕累累的人物形象，塑造出“文革”中饱受摧残的中国人群像；一次又一次振聋发聩的苦难言说，宣告着人们已走出疯狂的岁月，正举步迈向光明的未来。

《班主任》发表两年后，茹志鹃发表小说《剪辑错了的故事》，反思文学开始兴起。相比暴露创伤的“伤痕”文学，反思文学在历史、人性的双重向度上反思“文革”悲剧，现实主义文学“本于人、为人生”的文学精神更为鲜明。反思文学剖析人性时笔触之深刻，上溯历史时视野之宏阔，都是“伤痕”文学所远不能及的。在叙事手法方面，反思文学也超越了“伤痕”文学：小说的形式感增强，各种叙事手法的运用更为自觉和圆熟，在《布礼》《春之声》等部分作品中甚至出现了现代主义手法的最初运用。

同样是在20世纪70年代末到80年代初，一批以改革开放为主题和故事背景的小说涌现，改革文学兴起。蒋子龙的《乔厂长上任记》、路遥的《平凡的世界》、高晓声的《陈奂生上城》等都是改革文学的经典作品。改革文学放眼当代，紧跟时代浪潮，表现出关注时代、干预现实的文学品质。艺术表现方面，张洁的《沉重的翅膀》之后出现的后期改革小说比前期创作更为精巧，所抓取和提炼的社会现象更为典型，所塑造的人物形象更为丰满，思想主题也更为深刻，并摆脱了前期作品的程式化缺陷，展现出作家的个人特色。

1987年后，在《钟山》与《上海文学》的推进下，新写实小说兴起。新写实小说对20世纪80年代新潮小说和先锋文学的现代主义文体实验进行反拨，使文学创作的主潮再次回归现实主义轨道。新写实主义在传统现实主义的基础上探求出反映现实的全新方式，构建了一种平民化、世俗化、客观化和去政治化的摹状现实的表达方式。“新写实小说的创作方法仍以写实为主要特征，但特别注重现实生活原生形态的还原，真诚直面现实，直面人生。虽然从总体的文学精神来看，新写实小说仍划归为现实主义的大范畴，但无疑具有了一种新的开放性和包容性，善于吸收、借鉴现代主义各种流派在艺术上的长处。”① 如果说传统现实主义是舞台上对主人公的一道有温度的追光，那么新写实主义就是街道转角一个冰冷的摄像头：传统现实主义作家以融入的姿态刻画典型环境中的典型人物，叙事中包含作家的主观情感和价值取向；而新写实主义作家则以距离特写的方式呈现日常生活中的普通人、事，通过摒除主观情感的“零度情感”的叙事方式直击平淡、琐碎、无序的生活本相。

以方方的新写实小说《风景》为例，小说通过死婴小八子之口讲述了武汉底层贫民一家的苦难生活，一家十余口人的生死歌哭皆经死者冰冷的凝视而愈显触目惊心。零度情感叙事非但没有削弱底层生活的残酷程度，反而使叙事更有真实感和感染力。刘震云的《一地鸡毛》则将取景框架设在当代小职员小林身上，以横断面的形式记录他日常生活中的种种烦恼：赶班车、豆腐变馊、夫妻争吵、被举报晚上偷水、工作调动、老家来客、孩子感冒、辞退保姆……大大小小各种烦恼纷至沓来，让小林疲于应对，甚至连夜里入睡后，都有恼人的鸡毛和皮屑入梦。《一地鸡毛》中小林、小李、老张、瘸腿老头等人物庸常得如同你我的近邻，读罢面目依然模糊，远不如文中充斥着的鸡毛蒜皮的糟心琐事让人印象深刻。生活的荒诞无稽、百无聊赖、死水微澜的本相掩盖在芜杂的纷落的“一地鸡毛”中，个人在现实中受挤压而异化的境况在小说叙事中“举重若轻”。新写实主义通过呈现原生态生活图景来拷问生存本质，具有存在主义哲学的思想高度。另外，

① “新写实小说大联展”卷首语［J］. 钟山，1989（3）.

为保持叙事的客观的“零度情感”，新写实主义刻意与叙事对象保持一种观察距离，这种像局外人一样的观察姿态有利于摒除情感影响以摹状真实，相比起传统现实主义则多了几分逆来顺受的被动和妥协意味。新写实小说在取材和叙事上都体现了作家的匠心，然而新写实小说以呈现现实的方式代替对现实的介入和干预，对存在问题的现实生活采取和解之心及平和的怜悯，这都导致了新写实小说对现实的批判力度十分有限，更是与传统现实主义文学的理性批判精神分道扬镳了。叙事手法方面，新写实小说吸收了包括先锋文学在内的多种文学思潮成果，在写法上显得灵活多变、挥洒自如，作品的完成度较高。其中较为重要的作品还有池莉的《烦恼人生》、刘恒的《狗日的粮食》和《伏羲伏羲》等。

20 世纪 90 年代中后期，一批表现国有企业艰难求生的小说涌现，“现实主义冲击波”的创作热潮出现，重要作品有刘醒龙的《分享艰难》、李佩甫的《学会微笑》、谈歌的《大厂》、关仁山的《九月还乡》、何申的《年前年后》等。这些小说表现国有企业在市场经济冲击下的凋敝景象，以及相关人员在艰难境况下惶惶度日的心理变化和寄望于钱色交易的苟且行为。小说中，为了得到资金以延续企业的生存，企业人员无所不用其极，或忍受有关部门领导的性骚扰，或托关系放出嫖娼的客户，或包庇侵犯自己表妹的强奸犯，文中描述的种种不入流的手段赚足了读者眼球。可以说，一方面，“现实主义冲击波”的相关作家继承了传统现实主义文学的关注现实、描写现实的写实品格，但由于缺乏批判力度，小说中对种种苟且行为的描写读来更像是作家为挣扎中的国有企业提供的解决方案，使小说的价值取向可疑，作品格调卑下。这部分是作家自身的认识偏差所致，更是为迎合市场需求、吸引读者阅读兴趣而对这些腌臜事大书特书。同样为了迎合消费主义，“现实主义冲击波”小说阅读难度较低，在小说艺术表现上技法单一，叙事较为平直，无甚亮眼之处。另一方面，“现实主义冲击波”小说往往只知年景，不知时代，作品的格局有限，缺乏对大环境的剖析，同时描写社会问题只流于表面，对造成问题的深层原因没有触及，招致“肤浅的现实主义”“泡沫的现实和文学”的批评，甚至有文章指出“现实主义冲击波”小说“标志着一直虚弱不堪的中国现实主义文学在二十世纪又一次堕落和破产”①。

之后，随着市场经济的纵深发展，诸如军旅小说、官场小说及女性的“私人化”等创作潮流出现。这些作品中仍带有现实主义品质，同时也掺入商业元素以迎合市场，小说的消费性增强，艺术性有所削弱，在此不再赘述。

当今世界，整体性失落，碎片性增强，为作家省察时代制造了新的挑战。作家该如何捕捉和描写现实才能把握时代的整体风貌，使自己不致沦为即时性、碎片性和表面化的奴隶？中国的现实主义文学将往何处去？中国作家该如何放眼世界、继往开来？该用什么样的目光注视世界，又该用怎样的笔调加以叙述？这是当今很多写作者所挂怀的问题。梳理过往的文学经验，回顾新中国成立以来现实主义写作如何向前推进或许能给我们一些启发。在这一过程中，我们虽不能得到明确的答案，但至少能从前人的勠力探索中找到零星线索。中国现实主义文学还会如何发展，让我们拭目以待。

四、跨界与杂糅：网络小说的边界探讨

若以网络写手痞子蔡于1998年发表的小说《第一次的亲密接触》为标志，网络文学也已走过了20余年岁月了。在这20余年间，网络文学生机勃勃，以惊人的速度发展着，并对当代文坛乃至当代文化产生了不可忽视的影响，网络文学作为一种当代文学现象进入“文学史”书写的定论可谓至

① 萧夏林. 泡沫的现实和文学［J］. 当代作家评论，1997（4）：113.

当不易。然而，网络小说具有跨界与杂糅的特征，因而边界十分模糊。如何对网络文学的文学意识和文体意识进行追本溯源，厘清网络小说的边界，成为网络小说进入文学史书写前所必须解决的问题。下文将围绕网络小说与类型小说、网络小说与严肃文学、网络小说与超文本技术、网络小说与影视传媒四部分展开论述。

网络小说的出现和发展，是与我国互联网的迅猛发展同步进行的。根据中国互联网络信息中心（CNNIC）发布的基础数据，截至 1998 年 7 月，中国互联网用户人数已多达 110 万，庞大的网民群体为网络文学的发生提供了广泛的受众基础。而第 44 次《中国互联网络发展状况统计报告》显示，截至 2019 年 6 月，中国网民规模已经超过令人咂舌的 8.54 亿，这使网络文学的持续繁荣成为可能。以网络传媒为载体，文学创作有了新的传播渠道，大量写作者通过网络发表文学作品，新的创作形态产生，网络小说应运而生。

有学者认为，网络小说就是网络时代的类型小说。这种说法有一定道理。类型小说是指在题材选择、叙事结构、人物设定、审美取向等方面有类型化倾向并且作品达到一定存量的通俗小说。从这个角度来看，网络小说的类型化倾向确实明显。以玄幻修真类小说为例，当前市面上流行的小说多为“莫欺少年穷”与“我命由我”的组合叙事，顺便掺入一些男权主义幻想以迎合男性读者：男主人公往往出身寒微、天资平庸，后经历种种奇遇得高人点拨、宝物襄助而神功大成扬眉吐气，其间与两名以上女主人公产生感情纠葛——女主人公往往一个冷若冰霜，一个热情似火。萧鼎的《诛仙》、天蚕土豆的《斗破苍穹》、猫腻的《择天记》、唐家三少的《唯我独仙》等都可归入此类。网络小说故事情节简单，人物扁平化、符号化，叙事线索明晰，冲突集中剧烈，这与传统类型文学相去不远。然而，传统类型文学的社会、言情、侦探、历史、传统武侠的分类被玄幻、奇幻、科幻、推理、穿越、惊悚、新武侠等新门类替代，这显现出网络小说与传统类型小说的差异。而为了吸引读者目光，提高点击率，网络写手们打通类型边界，兼跨两种甚至多种类型进行创作，对小说类型进行重新组合，更显示出网络小说对类型小说的开拓之处。例如将传统武侠与神话小说相融合诞生玄幻修真小说，将推理小说与恐怖小说相融合衍生出悬疑小说。写手们或使修真者在罪案中大放异彩，或让重生者与穿越者同台竞技，不一而足。知名网络写手唐家三少的多部小说都是类型打通的产物：他将职场小说与玄幻小说相嵌套，创作了诸如《冰火魔厨》《酒神》《琴帝》等小说，他将武侠与网游竞技小说相融合创作了《斗罗大陆》，又打通科幻与玄幻界限写了小说《空速星痕》，皆引发强烈反响。因此，网络小说既在类型小说的范畴之内，其内部又具有跨类型写作的发展倾向。

还有观点认为，网络小说都是粗制滥造的消遣之作，网络写手不过是自鸣得意的当代文坛“暴发户”，这实在是一种偏见。其实，网络小说并不都是类型化的消遣之作，与严肃文学也并非泾渭分明。网络使写作与发表的门槛消失，让文学不再是阳春白雪，而变得触手可及：只要会打字、会上网，任何人都可以发表自己的作品，随时随地。如此一来，长期以来被知识分子和图书出版界所垄断的文学创作与发表的权利便被下放到了普罗大众手中，网络写作热潮因此经久不息。这种平民化写作的后果便是泥沙俱下的网络写作大观：一是文学成规被打破，出现了不少兼有诗歌、散文或戏剧文体特征的网络小说，文体杂糅现象层出不穷，文体的分野不再非此即彼，论坛体、贴吧体、指南体、论文体、问答体等小说新形态出现；二是小说的消费属性增强，小说迎合市场的目的性更强，跟风写作的情形屡见不鲜；三是写作道德受到冲击，昔日在传统写作中广受诟病的剽窃抄袭、营销炒作、内容注水、词不达意等行为被网络媒介的画皮所掩盖，在“无名之辈一夕之间变成明星写手”的当代文学造星梦的光晕下竟显得无伤大雅，甚至一批以抄袭和炒作出名的写手也能在网络小说的厚利市场中分一杯羹，赚得盆满钵满。

事实上，上述熙熙攘攘的创作怪相并不是网络小说写作的全部，也有不少热爱文学、潜心写作的青年作家借助网络平台的顺风车进行创作、发表活动，扩大自己作品的影响力。网络小说的题材内容和审美风格并不囿于通俗小说，更有不少在内容旨趣和文学造诣上都不容小觑的优秀作品，甚至出现了经典化倾向，如宁肯的《蒙面之城》、黄孝阳（一人/一人孝阳）的“时代三部曲”（《生死事小》《白痴庄枪》《竖起中指》）、盛可以的《水乳》、安昌河的《忧伤的炸弹》、文雨的《网逝》、金宇澄的《繁花》等。以宁肯的《蒙面之城》为例。这部小说首先在网络上发表，并于2002年获第二届老舍文学奖，影响力巨大，代表了前期网络文学成就。小说讲述17岁的叛逆少年马格为逃离自己生活的“蒙面之城”而出走，并在流浪途中反思现代文明、追求心灵自由的故事。宁肯在小说中成功塑造了现实社会“局外人”、迷惘而敏感的少年马格的人物形象，并结合自己曾经的援藏经历提炼出西藏的文学意象，将西藏描写成远离尘嚣、精神自由的一方净土。不管是人物形象的塑造、文学意象的提炼抑或是思想主题的表达，《蒙面之城》都表现出了与此前类型化的网络小说相区别的艺术上的成熟性，体现出作者的文学追求。此外还有文雨写作的反映道德绑架与网络暴力的危害、谴责无良媒体的网络小说《网逝》，情节巧妙、主题深刻，颇见作者笔力。这些匠心独具的网络小说与仅供娱乐的通俗读物不同，其思想含量、艺术巧思都远超逢迎市场的消遣之作，这些青年作家的努力不应被遮蔽在众声喧哗的网络写作狂欢中。

运用超文本技术，网络文学抹平了文学文本与多媒体技术的沟壑，网络小说因此呈现出跨越文学与多媒体领域的交互性特点。根据学者王位庆于《网络文学身份论》一文中的介绍，超文本技术“集成多种媒体，使得网络文学可以是多媒体式的，即不仅仅只有传统的文字语言，还包括音乐、图画、色彩、影像、动画，变为文字、声音、图像的文本共同体。……利用计算机技术、通信技术、人工智能的知识表达技术、非线性地组织、管理多介质电子信息”①。简而言之，超文本技术的运用形式有二：一是通过超链接引导和协调读者的阅读路线，一方面使读者与作者相接洽；另一方面制造非线性阅读，造成文本意义的开放。二是通过集成多种媒体技术充分调动感官，使读者的阅读体验更为丰富。

前者正是当前诸多文学网站的功能所在。各大文学网站将作家作品分门别类，打上标签，设置好超链接，读者便能够通过点击超链接跳转，找到合乎自己口味的网络小说，免费或有偿阅读网络小说。例如阅文集团旗下文学网站起点中文网（以下简称“起点网”），根据题材内容将网络小说分为“玄幻”“奇幻”“武侠”“仙侠”“都市”“现实”“军事”“历史”“游戏”“体育”“科幻”“悬疑”“女生网”“轻小说”共14类，仅“科幻”一项下根据故事背景又分为“古武机甲”“未来世界”“星际文明”“超级科技”“时空穿梭”“进化变异”“末世危机”等7类。这是一个一举两得的创举：读者的阅读需求被一个个关键词框定而变得更加精确，所检索出的小说也更称心如意；而网络写手也能根据点击量、阅读量、收藏量、下载量等数据的涨落直观看出读者对于自己小说的好恶情况，以便及时调整写作方向，保证连载的顺利进行。“腰斩张恨水”这样的连载憾事再也不会发生，因为“张恨水们”的每一本小说都被预置了最恰如其分的读者。这是网络文学向市场交出的一份“投名状”，昭示着网络小说经过文化工业的规训，商品属性更为鲜明。此外，超链接使得网络小说的读者得以在不同页面间自由跳转，这种跳转使得小说文本和阅读行为都出现断裂，文本断层处也就产生了意义的开放性，为读者进行症候式阅读提供可能。

另外，通过超文本技术，网络小说统合了各种媒体资源，也为读者提供了不同于传统写作的更为丰富的阅读体验。这种复合阅读体验主要牵涉到两个环节：第一，网络小说发表之初，作者便在其中插入图像、音乐乃

① 王位庆. 网络文学身份论 [J]. 华中科技大学学报（社会科学版），2001，15（1）：106－110.

至视频等文件，使小说不仅可读，还可观、可听。如此一来，小说的人物形象更加具体可感，情节氛围更加真实感人，网络小说因写手的文学功底不足而导致的人物、情节单薄的弊病可以通过这种方式加以弥补。以当前国内多媒体小说网站“不可能的世界”为例，“不可能的世界”网站提供了在小说中插入多媒体文件的接口，用户（作者与读者皆可）可以自由为小说文本匹配各种多媒体文件，使小说妙趣横生，甚至能以区别于原文的字体插入批注，表达自己的想法。这些图片、音乐、视频、批注等与网络小说构成了互文关系，使读者进入更大的意义系统，体验到多维度、沉浸式的阅读体验。第二，网络写手在发表作品后选择开放作品授权，放任甚至支持同人漫画、同人歌曲、同人视频的创作，为该小说的忠实读者提供二次创作空间。在这样的共同创作过程中，网络小说不再是稳定的、封闭的、有穷的意义集合，而成为一种意义增殖的动态系统。除此之外，借助网络的交互性，网络写手从幕后走向台前，借小说网站及社交媒体的留言与读者进行互动，直接对读者的需求进行反馈，根据读者意见调整题材内容、故事背景、人物形象、情节走向等。网络写手成了读者的“御用文人”，互动写作被推向极致，小说不再只是作者独立完成的文本，其游戏性大大增强。

随着网络小说的影视改编潮兴起，网络小说与影视传媒的合作关系加深。影视传媒公司瞄准网络小说的庞大读者群体，将具有高点击率的网络小说改编成影视剧本，并延请高人气的青年演员参演，迅速吸引了观众眼球，如近年大获成功的《步步惊心》《琅琊榜》《欢乐颂》《亲爱的，热爱的》等影视作品，都改编自网络小说。在影视化浪潮下，一批网络小说被搬上荧屏，据此走出网络的虚拟空间，走进千家万户，一炮而红。网络小说与影视传媒的跨界合作使双方都产生巨变：一方面是影视市场迎来了一批具有庞大潜在受众群体的剧本素材，影视市场的活力增加；另一方面是网络写手们受到高额版权费诱导，创作热情更加充沛。表现在内容上，是网络写手对影视改编的热门题材的迎合，大批作家一拥而上，其中自然不乏佳作，而拾人牙慧者更多；不少网络写手在创作时以影视改编的要求为前提，自觉规避法律和政策风险，细节方面也迎合影视市场需要，避免为影视化设置障碍。不少网络小说被改编成了游戏，如玄幻小说《诛仙》《星辰变》《凡人修仙传》等，情况也大同小异。

综上所述，网络小说具有跨界与杂糅的特征，边界呈现开放特征：第一，网络小说既有类型小说特点，又不全然等同于类型文学，还有不少严肃文学借助网络平台发表。第二，网络小说运用超文本技术，呈现出跨越文学与多媒体领域的交互性特点。第三，网络小说与影视传媒的跨界合作对网络小说发展与影视传媒市场的影响巨大，意义深远。

◆ | 第九章

诗歌的归来与崛起

“九十年代诗歌”这一概念，自20世纪90年代中期以来逐渐成为当代诗歌理论批评界的一个重要术语，用来指称具有90年代特质的诗歌创作。在当前的新诗研究格局中，90年代的诗歌在新诗发展史上占有独特的地位。但由于其“晦涩”“深奥”“繁复”的风格，“十七年”诗歌的抒情问题、朦胧诗的意象问题、后朦胧诗的语言问题、90年代诗歌的立场问题等越来越受到学界的重视。自90年代中期开始的“九十年代诗歌”批评，“在走过与朦胧诗、第三代诗的对比研究之后，开始寻求自身发展的合理性”①。21世纪以来的诗歌批评依然不断地回到“九十年代”当中去。对90年代的诗歌研究做语言学层面的进一步深化和梳理，发现“20世纪90年代以来普遍存在但又难以说明的言说方式存在诡秘的转变，因此深化带有明显语言

① 赵爽静．“九十年代诗歌”研究现状、空间与可能性［J］．江苏科技大学学报（社会科学版），2018（3）：55－59．

学特征的‘九十年代诗歌’批评很有必要”①。以朦胧诗为起点，来谈论新时期诗歌的发生，似乎成了我们谈论新时期诗歌的习惯。90 年代诗歌看似难以归纳其内涵与外延，但其有贯穿其间的隐秘线索，即重新接续“五四”文学的现代性问题，让诗歌在诗性的层面用 90 年代特有的诗歌语言、观念做出对现实的回应。

“九十年代诗歌”明显区别于第三代诗人及其以前的诗歌所呈现出的美学风格，在某种程度上预示着诗歌写作“烙上未来主义的特征”②。反思 21 世纪以来的诗坛，当代诗歌内部究竟在发生着怎样的变化？是否在沿着 20 世纪 90 年代的诗学思路演进？为何近些年来的诗歌创作“先锋”势头明显式微？21 世纪前两个十年的诗坛再没有出现像“后朦胧诗超越北岛”这样反权威的声音，诗坛的沉寂与消费主义之间究竟有怎样的关系？这诸多问题迫使我们回到并不遥远的 20 世纪 90 年代诗坛去寻找裂变的源头，回到历史的“现场”。

一、史诗还是颂歌：“十七年”诗歌的抒情问题

“十七年”文学是中国当代文学发展史上不可抹去的一笔。因为政治语境的关系，“十七年”诗歌更倾向于表现社会历史进程，着重体现政治对文学的指导和影响作用，由此形成强烈的社会功利性。“十七年”诗歌的这种特点，致使文艺评论界对其评价比较单一。回到历史语境中去重新审视“十七年”诗歌，政治抒情诗可以作为过去历史的佐证③，体现出鲜明的时

---

① 赵爽静．“九十年代诗歌”研究现状、空间与可能性［J］．江苏科技大学学报（社会科学版），2018（3）：55－59．

② 臧棣．人怎样通过诗歌说话（代序）［M］//臧棣．风吹草动．北京：中国工人出版社，2000：3．

③ 时佳．论十七年政治抒情诗的审美价值和社会意义［D］．北京：中国矿业大学，2015．

代精神和时代旋律。“十七年”政治抒情诗所取得的成就和呈现出的问题都是突出的，通过对“十七年”政治抒情诗审美价值和社会意义的分析，我们可以避免狭隘的自赏与成见，有助于反思过去、展望未来，为政治抒情诗在当代的发展提供建议。

为了构筑一种能够彰显时代和民族特色的理想的诗歌范式，建构和确立与传统诗歌相异的诗学体系和诗歌形态，展示“新的人民诗歌”的新气象和超越传统的新魄力，“十七年”文学界诗坛的主持者及诗人们“始终围绕着诗歌资源、诗歌生产、诗歌传播与阅读、诗歌批评等”① 关键词，进行紧张而严肃的探索和大胆的实验。“十七年”诗歌一开始是借助于民族古典诗歌和民歌，来动员民众进行社会主义革命与建设，因此具有民族主义特征。这一时期诗歌的抒情风格与社会意识形态保持一致，表现新中国成立后的光明未来，强调诗歌的社会功能，“忽略”或无意于抒发个人感情。诗歌乐观开朗的风格体现了作家对历史进步的自信，诗歌格调带有时代的政治性，坚持乐观主义精神，格调明朗，不允许存在含糊、朦胧的抒情色彩。“十七年”诗歌反映了现实的某些本质，可以用“战歌”和“颂歌”来概括，诗歌通常被喻为号角、锣鼓、旗帜等。政治抒情诗十分繁荣，诗歌风格豪放、明朗、欢快、激越。但“十七年”诗歌缺乏丰富多彩的诗歌流，个性化严重衰退。极端推崇民歌体作为新诗发展的方向，导致诗歌体式单一。竭力推崇所谓崇高美和诗歌的社会功能，也导致诗歌内涵贫乏单一。因而，“十七年”诗歌不论是在诗学资源的选择与重构，还是在诗歌争鸣机制的建立上，不论是诗歌经典秩序的重建，还是创作主体的“整形”，都经历了一系列相当复杂而艰难的过程。

“十七年”的诗歌理论大力提倡诗歌关注社会效用。在这种理论的指导规范下，“十七年”的诗歌创作主要有两大类作品：政治抒情诗和叙事写实

① 巫洪亮.“十七年”诗歌研究［D］. 福州：福建师范大学，2011.

诗。颂歌美学与红色史诗是“十七年”文学的抒情主流。从新中国成立初期的“新华颂”到“大跃进”民歌再到20世纪60年代初期的政治抒情诗，时代颂歌的抒情模式成为审美规范，通过对“干预生活”创作潮流的批判巩固了其权威性。红色史诗在建立其排他性的审美范式的过程中，通过对“中间人物”论的清算以及对人性化的爱情描写的排斥，逐渐定型于二元对立的叙事模式与符号化的人物塑造。构建健康的诗歌生态，应该尊重不同审美追求的差异性与丰富性，才能维持文学发展的繁荣。但在当时，百家争鸣、审美追求各异的诗坛盛景是不可能发生的。新中国成立后的“十七年”诗歌，最为明显的现象就是“颂歌”现象，这是有深刻的历史缘由的。

“十七年”诗歌是伴随着轰轰烈烈的社会主义建设蓬勃发展起来的，这段时期的诗歌是对中国新诗的继承与发展。然而同整个中国文学一样，在20世纪四五十年代，新诗也发生了重大转折。从文化思想层面上说，新中国成立后活跃于文坛的知识分子普遍自觉或不自觉地为新生的共和国颂赞高歌，这与当时的颂歌思潮有密切的关系，考察其文学观念，依然源于中国传统的“文以载道”意识。“载道”思想在新中国成立的这一大背景下，逐渐形成了具有鲜明特色的“文艺为无产阶级政治服务”的文艺思潮，使颂歌话语具备了稳固的思想基础，不可避免地要求诗歌理论的建设必须为社会主义服务。在诗歌理论的指导和规范下，“十七年”诗歌创作自然衍生出两大类作品：一是对时代风云和政治运动呼应和阐释，抒发昂扬的政治激情，起着“炸弹和旗帜”作用的政治抒情诗；二是直接到火热的生活中去寻觅诗情，及时反映祖国工农业建设的崭新面貌，展现人们改天换地的时代精神的叙事写实诗。

在诗歌抒情的内容方面，这一时期诗歌在内容上多是歌唱祖国、歌唱党和新的社会制度、歌唱工人、歌唱社会主义现代化建设。新中国的诞生，确实让承受多年战乱之苦的中华儿女高兴异常，他们期待新中国能够带来新的希望，能够带给人民大众幸福的新生活。诗人们和人民一样，正经历着一个新的纪元，歌颂就成为时代主题和诗歌的主要抒情内容。当时正受到压制、批评的胡风，在开国大典后一个月就开始创作3 000多行的“英雄史诗三部曲”《时间开始了》，抒写自己对新中国诞生的喜悦之情和对未来的憧憬。尽管艺术表现上较为空泛，也缺乏撼人心魄的艺术感染力，但由于它们真实地记录了中华人民共和国诞生初期人们的心灵变化和情感波澜，所以具有某种特殊的历史价值和认识价值。20世纪五六十年代，军旅诗人有“歌唱”在西南的公刘、白烨等，也有保卫南国边陲的李瑛、张永枚等。他们接受了独特的地理环境、风土民情和民间传统的滋养，创作出有较高艺术水准的作品。这些诗主要抒发驻地军人的高度责任感，反映部队紧张而有意义的生活，歌唱军民鱼水情，勾描祖国河山的美丽姿态。其中最突出的诗人如公刘，他的《佧佤山组诗》《西双版纳组诗》《西盟的早晨》等诗，以劲健的歌声歌唱出边防军人对祖国的忠诚。其他诗人的创作亦是类型化特色明显。

“十七年”时期，政治抒情诗凭借出色的政论色彩迎合了主流意识形态而盛行一时，大放异彩。而现今，当我们抛开“十七年”政治抒情诗反映和参与时代的价值，忽略其所隐含的非文学或者说超文学的功能性意义，立足于诗歌本体立场，着眼于艺术表现方式，亦可发现其卓越的艺术创新力及诗美内涵。新中国成立后，在浓重政治环境的推动下，政治抒情诗整体呈现出不同于以往的新的艺术特色。其不单是诗歌与政治的融合，作为文学体的诗歌本体也日臻成熟，达到了政治抒情诗在诗艺上的新高度。新中国成立后政治和诗体的高度融合将政治抒情诗整体推向极盛的同时，其诗体本身的艺术创新及架构也得到了发展。作为“十七年”政治抒情诗的代表性诗人，郭小川和贺敬之最负盛名。郭小川和贺敬之无疑都是关心政治、具有政治热情的诗人，但同时也是具有诗人素质的人，他们按照诗的规律来创作政治抒情诗，将政治概念经过艺术的过滤和醇化，政治热情化为诗歌激情。政治抒情诗的特定内涵使得郭小川和贺敬之的创作具有强烈的政治色彩和明显的政治意图，但从诗歌审美的立场考察，他们的政治抒情诗仍然显示了卓越的艺术创新力和不低的诗歌艺术魅力。首先，在表达政治内涵时，诗人采用意象化手法和感物咏志的象征手法，将政治内容寓于形象事物，用诗歌的审美手段来表达政治意识。其次，在诗歌创作中，诗人广泛吸取各种艺术技巧。在他们的政治抒情诗中，情与理的交融、意境的营造、丰富的想象、精妙的艺术构思等都显示了其作为诗歌本体的艺术价值，也凸显了郭小川和贺敬之作为诗人的才情。此外，郭小川和贺敬之两位诗人在诗歌形式上也不断地进行变化和创新。从最初借用“楼梯体”，到吸收“民歌体”和创造“新骈赋体”（郭小川）及“前凸后翘”体（贺敬之），郭小川和贺敬之在新诗诗体建设上做出了开拓性的贡献，其本身成就了两位诗人在政治抒情诗上的艺术特质。多种艺术尝试和不懈的艺术追求使得郭小川和贺敬之两位诗人的政治抒情诗表现出了高超的艺术技巧，显示了独特的诗歌艺术魅力。

在“工农兵”经典话语的主导下，传统诗歌经典或被收编，或被删减，新的诗歌经典标准迅速建构起来。“这一时期，诗歌经典取缔与重塑并行，矛盾与冲突不断。政治话语、精英话语与民间话语之间的博弈主次分明，却又异常复杂，共同建构了十七年诗歌经典生成的内在机制。”①

在抒情的艺术形式上，“十七年”诗歌采用的是革命现实主义创作手法。革命现实主义是中国在那个特定时代所提出的一种现实主义称谓，它倡导诗歌要如实地描写生活，反映现实。诗人要强调客观存在，隐藏主观意识。这一创作方法是当时诗歌创作的主导。许多叙事诗都是采用了这种创作手法，即诗歌以叙事为主，但却是用诗歌的形式来创作的。在初读这些叙事诗的时候，如同在读叙事文，不同的只是文字的排列方式，诗歌不以抒情为主，而是以叙事为主。如李季的《客店答问》就是以文艺的方式

① 王爱雯．十七年诗歌经典化［D］．哈尔滨：黑龙江大学，2017.

讲述了一个姑娘远赴新疆探望自己未婚夫的故事，全诗用的都是最口语化的语言，描绘出了一幅两人问答的对话画面。这种真实就是革命现实主义所营造的。“十七年”诗歌，给人最大的感受就是诗歌的写实性很强，用真实画面抒发真实情感。

通过托物言志、借物抒情的表现方法，诗人可以把不能言表的感情寓于物，以此来抒发心中的所想所感。这种表现方法运用得最到位的就是写景诗，诗人借赞颂祖国的大好河山来抒发对祖国的热爱之情。此外，强劲的韵律节奏，大众化、口语化的诗歌语言是“十七年”诗歌的特点。“十七年”诗歌往往具有很强的跳跃性，仿佛在敲打时代的鼓点。如郭小川的《向困难进军》就是一首战歌，诗歌采用了长短句交错的排列方式，抒发了中华儿女克服困难、建设社会主义的壮志豪情。“古典 + 民歌”范式是“十七年”诗歌流行的诗体范式，它注重从中国古典诗歌和民歌传统中吸纳艺术经验以滋养诗歌，形成民族的诗歌形式。

“颂歌”时代的创作模式，也为中国当代诗坛和文坛带来很多“后遗症”和不足。正如郭小川所批评的：“我们的诗如果不能反映生活中的矛盾冲突，只一味地叫喊伟大、伟大，也只能是表面的轻浮的‘歌颂’。”① 在语言方面又多以政治口号、概念取代诗歌语言的含蓄和形象性。艾青也曾说：“最伟大的诗人，永远是他所生活的时代的最忠实的代言人。”②

“十七年”诗歌在内容和形式上显示出了诸多创新特色，进一步发展了中国新诗的艺术形式。只是由于当时诗歌与政治的关系过于密切，革命现实主义垄断了诗坛，在一定程度上削弱了“十七年”诗歌的艺术性，使得诗歌写作过于样板化，诗人过于被动，在刻板的现实主义模式下作诗，诗歌情感略显做作，有些诗歌过于平实，削弱了诗歌语言的优美性，这些都是“十七年”诗歌在艺术上的不足之处。但“十七年”诗歌是当代诗歌的

---

① 臧克家，郭小川．沸腾的生活和诗［J］．文艺报，1956（3）．

② 艾青．艾青全集：第三卷　诗论［M］．石家庄：花山文艺出版社，1991：67．

开端，起到了承上启下的作用，继承和发展了传统诗歌和中国新诗，它的功与过都是留给后来诗人创作的一笔遗产。其积极向上的内容、昂扬的情绪扭转了一些诗歌内容上的偏差。这些诗歌是中国当代诗歌中的主架，后来的诗人正是踏着它的足迹一步步地走向进步的。“十七年诗歌”生成的经验与教训同样重要，只有以一种客观、科学的文学史态度对其进行学理性的观照，才能够对其文学价值做出更为理性、公正的评判与反思。

二、诗意还是晦涩：朦胧诗的意象问题

20 世纪 70 年代末 80 年代初，一种新的诗歌潮流——朦胧诗诞生了。朦胧诗又可以称为新诗潮诗歌，其以舒婷、北岛、顾城、江河、梁小斌、芒克、食指等为代表，创作中多用象征、通感、意识流等表现形式。对当时的中国诗坛来讲，朦胧诗给人以一种陌生化、朦胧化的艺术效果，朦胧诗读起来不够明了，不够通俗易懂，故此被人称为“朦胧诗”。

意象是诗歌区别于其他文体的重要特征，意象可以生动委婉地表达诗人的内心情怀，其在很大程度上决定着诗歌创作的水平与质量，尤其对朦胧诗来说，意象更是诗歌的生命，意象成就了朦胧诗的美，给读者一种前所未有的全新体验，可以说，意象的运用是朦胧诗最为显著的特点。在中国古典诗歌传统与西方现代诗歌的双重影响下，新月诗派、象征诗派、现代诗派和九叶诗派等均使“意象”的运用在我国诗歌创作中得到长足发展。到了 20 世纪 70 年代末 80 年代初，朦胧诗又将意象运用到一个新的极致，其综合了古典与现代意象理论，运用复杂多变的组合方式，使我国现代诗歌中的意象表现出不同以往的独特性。朦胧诗中的意象不是约定俗成的固有意义，而是更加强调陌生化的艺术效果，当然，朦胧诗并不是“为了意象而意象”，诗人们综合各种艺术表现手法，运用多种意象类型，使用不同的组合方式营造出丰富的、具有生命力的动态美感。诗人不仅利用意象表

达个人情思，而且也关怀社会、人性和历史。

例如，舒婷在《致橡树》中写道：

我如果爱你——
绝不像攀援的凌霄花，
借你的高枝炫耀自己；
我如果爱你——
绝不学痴情的鸟儿，
为绿荫重复单调的歌曲；
…………
我必须是你近旁的一株木棉，
作为树的形象和你站在一起。
…………①

舒婷借这首《致橡树》表达对理想爱情的歌颂，她心中的爱情应该是彼此尊重、相互理解、地位平等、相敬如宾而又各自独立的。橡树和木棉分别代表男性和女性，在封建社会，妇女背负着沉重的负担，她们没有自己的思想，没有自己的独立人格，她们附属于男人，是男人们传宗接代的工具，因此，当时的女性根本没有真正的爱情，不知爱情为何物。今时今日，妇女不再是生育工具，许多妇女已经能够达到经济独立、精神独立，但是，其从内心深处依然受着传统礼教的束缚，女性主体意识有待进一步加强。舒婷有着女性敏锐的洞察力，她意识到了这些，所以她呼吁女性应该站起来，在爱情中把自己摆在与对方平等的位置上。平等是恋爱的前提，女性只有自立、自强、自爱，才能迎来真正的爱情，女性不能像“凌霄花”一样借橡树来炫耀自己，不能像“日光”“春雨”一样只懂奉献，橡树和木棉是两个独立的个体，彼此付出，彼此爱护，共同成长。全诗用橡树和木

① 舒婷. 致橡树［M］//李少君. 朦胧诗新选. 北京：现代出版社，2017：122－123.

棉等意象，表达了诗人的理想爱情观，非常典型地展示了意象的独有魅力。

意象是朦胧诗的基本组成，意象在朦胧诗中占有至关重要的位置，朦胧诗擅于利用意象来描绘社会人生，可以说，是意象成就了朦胧诗。另外，意象在朦胧诗中也呈现出其独有的特点，古代传统诗歌中的意象是约定俗成的，而朦胧诗中的意象给人一种陌生化的独特体验。

朦胧诗因意象而朦胧。不可否认，朦胧的确是一种美，朦胧美使其产生多义性、暗示性。诗歌如果没有暗示性，那么诗歌也将丧失价值，所以朦胧美是应有之义。诗歌利用意象给读者带来的是能够意会却不易言传的精神感悟，人们在阅读之后，能够有效调动所有的生活经验反复思考，仔细把玩，放飞想象揣摩意象的深刻内涵，努力拉近与作者的心理距离，这种阅读的过程才体现出诗歌的价值。意象的艺术境界正是由作者和读者共同营造的，这更加体现出意象的多义性与暗示性，读者的个人生活感悟使意象的内涵更加丰满，使诗歌更加具有朦胧美。我国古典诗歌赋比兴的艺术传统在朦胧诗中有很大发展，这正是朦胧诗的优点，意象使朦胧诗具有诗意，朦胧感带给人以美的享受。

朦胧诗一经问世，很多人就指责其晦涩难懂，很多人认为“朦胧”是贬义词。的确，朦胧诗既有含蓄的特征，又有晦涩的特点。当朦胧诗向含蓄靠拢时，诗歌达到一种美的境界；当朦胧诗向晦涩靠拢时，就成为一个毒瘤。我们不能将含蓄与晦涩等同起来，在诗歌创作的过程中要把握好两者的度。

当然，不乏有些诗人刻意追求婉约和标新立异，在措辞上故意放大“陌生化”效果。章明于 1980 年 8 月在《诗刊》上发表《令人气闷的“朦胧”》一文，其中说道：“少数作者大概是受了‘矫枉必须过正’和某些外国诗歌的影响，有意无意地把诗写得十分晦涩、怪癖，叫人读了几遍也得不到一个明确的印象，似懂非懂，半懂不懂，甚至完全不懂，百思不得一解。”① 章明评价杜运燮的《秋》：“开头一句就叫人捉摸不透。初打鸣的小公鸡可能发出不成熟的音调，大公鸡的声调就成熟了。可鸽哨是一种发声的器具，它的音调很难有什么成熟与不成熟之分。天空用‘平易’来形容，是很稀奇的。‘紊乱的气流经过发酵’，说气流经过发酵，不知道是不是用以比喻气流膨胀，但膨胀的气流酿出‘透明的好酒’又是什么意思呢？‘秋阳在上面扫描丰收的信息’，信息不是一种物质实体，它能被扫描出来呀？……‘经历过春天萌芽的破土，幼叶成长中的扭曲和受伤’，这样的句子读来也觉得别扭，不像是中国话，仿佛作者是先用外文写出来，然后再把它译成汉语似的。”② 章明直言不讳地指出《秋》中意象的堆砌，作者的本意是想推陈出新，结果却适得其反。

关于朦胧诗好与不好的论争似乎永无休止，谁也不能给出正确答案。肯定朦胧诗价值的人对其含蓄的表达方式颇为赞赏，反对朦胧诗的人将含蓄等同于晦涩加以贬斥，大家各自站在自己不同的立场针锋相对。

支持派是以谢冕、徐敬亚、孙绍振为代表的，他们先后写了《在新的崛起面前》《崛起的诗群》《新的美学原则在崛起》等文章，故被称作“三个崛起”论者。谢冕首先对新诗的改革和创新给予了充分肯定，他认为，一批新的诗人在崛起，他们吐故纳新，自出新意，使人振奋，应当予以支持；孙绍振《新的美学原则在崛起》一文又将其上升为美学范畴，他说这股诗潮的崛起“与其说是新人的崛起，不如说是一种新的美学原则的崛起”③，在他看来，新的美学原则即“不屑于做时代精神的号筒，也不屑于

---

① 王蒙，王元化．中国新文学大系（1976—2000）：第2集　文学理论卷二［M］．上海：上海文艺出版社，2009：33．

② 王蒙，王元化．中国新文学大系（1976—2000）：第2集　文学理论卷二［M］．上海：上海文艺出版社，2009：35．

③ 孙绍振．新的美学原则在崛起［J］．诗刊，1981（3）．

表现自我感情世界以外的丰功伟绩”①，他们“不是直接去赞美生活，而是追求生活溶解在心灵中的秘密”②；徐敬亚《崛起的诗群》一文，更是对朦胧诗产生的社会根源、诗学态度等做了系统的阐述，从而将朦胧诗论争推向一个新的高潮。

相反地，以丁力、郑伯农、程代熙等为代表的反对派认为不论从何种角度来看，朦胧诗都是晦涩难懂的，就连大诗人艾青、臧克家对朦胧诗也持否定态度。当然，更多的人保持中立，比较客观地分析朦胧诗的优缺点，认为应该具体作品具体对待，而不能一边倒。不管论争的结果如何，此次论争对于我们重新审视朦胧诗、对于朦胧诗今后的诗歌创作、对于朦胧诗的理论发展都是有很大裨益的，朦胧诗在这场论争中茁壮成长，在论争中找到了自己存在的价值，迅速发展成为我国当代诗坛中一颗耀眼的新星。朦胧诗推崇人文精神，批判封建思想，有力推动了现代主义诗歌中国化进程，在我国诗坛影响深远。

朦胧诗就是那一颗划过夜空最闪亮的流星，在天空中尽情展现完美妙的身姿后，就消失在了天际。朦胧诗和流星一样，正因为短暂，才更显珍贵。朦胧诗给当时诗坛带来巨大冲击，朦胧诗的论争仿佛在昨日。文学浪潮的起起落落本是常事，但我们不应随着浪潮的结束而选择忘却，论争中的是是非非已成过去，朦胧诗带给我们新的审美视角以及历史价值值得我们继承与思考。

朦胧诗潮的兴起，使拥有话语霸权的传统理论受到极大挑战，朦胧诗在中西交融中独辟蹊径，找到了一个新的创作模式，意象带给我们全新的艺术体验，在当代文学史上留下了浓墨重彩的一笔。可以说，朦胧诗是当时诗歌发展的风向标。新时期诗歌流派争奇斗艳，而朦胧诗派是其中最引人瞩目的一支。从论争中就可以看出，没有哪个流派可以引起如此大的轰

---

①② 孙绍振．新的美学原则在崛起［J］．诗刊，1981（3）．

动和震荡，引发出这么多的话题和关注。不论是赞同还是反对，人们对诗歌的热情被调动了起来，诗歌发展的方向也回归到了诗歌本身，这种进步性是其他诗歌流派所不具备的。对意象的关注标志着新的审美需求的出现。朦胧诗有着强烈的创新意识和现代意识，诗歌本身就是重抒情的一种文体。朦胧诗通过意象，既巧妙地表达了作者的个体情感，又促使读者在阅读中进行再创作、再加工，从而扩展了诗歌作品的内涵与外延。

在经历了“文革”的沉淀后，朦胧诗的出现确实带给我们无限惊喜，但它最终如昙花一现，在历史舞台上转身便宣告解体，似乎还未来得及举杯庆祝，朦胧诗就已沉寂下去。但不可否认的是，朦胧诗的创新性与先锋性在当时乃至现在都有巨大意义，有力推动了我国文学的发展。

诗歌重在抒情，它不像小说、戏剧那样有大量细节的描写，总是用较为简短的语句抒发情感，但是这并没有阻碍诗人的创作热情，朦胧诗人通过意象弥补了这一缺憾，使诗歌更具生命力。北岛的诗歌就是如此，诗人巧妙地运用意象给人带来一种匠心独具的动态美感。

比如北岛的《我走向雨雾中》：“乌云是起飞又落下的时辰。/鸟儿四散。/蓝色的斜线，/抽打着幽暗的树林，/仿佛在抽打一千支手杖，/抽打一千颗老人的心。/——心呵，何处是家，/何处是你的屋顶？//草叶，在啜泣中沉醉，/雏菊，模仿着苏醒。/风对雨说：/你本是水，要归于水。/于是雨收敛最初的锋芒，/汇成溪流，注入河中。//冰上无声的闪电，/使沉沉的两岸隆隆退去，/又骤然合拢。”① 诗中“乌云”的起飞又落下、“鸟儿”的四散、“树林”被无情抽打、“草叶”的沉醉，这一连串意象活泼而生动，北岛对意象的表现不是静止堆砌的，而是擅于营造一个个生动的场景，使读者产生无限遐想。

再如《回忆》：“烛光/在每一张脸上摇曳/没有留下痕迹/影子的浪花/

---

① 北岛. 北岛诗集［M］. 太原：北岳文艺出版社，2013：62.

轻击着雪白的墙壁/挂在墙上的琴/暗中响起/仿佛映在水中的桅灯/窃窃私语"①。诗中对"烛光""影子""桅灯"等的动态描写让我们如身临其境，仿佛看到了摇曳的烛光和斑驳的影子，屋子里的这一切拨动着诗人的心弦，使诗人感到伤感和寂寥，往事如烟，却在诗人内心烙上了难以抚平的印记，诗人通过意象的描写，使读者也同样感受着屋内的寂寞和惆怅。

北岛在他的诗歌中将动态的意象群组合在一起，使诗歌饱满灵动，显示出诗人高超的创作技巧。意象是朦胧诗的眼睛，意象群是朦胧诗的主体，朦胧诗离不开意象的使用，意象将读者的视觉、听觉、触觉、嗅觉统一起来，达到一种别样的艺术体验。北岛在意象营造方面独树一帜，成为朦胧诗派最具代表性的诗人。

三、口语还是口水：后朦胧诗的语言问题

语言与诗歌永远处于可能接近又无法抵达的互动平等关系状态之中②。朦胧诗给萎缩僵化的传统诗语注入了新鲜血液和弹性活力。但它只是能指与所指分离的文本，意象词语本身的丛生与叠加，使能指与所指的关系处于间接、不确定的象征状态，诗意的模糊性、暗示性过强。20 世纪 80 年代出现的"后朦胧诗"群，是中国当代文坛的一个重要文学现象。由于"后朦胧诗"群的驳杂与庞大，学术界对这一诗群的认识始终停留在有限的、在当时由于发表鲜明"反叛"宣言的那几个派别上面，从而忽略了这个庞大群体的多元性，一定程度上造成了历史性的误读③。这一误读主要表现在把整个"后朦胧诗"群看作一个反文化、反传统的诗歌群体和对它们语言革新的不认可。从代表新时期诗歌主潮的朦胧诗到代表后新时期诗歌主潮

---

① 北岛．名家经典诗歌系列：北岛诗精编［M］．武汉：长江文艺出版社，2014：11.

② 罗振亚．后朦胧诗的语言态度［J］．文艺评论，2002（5）：25－31.

③ 李晓梅．被误读的"后朦胧诗"群体：对"后朦胧诗"的重新认识［J］．齐齐哈尔大学学报（哲学社会科学版），2007（1）：88－91.

的后朦胧诗，发生了明显的语言观念转型。如果说朦胧诗的主要贡献是将诗歌的书写回归到它正常的抒情体式上来，只是一次诗歌写作上的拨乱反正，尚不具有诗学本体上的创造意义的话，那么后朦胧诗则表现出了一种对于生命或事物的存在本体和语言形式本体的高度关注。后朦胧诗歌中所表示出来的语言艺术是一种背离世界或经验，进行非自我意识的描述及转向。

后朦胧诗人几乎普遍是持“语言中心论”的。无论是“口语化”等策略的提出，还是“前文化语言”等观念的实施，都视语言为诗歌的根本问题和归宿。但这种对语言的偏执和过度强调已经导致了对诗歌更本质方面的忽略和遗忘，使许多诗歌文本成为浅薄的语言游戏和“语感”训练。因此及时总结、纠正这些偏颇的观念、倾向，才有可能建构更科学、更完善的当代形态的新诗学①。

其实后朦胧诗人不约而同地对朦胧诗的语言规范进行了质疑和颠覆。他们认为语言是诗歌存在的居所与形式，它本身就体现诗歌的价值。不是诗歌创造语言，而是语言创造诗歌。诗人的使命是让语言顺利地“出场”。所以他们都视语言为诗的根本问题与归宿，企望借助话语建设澄明的生命和存在，让诗语逃离牵制，回归自身。以至于“语言的欢乐”成为后朦胧诗的一个基本主题，一些诗人把写诗衍化成了脱离思想情感意识的纯粹语言学行为，为实现“诗歌从语言开始”“诗到语言为止”主张，卷入了与语言的搏斗之中。后朦胧诗这种介于20世纪80年代初中期的语言暴力和90年代初中期的语言自生之间、回归语言本体的话语追求，在最大限度地获取语言欢乐的同时也不可置疑地导引出了一片异于传统的语言艺术风景。20世纪80年代中期出现的“后朦胧诗”呈现的反文化的倾向，以及表现出的回归诗歌与生命本体的自觉意识、真正个人化的主体意识的复现、拆解深

---

① 徐志伟. 言的窘迫：“后朦胧诗”语言观症候批评［J］. 天津社会科学，2002（5）：109-114.

度模式的诗学追求、口语化的语言狂欢，是“后朦胧诗”反叛性的集中体现。

后朦胧诗人不再恪守传统文以载道的诗歌功能观，在他们看来，诗歌就是情不自禁的语言表达，是语言上的情不自禁的流露。精致、华丽的语言应该丢弃掉①，诗歌仅仅关注自身显示的意味即可。大学生诗派主张消灭意象，关心诗歌本身，关心诗歌“由语言和语言的运动所产生美感的生命形式”；非非诗群的“超越语言”也力图超越象征，致力于语符自由组合；尚仲敏更干脆地说“诗歌从语言始”，“反对现代派，首先要反对诗歌中的象征主义”②。这些表述都意在强调语言的自足性，强调语言回归；并以这种观念为笼罩，坚持语词的不及物性，在能指化的语言中为本真的生命和事物找寻栖身之地。这种回归语言本体的最直接后果是，诗中物象背后的文化内涵与象征意味被消除，语言的表现功能式微，诗回到了词的表面，回到了语言能指本身。如周伦佑的《果核》、阿吾的《长安街行》等就体现了符号的能指自足性。再比如，杨黎的《撒哈拉沙漠上的三张纸牌》：“一张是红桃K/另外两张/反扣在沙漠上/看不出是什么/三张纸牌都很新/新得难以理解/它们的间隔并不算远/却永远保持着距离/猛然看见/像是很随便地/被丢在那里/但仔细观察/又像精心安排/一张近点/一张远点/另一张当然不近不远/另一张是黑桃K/撒哈拉沙漠/空洞而又柔软/阳光是那样刺人/那样发亮/三张纸牌在太阳下/静静地反射出/几圈小小的/光环”。诗是客观状态的自动呈示，沉沉静静地，无语义所指，它的存在不为什么，也没什么言外之意、形上意趣，远离了情感和想象，只是在语流的持续滑动下，事物清晰确切地伸展敞开，真正做到了“诗到语言为止”③。

---

① 岑懿飞．喧哗与骚动：后朦胧诗个体意识的觉醒［J］．剑南文学（经典教苑），2012(8)：69－70.

② 西渡．当代诗歌中的意象问题[EB/OL].(2017－07－06). http://www.chinawriter.com.cn/n1/2017/0706/c404033－29388025.html.

③ 韩东．自传与诗见［N］．诗歌报，1988－07－06.

后朦胧诗语言自足性追求的极端是不再把语义传达看成作品的终极目标，而迷恋于语感的回味和营构。极力推崇语感，就是用语言自动呈现一种生命的感觉状态，合目的又无目的地展现诗人精神本能的运动形式。它具体包括对色彩词汇的选择、对节奏以及语言的选择。语言是倾注着诗人内心生命节奏的有意味的形式，是诗人对日常生命方式、形态的体验呈现，是诗美的中心来源。如于坚的《远方的朋友》："远方的朋友/您的信我读了/你是什么长相　我想了想/大不了就是长得像某某吧/想到有一天你要来找我/不免有些担心/我怕我们……"仿佛诗给你的全部东西就是语言，就是生命节奏的自然奔涌，谈不上令人回味的内涵，可仔细品味后仍觉意犹未尽。一个不曾谋面的朋友信中说要来访，一瞬间诗人脑海迅速闪过几种见面时的情景设想，每一种都滑稽可笑又都合理可能。这是对生存方式平心静气的观照，这一代人表面热情平静内心却孤独无依，头脑善于幻想行动却手足无措，无端地对世界怀着某种莫名的期待与恐惧。杨黎的《高处》也靠语感取胜，"A/或是 B/总之很轻/很微弱/也很短/但很重要/A，或者B/从耳边/传向远处/又从远处/传向森林/再从森林/传向上面的天空"，它鲜明体现了非非主义"回到声音"的主张。

后朦胧诗的总体倾向日趋淡漠，所以当我们面对韩东的《你见过大海》、阿吾的《三个一样的杯子》、李亚伟的《85 年谋杀案》、孟浪的《冬天》时，无不感到疑惑，这是流水记录还是诗？"我在街上走/其他人也在街上走/起初我走得慢/走快的超过了我/走不快的没超过我/后来我想走快点/走快了就超过了/一些刚才超过我的人……"（斯人《我在街上走》）从诗里读不出情感来，只好索性称之为诗。主体不支出情感，也不索取体验，冷漠得似一个局外人的超然旁观，叙述过程即是诗的完成，情感零度，价值中立，瓦解了语义和语符间的密切关联，从根本上对以往诗歌的感知方式构成了挑战。传统诗歌讲究情感的夸张和变形，而此处只把平民意识客观地灌注于直接描写中，在自动仪似的记录语言里，仍可感受到现代人的寂寞和孤独。后朦胧诗情感零度的冷抒情，把世界还原为无法再还原的真实程度，拒绝并反拨了浪漫主义夸饰热烈的抒情模式，强化了诗的叙述性。并且这种语言上的叙述方式，规定着诗人们只注重抒写经验中存在的东西，而不故弄玄虚地追求虚无缥缈的未知情境；只节制地叙述，而不施放语言的烟幕弹，用最简洁、最经济、最平淡的语言，为诗罩上了一层淡朴静穆的人间氛围。

对生活流的追逐与平民意识的回归，使后朦胧诗不再像朦胧诗那样讲求情境优雅和谐、字句锤炼精致、认真抒情、严肃叙述，而往往以揶揄态度替代庄严。于是后朦胧诗人在揭去诗歌神秘面纱的同时，也一同揭去了诗歌的贵族气，让诗歌变得异常轻松随便，在崇高与优美之外，幽默俏皮的诗歌品格悄然隆起，甚至它还用善意的嘲讽和戏谑把戏捉弄人。例如："老师说过要做伟人/就得吃伟人的剩饭背诵伟人的咳嗽/亚伟想做伟人/想和古代的伟人一起干/他每天咳着各种各样的声音从图书馆/回到寝室后来真的咳嗽不止"，"中文系也学外国文学/着重学鲍狄埃学高尔基，有晚上/厕所里奔出一神色慌张的讲师/他大声喊：同学们！快撤，里面有现代派"（李亚伟《中文系》）。该诗通过对文化与自我的嘲讽，造成可笑的效果。读者不仅看到当代大学生玩世不恭、厌倦灰颓式的怀疑精神，更可感受到对高校封闭保守的教学方式和对述而不作的治学方式的嘲弄批评。张锋的《本草纲目》："一两马致远的枯藤老树昏鸦/三钱李商隐家的寒蝉/半勺李煜的一江春水煎煮/所有的春天喝下/都传染上中国忧郁症"①。俏皮的语句组合，写着对中国文化缺少男性气概、自我伤感特征的讽刺与不满。不矫情不忧郁，不无聊又不痛苦，这一代诗人的荒诞感不是故作姿态的伪装，它以极大的破坏力进入了生命体验的根部。后朦胧诗因为常以幽默或戏谑的语气方式发掘生命与生活本身中幽默荒诞的主题或情趣，所以它的

① 罗振亚. 百年新诗：人生卷（下）[M]. 天津：百花文艺出版社，2013：432.

冷漠有时“冷得使人浑身发烫”，滑稽外衣里隐藏着一些严肃的内涵，令人忍俊不禁同时又深思不已。这种举重若轻的奇妙角度，正是后朦胧诗的深刻与个性所在。

“关于这份报纸的出版说来话长得追溯到某年某月某日某个夜晚某个时刻……”（尚仲敏《关于大学生诗报的出版及其它》）“有空就去附近的路边散散步早晚各进一次地窖看看……那狗昨天叫狗今天是不是还叫狗”（海波《一个当代诗人的日常生活》），这种口语化、平面化的诗歌仿佛在与你交谈，时而近乎号叫，时而近乎低语，随意而洒脱，内心与语言的高度统一，使读者读着它就会径直走进它的世界，走进一个生命本身。它干净利落，不拐弯抹角，它简直就是生命情绪的直接外化，几乎取消了诗与读者的距离。这种平白化的语言不会减损诗的魅力，相反倒因它的通脱朴实，使情绪与诗的生命愈加强壮。对诗歌表达口语化及诗歌内容生活化的强调，使大量的诗由意识流向生活流转移，语言像流淌的水，走向过程，获得了一定的叙事性。也许这是对生活更为诚实的态度，因为生活始终是叙述式的，它适合叙述而不适合虚拟的阐释。如王小龙的《语言》写道：“就这样睁开眼睛躺着/你听见天亮/楼下有人说话/听不清在说什么/只觉得十分动听/以为晨星洒落一地/那是你的两个邻居/他们起的很早/睡足一觉醒来/语音干净/富有弹性/原来这就是你的语言/在天亮时分/家长里短让你心平气和/想起身做点什么”。

“后朦胧诗派”的兴起，既是与早期“朦胧”派诗歌的分庭与对抗，也是诗歌本身发展的内部更迭。想要突破朦胧诗派的精英意识和崇高审美，因而将视角转向平民化和口语化，这既是后朦胧派的艺术风格，也是其确立自我话语权的一种策略。但值得注意的是，这样的文化姿态也使得后朦胧诗歌始终呈现出两种特性：一方面，它以一种先锋的姿态颠覆了以往传统诗歌的审美惯性，由此开辟了一种全新的诗歌形式；另一方面，对语言的过度自由化和口语化，在某种速度上也消解了后朦胧诗作为一种诗歌形式的美感。不少诗歌流于“为了反对而反对”“为了口语而口语”的状态，这是我们今天重新审视“后朦胧诗”时尤其应当注意的。

四、学院还是民间：20 世纪 90 年代诗歌的立场问题

一个时期的诗歌创作，特别是它的立场或美学特征，它的成功与不足，往往要在若干年“尘埃落定”后才会清晰地显现出自身的轮廓。20 世纪 90 年代诗歌的先锋立场或民间立场在冲突中走向当代文化发展的前列，以冒险、叛逆的精神指向当代文化极为尖锐和敏感的区域。先锋诗歌失去统一的时代主题，以个人立场，各自言说，呈现出镜像缤纷的中国。诗人群或沉潜进入此岸现实，或以批判立场向中国发难；或转向日常经验，对寻常事物以及历史观念做重新审视，挖掘出被遮蔽的文化意义；或摆渡向理想彼岸，追寻终极价值的建构。90 年代以来，中国当代诗歌在精神内涵上打上了整个社会政治、经济、文化消费心理等的局部转型的烙印，多元化的诗歌写作登上时代舞台①。

中国内地 90 年代的诗歌，也许在历史上不会代表某种典范，但评论家还是很乐观地声称：90 年代的中国诗歌经历青年一代诗人的精神超越和词语锤炼，已使汉语诗歌达到一个前所未有的高度，90 年代中国文学唯一还有创造性和生命力的行当可能就只剩下诗歌了。或许此论过于高调或夸饰，然而有一点不容置疑，即中国内地 90 年代的诗歌就诗本身来看，比起 80 年代乃至三四十年代的现代诗歌已有了不小的进展和突破，其诗学观念更为开放，涉及范围更为广泛，形式技巧的探索更为自由。中国内地 90 年代学院派诗歌的写作取向主要可归结为日常经验写作、智性写作和解构游戏写作等三种，同时 90 年代先锋诗歌在审美方面取得了两项重大的突破，即

① 卢山．身份游离与文化资本：20 世纪 90 年代诗歌的民间写作考察［D］．南京：南京师范大学，2014．

"叙事性"追求和"跨文体"写作。于坚、韩东、杨克等一部分先锋诗人，力图站在普通平民的价值立场上，对芜杂俗气而又亲切的日常生活进行不竭的个人化叙述，以期在形而下的物象与表象中发掘被遮蔽的诗意，努力探索将日常生活经验转化为诗歌材料的可能性，提倡原生的、日常的口语，"拒绝隐喻"①，竭力回避意识形态的规范和约束，在不断反抗各种机械与陈腐斗争中，表达出自己对日常生存本相的尊重和珍惜。西川、臧棣、王家新等先锋诗人的诗歌注重哲理思考与智性凝聚，讲求感性与理性的有机结合，强调形式本体性，突出诗歌写作的技巧意识与诗歌语言的精粹性质，并且有意持守知识分子立场，张扬人文精神，不断对现实进行审视和超越。而以伊沙、徐江、马非等为代表的先锋诗人，却以"反神话""反崇高"的解构姿态、后现代式的"黑色幽默"以及机智、俏皮、调侃的"纯口语"削平精神深度，消解主流意识形态话语。

从写作立场来看，"叙事性"这一90年代先锋诗歌具有的标志性的审美立场和特征，代表了诗歌在文化态度或诗学观念上的新的转变。"叙事性"意指置身于90年代新的文化语境，先锋诗歌与现实关系的修正以及先锋诗歌写作的新方向、新立场；从方法论或主客体关系的角度来看，"叙事性"表明90年代先锋诗歌对世界进行观察、想象或评价时所采用的一种比较客观、冷静、超然的视角和方法；如果从文学内部，特别是写作技艺的角度来看，"叙事性"是指一种更富于包容性，更能充分体现诗歌情境的艺术手段，它在相当的程度上运用陈述句代替抒情话语，借重叙说风格反拨象征、隐喻、意象化的诗歌传统。当然，这种"叙事"并非是传统意义上的叙事，而是一种"亚叙事"（亦称"诗性的叙事"或"伪叙述"）。90年代先锋诗歌具有特色的"叙事"技艺主要体现在张曙光、孙文波、肖开愚、翟永明、西川、陈东东、于坚等人的诗歌文本中。而"跨文体写作"，又称

① 于坚．拒绝隐喻：棕皮手记・评论・访谈［M］．昆明：云南人民出版社，2004.

“综合写作”或“混合型写作”，则是90年代诗歌在体式上的探索与革新。它力图打破以往所设定的文体界限，尤其是突破传统诗歌分行体和单一抒情视角的限制，将其他文类的形式和诗歌的精神杂糅在一起，尽量将诗歌文体的大门敞开，从而使诗歌成为一种能包容复杂异质成分的综合性语言艺术，提升诗歌应对和处理错综复杂的现实的能力，开拓人们重新理解诗歌写作的思路与可能性。但就诗歌文体本身的建设而言，“跨文体”写作不重视诗的音乐性的做法也值得质疑和反思。

可以说90年代是诗歌重返民间的时代。诗歌的“民间写作”是90年代诗歌写作重要的一隅。民间诗人提倡的“诗到语言为止”“拒绝隐喻”等诗学理念和身体力行的诗学探索，对90年代的多元化诗歌写作以及21世纪以来的诗歌写作均产生了重要的影响。相对于80年代诗歌，它以自己独特的言述逻辑建构起了具备一定审美合法性的话语形态，尤其是以民间写作为代表的诗歌显示出叙事性、个人化、口语化的转变，这种“转变”与时代的文化背景也是息息相关的。90年代诗歌的民间写作的产生及发展从本质上说源于当时的文化背景。市场大潮的席卷、西方思潮的涌入及价值观的转变造成了诗人身份的波动，这必然反馈在诗歌写作上。另外，90年代的“诗歌话语”是一种法国社会学者皮埃尔·布尔迪厄所谓的“文学场”，民间写作与学院派写作进行着文化资源与话语权占位的争夺，它构成了90年代最重要且最有影响的文化景观之一。① 客观、冷静地分析民间写作的历史语境、写作特征，深入探究其内在的文化转向的肇因，从社会学角度揭示出隐藏在诗歌写作背后的“文化资本”，有助于我们更加全面地理解和评价90年代诗歌，也有助于对新世纪诗歌写作的发展和创新做出理论上的指导和把舵。

“叙事性”问题被许多批评家誉为90年代诗歌对现代汉诗最显著的诗

① 卢山. 身份游离与文化资本：20世纪90年代诗歌的民间写作考察［D］. 南京：南京师范大学，2014.

学贡献。但是，就研究实绩而言，相较于90年代诗歌其他核心概念，“叙事性”却是在认识上歧义最多，至今尚未形成统一共识的一个诗学观念。“叙事性”同“叙述性”“叙事诗”以及“叙事”等相关相近概念不同。但是90年代诗歌“叙事性”理论的成熟和壮大是不争的事实，并且在21世纪前十年来，“叙事性”进一步发展形成“狂欢化”局面。“知识分子写作”诗人群中的“叙事性”特征是“叙事性”同知识分子诗人群的写作立场和审美取向相互融合①。而民间写作的事态化叙事取向，是在日常生活化叙事中包蕴平民化或市民阶级的生活状态和精神走向。随着“叙事性”的发生，90年代对“叙事”与“抒情”的关系问题面临着重新的调整与思考，且作为一种敞开的诗学，“叙事性”讲求诗同经验世界的密切关联。从“诗学技艺”“语体风格”和“美学范式”等层面来看，随着“叙事性”诗学的发生，写作主体同客观世界以及文本世界的关系发生了根本性转变，诗学由封闭走向了对话。“叙事性”发展的日益深入引发了一系列深刻的诗歌话语变革。

当代学院派的文化价值取向、精神传统、文学教育等力量使大学或学院“诗歌场”般集中了众多的优秀诗人，创造了一批成熟的诗歌经典作品。90年代的另一重要特色是民间文学力量的崛起。1999年4月中旬，在北京平谷的盘峰宾馆召开过一次诗歌研讨会。持不同美学立场的诗人，爆发了一场尖锐的论战，对中国当代诗歌的走向产生了深远的影响。“盘峰诗会”主持人吴思敬教授将论争的双方命名为“民间立场”和“知识分子写作”。“民间立场”一方的诗人，有于坚、伊沙、徐江、侯马、杨克和批评家沈奇等，代表“知识分子写作”一方的诗人和批评家则是王家新、西川、臧棣、唐晓渡、程光炜等。在会前会后论争过程中的重要参与者还有沈浩波、谢有顺、韩东、杨黎、何小竹、宋晓贤等。“民间立场”阵营实际上是90年

① 张军.“知识分子写作”论［D］.武汉：华中师范大学，2002.

代学院派试图树立起“知识分子写作”这一主流秩序之外的诗歌力量的聚合，并不是一个严格意义上的美学整体。“民间立场”与“知识分子写作”之争是90年代重要的诗学论争之一。学院派诗歌意象宏大，学院派诗人想要构建一个永恒的场景；而民间诗人关注当下，运用口语化语言写作，看似随意，同样想去占领那片神圣的精神高地。

1999年，在“盘峰诗会”上爆发了民间写作与知识分子写作的论争，昭示着当代先锋诗坛内部分裂的公开化，是新旧世纪之交中国诗歌史上一个标志性事件。“知识分子写作”与“民间写作”的论争凸显了社会转型期诗人们的身份焦虑抑或诗学焦虑。在此，我们试图通过诗人西川的美学特征及其成就与缺憾分析，来探讨“知识分子写作”与“民间写作”所面临的问题和困境。

西川的诗歌又被称为“西川体”。1980年西川在《诗刊》举办的“青春诗会”上提出“知识分子写作”的概念，自此西川被诗歌界推到了“知识分子写作”的代言人地位。西川在诗歌方面获得的成就及其写作特点也使他成为“知识分子写作”的重要代表人物，尽管后来他开始强调自己作为独立的创作个体与其他“知识分子写作者”不同，但仍无法改变已然事实。

以《请把羊群赶下大海》为例。这首诗的原型来自《圣经·旧约》中的《出埃及记》，讲述的是先知摩西得到上帝耶和华的启示带领受到埃及人奴役的以色列人逃离埃及的故事。开始埃及法老不许可以色列人离开，在埃及人遭受种种灾难后，法老才允许摩西带领以色列人离开埃及。诗中反复吟诵“请把羊群赶下大海”①，正是喻指摩西在耶和华的启示下带领以色列人和他们的羊群走下红海的神迹。而“璀璨的群星，你不会看见”② 则是因为耶和华的神力使埃及陷入黑暗，只有上帝的信徒以色列人方能看见璀

①② 西川. 隐秘的汇合：西川诗选［M］. 北京：改革出版社，1997：139.

璨的群星。“伟大的太阳在沉船的深渊”和“水上起了火焰”① 是以伟大的太阳比喻耶和华的神力，他使敌人灭亡在海底。在诗的结尾西川写道：“你是唯一可以走近的人”，“我们相识在这一带荒凉的海岸”②。这意味着他的寻找已经得到了所要的结果，这个结果是唯一的，同时也是另一个新的开始。西川的文本中充满着“知识写作”的鲜明特点。

“民间写作”所坚持的独立在于所谓的独立精神。按此标准，20 世纪 90 年代以西方文学继承者和守护者自居的主流诗人便是毫无独立性可言的，他们业已脱离了民间或真正的民间精神。民间写作者认为过多知识资源的介入损害了写作的独创性，就不能称之为独立或个人写作；而知识分子写作者则认为知识资源是土壤和空气，是不可能与现实截然分开的因素，对传统的守护、对现实的批判和对诗意的“复现”仍然属于个体意义上的写作。我们不得不指出，在他们的追求中已经先期隐含了过多的意识形态性，尽管西川在提出“知识分子写作”概念的 9 年后又说出了“知识分子是大民间的一部分，从来就是这样”③ 的话，但显然他们在美学追求上与“民间写作”是无法调和的两个矛盾的部分。在破碎和混乱中，“从描写的走向玄思的，诗的极境仿佛就是绝境”。谢冕对西川的评价使用了“仿佛”二字，看上去似乎并未对玄思的诗歌宣判死刑，但已经勾勒出西川所面临的困境，而这同样也是“知识分子写作”群体面临的困境。

---

①② 西川. 隐秘的汇合：西川诗选 [M]. 北京：改革出版社，1997：139.

③ 西川. 知识分子是“民间”的一部分 [N]. 经济观察报，2006-03-27.

第十章 ◆

散文的“破”与“立”

随着时代要求的变化以及媒体传播方式的进步，散文创作呈现出了新的风貌和创作特色。从与时代紧密相连而又充满诗意与美的“杨朔体”散文，到最贴近时代社会生活的文类之一的报告文学的新发展，再到20世纪90年代以“广泛地借历史抒发情感”为主要特色的历史大散文的出现，再到21世纪以来创作群体更为自由、风格更加多样的新媒体时代的散文创作，散文的发展就像其内容与形式一样，是流动的、自由的。同时散文又是在质疑中不断成长的，如对于“杨朔体”散文模式化的质疑，历史大散文形成的媚俗与媚雅两种极端倾向，新媒体背景下散文创作过于自由而导致的审美性与艺术性不足的问题，这些质疑同样是散文发展重要的组成部分。正确认识其价值，理性看待其不足，才能从总体上把握散文在不同时期的创作个性与创作特点。

一、“杨朔体”的提出与质疑

以 1949 年中华人民共和国成立为始，中国进入了一个与以往任何一个时期都不同的时代。文学也随之发生了巨大的变化，与“五四”时期激进而浪漫的文学格调不同，“十七年”时期的散文则显得单一而内敛。“五四”新文学运动让“个人的发现”成为中国现代散文的骄傲，周作人的小品文、林语堂的幽默小品文，还有锋利如刀的鲁迅杂文等都成为“五四”时期一种鲜明的时代印记。到了 20 世纪五六十年代，新的社会环境与新的历史篇章的展开，对文学创作产生了重要影响，歌颂、回忆、斗争成为这一时代文学创作的主要特征。而散文作为一种与小说诗歌不同的随性而自由的文体，不同于小说的直接或间接叙事，也不同于诗歌的激昂，散文以它独特的风格与文体在这样一种特定的政治文化氛围中显示出了不同于传统也不同于“五四”的特点。

新中国成立后的前 17 年里，散文延续了“延安散文”的审美风范，散文创作不再仅仅是一种写景抒情的载体，更是一种反映时代风貌、抒发时代激情的政治载体。总体来说，这一时期的散文更富于时代气息，格调明朗而有诗意，但同时又有因“时代性”掩盖“个人性”从而导致的审美单一的问题，是对“五四”时期以“个体”为中心的散文创作的一种彻底不同的颠覆。在“十七年”散文作家中，杨朔的散文创作可以说是独树一帜的，其被认为是“散文三大家”中的第一人。

杨朔的散文讲究“诗意”和“美”，其散文作品如《荔枝蜜》《泰山极顶》《雪浪花》，每一篇都很美，充满着细致温柔的诗意。但是由于限制于文学服务于政治的窠臼，其创作又容易流入一种特定的模式，几乎每一篇都是“景—情—理”的特定模式，先由某种景色写起，然后引入人物，而这人物通常是劳动群众，借由劳动人民来抒情，最后升华，歌颂伟大的祖国以及称赞劳动人民的辛勤劳动。比如杨朔的散文《泰山极顶》，该文写的是作者爬泰山的经历。作者一开篇便说明了泰山极顶的日出是极美的，接下来描写爬山过程中的种种风光，这种对于景色的描写是诗意而充满激情的，像是对于历史的触摸，又是对于美与厚重感的追求。这样在写景的同时又具有了一种人文思想在内。之后就是描写登上泰山极顶之后的景象了，这时作者引入人物——一位老道人，虽然这位老道人告诉他们看不到日出，但是作者却在泰山极顶看到了祖国更加壮丽的景象，并且由此抒发出对于祖国的无限憧憬与热爱，直接抒发出对于祖国的赞美和热爱。由此，作者借景抒情达到高潮，整篇文章的感情基调变得昂扬而奋进。还有一方面便是在新旧社会的对比中歌颂新时代的美好，《泰山极顶》中的旧时老道人如今已经加入了人民公社，写景叙人中隐含着这一层面的对比，这成为杨朔散文的一种特色。

为了将“歌颂祖国与赞美劳动人民”这一内核表达得更加诗意化，杨朔有意识地努力向诗歌的意境靠拢，甚至运用一些诗歌的技巧、诗化手段。每次动笔，他总是像写一首诗一样，散文的谋篇布局、炼字造意等方面都显示出一种诗歌的魅力。《雪浪花》就是一篇很有意境的散文，文章一开始便说那些奇形怪状的礁石是被浪花咬成参差不齐的形状的，作者描绘了一个海岸边的情景状态，之后便是一位老人的出现，这位老人被大家亲切地称为老泰山。接着就是老泰山给作者讲述自己年轻时与外国人接触过的事件——自己漂亮的驴子被外国人白骑的事情。老人讲述的是过去的事，是旧时代发生的事，老人是在磨剪子的时候叙述这件事情的，于是，新时代与旧时代这两个截然不同的时代就这样在一种微妙简单的对话叙述中呈现出来，并且在简单的情境中让人显而易见地体会到新时代的生机与对美好生活的无限向往。最后，作者总结升华，将老泰山比喻成一朵浪花，跟其他无数的浪花也即无数的人民一起努力建设新的江山，一个人民的、大众的江山。

杨朔散文通过“动情”“思考”“领悟”三个层次的经营，既产生了一种峰回路转的效果，同时也产生了结构模式化的流弊。梁衡在《真实，散文的生命——再谈杨朔的散文》一文中首次明确提出“杨朔散文模式”的概念。

对于杨朔散文模式的形成原因历来众说纷纭，总体而言，“杨朔体”的形成大致有两方面的原因。

第一，就作者本身而言，杨朔拥有作家和无产阶级战士的双重身份。杨朔自 1939 年参加八路军以来一直从事革命文艺工作，密切关注和参与战争，战争经历使杨朔对于人民群众的作用与力量有了更加深刻的了解，这对于他的创作产生了一定的影响。可以说杨朔对于革命战争是非常熟悉的。杨朔不仅仅是一位文学家，更是一位无产阶级的革命战士，所以在他的文学作品中不可避免地会出现关于歌颂和赞美的宏大话语。杨朔对于“诗意”的理解是生活化的，是更接近人民大众的，在他看来，人民群众的劳动、生活中细微的事物和风景也都是诗，能够引起感想的风景都是诗意的。在杨朔看来，金戈铁马是诗，革命战争是诗，劳动生活也是诗。在这种创作理念的影响下，散文的审美性被进一步具体化。杨朔的散文在诗意化之中夹杂了某种政治性，虽然杨朔尽力使二者融为一体，描写也更倾向于像在写一首诗，但其分段式的描述使其散文落入了模式化的窠臼。

除此之外，杨朔是有将文学作为武器的意识的，共产党员的身份让他始终同人民群众站在一起，他散文中的人物多是劳动人民。人民群众是杨朔散文从风景描绘到情感抒发的“媒介”与中间过渡环节，与其说杨朔散文是借景抒情，倒不如说是“借人抒情”，劳动人民才是杨朔散文的主题与抒情媒介。由此看来，杨朔散文延续了战争时期文学创作的思维，执着于对光明与未来的歌颂，散文成为一种宣传与斗争的方式。

第二，受当时强势的话语背景的影响。新中国成立后，中国共产党对于文艺的领导也进入到实践阶段，文学成为社会主义事业的有机组成部分。

新的时期对于文学提出了新的要求，这要求作家对时代有深入的了解、与人民群众有紧密的联系，文学艺术是大众的，是应该具有宣传性与战斗性的，这为之后的文学创作确立了一种写作的维度。从 1949 年到 1966 年，是中国文学发展史上一个形态复杂的时期，政治与文学的融合达到空前热烈的状态，二者相互影响的状态不断体现在文学作品中。此外，对文艺作品产生影响的还有当时的一系列政策，1956 年毛泽东在中共中央政治局扩大会议上提出“百花齐放，百家争鸣”的双百方针，为当时的文艺创作提供了方向。从文化事业建设的角度来看，当时中国的社会主义建设即将全面展开，急需借由社会主义文化事业的发展来激发起全国人民对于建设社会主义的热情，文艺政策的制定、社会主义文化的提倡，都不断加强了这个时代的政治话语，劳动人民与大众成为书写的主要对象，个人话语几乎被完全掩盖，因此文学作品中不自觉地带有了某种政治性。

对于杨朔散文的评价，历来有诸多争议，尤其是进入新时期以来，对于杨朔散文的研究逐渐走向整体化、宏观化。于是杨朔散文受到了一些评论家的质疑。对于杨朔散文的质疑，主要集中在以下两个方面：

第一，个人话语诉说被掩盖。杨朔在创作时，是有这样一种意识的，那就是要为人民服务，人民的伟大造就了新的时代，劳动人民是值得歌颂的。在这种情况下，就导致了作家个性的缺失，“小我”被“大我”所掩盖，在对现实的盲目乐观以及对时代的粉饰中，很难看到作家本身的情感表达。而就散文这一文体来说，它不同于报告文学，注重真实性，善于揭露；也不同于小说，小说在虚构之上可以隐含着对于现实的种种思考；而显然杨朔的散文也不属于犀利的杂文之列。杨朔散文总体上来看是属于抒情性散文一类的，他写景，写荔枝蜜，写泰山极顶，都是个人化的所见所感，然而事实上在他的散文中却是缺少一种“小我”的情感表达的，无一例外地都被置换成了“大我”的凸显。

第二，单线条模式化的写作造成文章审美性的缺失。一种文学作品一旦拥有了某种固定的模式，就容易导致艺术独特性的缺失。文学作品作为一种独特的审美艺术形式，审美性必然是一篇文学作品中不可或缺的一环。杨朔散文如果就单篇来看的话，它的审美性、艺术性是很高的。杨朔把散文当作诗来写，遣词造句都具有诗的意境。杨朔的每一篇散文几乎都有一个共同的写作方式，成为一种可以效仿的模式化的散文，这样一来，散文的审美效果必然大打折扣。从创作方面来说，杨朔的散文还有一种小说化的倾向，这也导致了杨朔散文审美性的降低。杨朔在有限的散文空间内塑造了人物形象。《雪浪花》中的老泰山、《荔枝蜜》中的养蜂人、《茶花赋》中的普之仁等，都是在杨朔散文中出现的人物形象，杨朔在有限的时间和空间内赋予了这些人独特的性格，透过这些人，来实现作者更大的写作目标，即是对于劳动人民的赞颂，但也正是由于这种通过中间人物的塑造来间接抒情的方式使作品的审美性发生转变，作品内部发生断裂。如就《雪浪花》这篇散文来说，作者开篇就写凉秋八月的海边，并且细致描写了海边形状各异的礁石，写被海浪“咬”成不同形状的各式石头。描写完之后，作者并没有顺势进一步抒情，而是开始写“老泰山”这个人物，“老泰山”的动作、语言都被细致地刻画。散文的后半部分更像是小说的描写，一位有故事的老人，给年轻人讲了一个年轻时候的故事，这个年轻时候的故事又作为阶梯抒发出整篇文章的奋进的情感与歌颂劳动人民的精神。

这种描写显然使作品内部的统一的审美性发生断裂，散文往往依托的是“借景抒情”，通过叙述作者感兴趣的事物和景物或隐或显地表露自己的情感。杨朔的散文与这种传统的方式有所不同，由于作者要书写的情感与劳动人民息息相关，书写的是对于祖国美好前程的展望和对劳动人民的赞美，“劳动人民”于是就充当了情感宣泄的媒介，景和情以间接的方式相连接。

新的时代必然有新的文学，中国文学史上一系列散文形式恰恰说明了这一点。春秋战国时期的百家争鸣学说、汉代时期华美浩大的汉赋，到整齐的四六骈文，再到韩愈主张的古文运动，再到近代新文化运动提倡的新文体，散文的发展正迎合着时代的发展。杨朔散文就是“十七年”时期时代风貌的体现，是当时重要的时代记录。

二、报告文学的轰动与消退

报告文学是当代文学领域中最贴近时代社会生活的文类之一，作为文学家族中最年轻的一种文学样式，一直处于一种较为缓慢的发展过程中。但是由于中国特殊的历史事件及相应的报道需求，报告文学在20世纪五六十年代有多次创作高潮。它以令人惊喜的创作成绩，一次又一次站上文学的潮头，正是由于大量的优秀报告文学作品所产生的社会轰动效应，促使一批专门从事报告文学写作的作家脱颖而出，形成了较为专业化的报告文学创作梯队，而专业作家队伍的不断壮大，以及大量优秀文本的积累，才使得报告文学这一相对边缘性的文体获得了自己的文学地位，以其特有的风格和品位，凸显于当代中国文坛。

20世纪五六十年代报告文学的轰动实际上与当时散文文体的自觉泛化有关，也就是说，当时的散文文体并没有绝对意义上的自觉。相对于三四十年代而言，五六十年代以来散文的概念有所泛化，它不仅仅包含狭义的抒情性的散文，即“五四”时期所提出的“美文”概念，还包括广义的叙事性的散文，如报告文学，还有特写、通讯等全部被纳入散文的概念之中。此外，报告文学的轰动也符合当时中国历史与社会政治背景的需要。

具体而言，这一现象可以追溯到20世纪三四十年代，抗日战争期间涌现出了许多战地通讯，它们凸显出卓越的时效性及鼓舞人心的效果，在此之后，通讯报告就在散文这一文体当中占有较为重要的地位（虽然当时还没有把报告文学纳入散文当中）；而40年代，随着包括解放区文学在内的左翼文学的迅速发展，报告文学作品也越来越多。受到报告文学的社会性、现实性特色的影响，散文创作也逐渐由抒写个人情感转为议论现实、讨论政治。到了五六十年代，朝鲜战争的爆发，“大跃进”、人民公社化运动的进展，五年计划的实施等都需要通过描写现实的报告文学进行书写。朝鲜战争时期涌现出来的巴金的《我们会见了彭德怀司令员》《一个侦察员的故事》，魏巍的《谁是最可爱的人》《年轻人，让你的青春更美丽吧!》，刘白羽的《在朝鲜的第一夜》《英雄平壤城》，让我们感受到了志愿军的英勇无畏；土地革命时期涌现出来的萧乾的《土地回老家》，让我们看到了农村的变化；五年计划时期涌现出来的李若冰的《陕北札记》《勘探者的足迹》《在柴达木盆地》等，让我们看到了中华大地的发展。人们越来越感觉到，文学永远与社会政治生活息息相关，无法脱离，报告文学的轰动也就理所当然、水到渠成了。

报告文学作为一个“文体”并产生轰动效应显然是寄居于散文的概念之中的。正是因为散文概念的泛化，报告文学才能够在概念上成为文学的一部分，并在当时得到这么多的关注。但是，这也造成了一个后果，即作家在创作报告文学作品的过程中并没有较为清晰的文体意识。例如：被报告文学理论界视为萌芽期的两部作品《俄乡纪行》和《赤都心史》就是在没有报告文学文体意识的情况下创作的游记作品；魏巍在20世纪50年代创作的《谁是最可爱的人》被现今的中小学教材、文学史教材奉为报告文学的经典，可是，在相当长的一段时间里，它一直被人们当作散文精品来欣赏，而魏巍本人则把它当作一篇“通讯”。

也正是由于文体自觉的缺席，报告文学鲜少被文学史家、文学批评家所关注。20世纪70年代末以来出版的各种中国现当代文学史著作，介绍报告文学的篇幅均较少，或者不够全面系统和客观公正。与此相一致地，1997年出版的中国社科院文学所组织编写的十卷本《中华文学通史》，在评介当代活跃的理论批评家时，诗歌研究方面列举了谢冕、李元洛，小说研究方面列举了雷达、曾镇南，散文研究方面列举了林非、俞元桂、佘树森，戏剧理论批评方面提到了谭霈生、余秋雨，唯独报告文学研究方面没有列举出代表专家和专著，也未见任何评介。于是便有了“七分小说二分散文一分诗歌和报告文学”的说法。[①] 专门的报告文学史研究也是到20世纪80年代才出现，且数量不多。

报告文学所产生的轰动也并非经久不衰。20世纪五六十年代形成的散文文体模式多体现为对散文诗化的追求并演变成为一种创作模式（如前文提到的“杨朔体”散文），一定程度上在新时期成了散文发展的障碍，因而七八十年代散文创作变革的起点便是对上述创作模式的挣脱，散文更多地回到个人体验的记录、个人心境的描写。所以，散文的概念由五六十年代的泛化再次转向了窄化，散文的文体自觉性也逐渐开始上升。由此，报告文学在很多批评家及散文作家那里，不再放置在散文的概念中，不再被作为散文看待，报告文学开始了探寻自身文体自觉的艰难道路。

报告文学源于新闻，是新闻与文学之间联系的产物，理当归于文学的行列。然而，在具有强烈文体感的现代文学世界中，报告文学作为一种新的风格从诞生之日起就成为“文体的边缘”，这注定了它在未来发展中的尴尬地位。有些人认为只有那些不能写小说或写坏小说的人才会写报告文学；其他人则认为撰写报道是为了写小说；虽然有些人承认报告文学的文学地位，但他们把它看作是“二流文学”和“子文学”。文体歧视使报告文学既被新闻和文学所接受，又被新闻和文学所拒绝，这种尴尬的局面使这种年轻的风格在发展过程中得不到应有的重视，只能在顽强的生命力下自然成长。这显然给报告文学的生存带来了压力，同时也在一定程度上激活了报告文学的发展动力。从另一个角度来看，这给关注报告文学成长的文学创作者和理论研究者提供了一种魅力——探索的魅力。它使那些致力于报告文学领域的探索者意识到，要拉近报告文学和文学之间的关系，并在困惑

---

① 张炯，邓绍基，樊骏. 中华文学通史：第十卷　当代文学编［M］. 北京：华艺出版社，1997：560－586.

迷惘中有所突破，必须使报告文学更加接近文学，突出其文学性。为此，报告文学不断与文学家族中其他文体的优势特征相融合，取长补短，有所扬弃。可以说，作为一种非虚构的文学文体，报告文学的文学魅力和艺术创新精神在拒绝想象和荒谬，兼容文学大家庭中其他文体优势等方面，并不在小说之下。

报告文学兼容性的结果主要体现在跨文体写作、语言丰富性和个性化方面。跨文体主要指其与小说、诗歌、散文、戏剧、影视等以及其他非文学风格的融合，报告文学在此基础上形成独具特色的艺术个性。由此，在报告文学作品中，既有诗意和绘画的刻意表达，也有对散文美的追求；既参考了现代小说的各种艺术，又包含现代派小说艺术的实验。

报告文学反映在语言中，是它跨越了风格的界限，不断从文学语言中汲取营养。它所吸收的语言风格包含诗歌、散文、小说甚至戏剧和电影在内的多种风格。由此，报告文学的语言将新闻性、文学性和政治理论性融为一体，体现了极强的吸纳能力。与此同时，当前的报告文学纠正了 20 世纪文学写作过程中过分强调社会功能的偏见，戒去了浮躁心态，逐渐回归文学本体，接近报告文学的文体自觉。

20 世纪七八十年代，报告文学在创作观念和创作形式上两次大的转型便体现了其探索文体自觉的过程。70 年代后期，报告文学出现了以人为中心的创作趋势。当时从事报告文学创作的多是作家、诗人，他们比较注重作品的审美价值，注重通过形象来涵盖生活。以人物为中心的报告文学创作继承魏巍《谁是最可爱的人》的创作手法，并进一步融合了小说、诗歌、散文、戏剧等多种文学表现手段，大大增强了文本的艺术感染力，调动起了读者对报告文学的关注热情和阅读兴趣，使报告文学与通讯有了明显区分，真正自立于新闻文体之外。也正是这一时期人物报告文学的成功，才使报告文学拥有了自己的读者群，真正确认了报告文学这一文体在中国文坛的品牌地位。80 年代中后期出现的“问题报告文学”，标志着报告文学的又一次转型，在文体的审美意识上发生了巨大的变化。这一时期，以记者为主体的创作队伍，主要以问题或思考点作为报告文学的创作初衷，以时政性的素材和立体化的思辨，构架了问题报告文学特有的理性思考空间，用理性的自觉和理性思辨的力度，在纵横交错的社会网络中去审视考察对象，加大了报告文学思想的锋芒和容量，从而完成了报告文学由书写一人一事向表现宏观空间的转换，使其获得了更为开阔的视野、宏大的气势和理性批判的内核。

报告文学在20世纪七八十年代于散文这一概念中消退，建立了自己的文体自觉，开始了新一轮报告文学的轰动。在思想解放、百家争鸣的激发下，报告文学有了充分施展拳脚的天地，迎来了真正意义上的报告文学巅峰期。1988年，一篇又一篇思想犀利、直面现实问题的报告文学作品在社会上产生轰动效应，有力地推动了社会的思想解放。有人惊叹于报告文学的影响，而将这一年称为“报告文学年”。而这一个巅峰期也再一次向人们证明了报告文学这一文体与社会现实和政治环境密不可分的关系。

20世纪90年代的报告文学作家收敛起曾经张扬激越的情绪和强烈的批判意识，把精力放在对报告文学的文体建设上，使报告文学在文体上更趋成熟。90年代的报告文学在80年代两次转型的基础上，进一步突破了其前期因为脱胎于新闻报道和特写所造成的文体单一性，逐渐从新闻性中走出来，让人们从报告文学的阅读中感受到知识的丰富、叙述的老到、结构的恢宏，大大拓宽了报告文学写作的空间。但成熟的文体特征并不能弥补这一时期的报告文学在思想探寻和批判精神上的萎缩。更为致命的是，90年代的报告文学缺少了之前报告文学与社会现实的呼应关系，因而不再引起比较轰动的社会反响。在这样的情况下，报告文学所受到的关注显然又有所消退。

进入21世纪以来，报告文学与文学本体的关系有了很大的改观，但也仍有一种声音试图将其排斥在文学之外，并进而展开了否定的攻势：“文学的特性在虚构和想象，只有当报告文学进入虚构和想象的世界中时，它才是文学。当然，这时也就没有报告文学了。”① 甚至还有人断言：“有一种文体确实正在衰亡，那就是报告文学或纪实文学，真正的衰亡是寂静的，在遗忘中，它老去、枯竭。”② 报告文学的文体“他觉”又一次受到冲击，如前文所述，此种状况在报告文学演进发展过程中时有发生，这使得报告文学不断处于文体自觉探究的困惑与迷惘之中。“我是谁?”——报告文学不得不在自己的成长过程中常常去寻根。

当21世纪的报告文学面对上述的质疑和冲击时，它在探究“自觉”的过程中悄然在文体层面发生着变化，逐渐由文体的一体化走向多体化的融合，这一点在20世纪七八十年代报告文学的创作转型中也有所体现，然而在21世纪的报告文学创作当中有更为突出的表现。例如，陶斯亮的《一封终于发出的信》就具有对报告文学文体的挑战意义。这篇作品最初在文体认定上显得相当含混，因为它采用了类似《一个陌生女人的来信》那样的书信形式，突出地体现了叙事、抒情散文的特点，写得声情并茂，令读者产生了强烈的共鸣，进入到主人公的书信世界当中，跟当时一般的报告文学有明显区别。但它的确又体现了报告性，借助于文学表达方式向人们公开了被特殊历史时期所冰冻了的新闻，讲述了陶铸生命中最后的岁月，满足了人们了解历史真相的渴望。陈歆耕的《战争大趋势》拼贴了多种文体，集消息报道、新闻特写、人物专访等于一体，而且也融合了报告文学自身多种报告类型的特点，将见闻式、宏观综合式、自述式、口述实录式报告的写法汇聚在一起，既以随访的形式来描写所见所闻所感，又在宏观上对目前军事领域的意识现状，从各个不同的角度进行了扫描，进行了全方位的透视，增强了报告的生动性。他还在文章中将采访时所获得的报告对象的谈话记录和录音，或是报告对象的自述文本加以剪辑处理，更能创造出

---

① 吴俊. 也说“报告文学”身份的尴尬［N］. 文汇报，2004－01－18.

② 李敬泽. 报告文学的枯竭和文坛的“青春崇拜”［N］. 南方周末，2003－10－30.

一种真实的感觉，显得亲切自然，缩短了报告文学与读者之间的距离。何建明的《中国高考报告》《中国高考作弊报告》，采用系列报告这一形式，连续报告相关范畴的问题，体现了强大的冲击力度。无论是书信与报告的融合、系列报告，还是报告文学与多种文体的拼贴，都是新时期报告文学文体多体化的体现。

另外，明显地，报告文学的型制和结构等特征也随时代需求而不断变化，在表现形式上更灵活机动，既有《一封终于发出的信》那样的轻型制作，也有像何建明的《落泪是金》这样长达32万字的重型架构，有了长中短的不同文本类型。20世纪80年代中后期的《唐山大地震》分7章18万字，在当时已属于大制作，而现在一些作品大都是几十万字的鸿篇巨制，体现出近年来报告文学文体建构的发展趋势。报告文学愈来愈趋向于大题材、大制作、大容量的创作，因此，成书化正成为近年来报告文学发表出版的主流形式。

在结构上，报告文学不仅从平面的线式结构走向立体的全景式、集合式、辐射式结构，而且也有新的融合和更新，往往将几种结构的优势集聚在一起，以生发新的结构功能和表达的多种可能性。像《沈阳慕马大案纪实》前半部采用了直线式结构，对慕马特大受贿案始末进行了全程报道，后半部则采用了板块式的结构，频频变换视角，从不同方位对几个当事人的心理做了深入的探微，既凸显了事件，也体现出探寻人性的深度意义。《中国农民大趋势》穿插了许多独立的小故事，以散点透视的方法连接起宏阔的社会画面。总之，多种结构的交替运用，多种文体优势的汇聚共用，已成为近年来报告文学创作中的又一个突出特点。

通过对文体多体化的尝试及文章结构变化的尝试，21世纪的报告文学又进一步完成了文体的建设，形成了新世纪报告文学的文体自觉。

由于报告文学自身与现实充分结合的特性，在文体自觉的建设过程中，报告文学受到了社会历史背景及文学史发展的影响。20世纪五六十年代，在散文概念泛化及社会历史背景较为动荡的情况下，报告文学产生的效应较为轰动，但并未形成自身的文体自觉；七八十年代，散文概念逐渐窄化，且有一段政治风波，报告文学在这种情况下有所消退，并且开始了自身的文体自觉建设，在文体和语言上都有所转型，这在七八十年代两次散文创作观念及形式的转型当中有所体现；90 年代，由于另一场政治风波，报告文学又开始了进一步的文体建设；进入 21 世纪，由于文学史对于报告文学的质疑，报告文学又在文体及结构上进行了转变。

总之，报告文学总是随着时代和文学史的发展而发展，报告文学家们总是抓紧时代和文学的脉搏，在艰难的生存过程中不断探问自我，努力寻求报告文学的文体自觉。由此，他们不仅树立了报告文学这一文体在当代文学史中的地位，也推进了报告文学家们的对话和交流，提升了报告文学的创作品质。笔者认为，这便是一种值得敬佩的文学自觉。

三、历史大散文的“雅”与“俗”

历史散文在 20 世纪 90 年代是一个巨大的散文趋势。如果说“流行休闲”的散文潮流是关注现在和共同习俗的创造，那么文化散文的潮流就是把传统与历史思想联系起来。从价值取向和写作的角度来看，历史散文的走向基本上是文化精英作为创作主体的产物。这一散文思潮的源头，可以追溯到台湾柏杨的《丑陋的中国人》和李敖的《传统下的独白》，以及 20 世纪 80 年代中期巴金的《随想录》。只不过那时还没有“历史大散文”的说法，也没有形成散文创作的潮流。

历史大散文的滥觞，应归功于下面两个文学事件：一是余秋雨的散文集《文化苦旅》的出版；二是贾平凹提倡的“大散文”主张。如众所知，早在 1988 年，余秋雨便在上海的《收获》杂志上开辟专栏发表文化散文，引起了读者的兴趣。及至他将这些专栏文字结集为《文化苦旅》出版，更是产生了"洛阳纸贵"的出版奇观。此书不仅在中国内地，而且在中国港台及世界华人社会都产生了广泛的影响，甚至在台湾还有"泡绿吧、听巴赫、读《文化苦旅》"的佳话。由此可见，正由于《文化苦旅》以及稍后的《文明的碎片》和《山居笔记》的问世，历史大散文思潮才渐成气候，这是从创作方面来考察。从理论方面来看，历史大散文思潮的旗手则非贾平凹莫属。大约在 1992 年，贾平凹在他主编的散文月刊《美文》的"读稿人语"中率先旗帜鲜明地打出了"大散文"的理论主张。他认为当时国内的散文界"浮靡甜腻之风"盛行，缺少雄沉之声，而"靡弱之风又必然导致内容琐碎，追求形式，走向唯美"①。贾平凹进而提出："'大散文'是一种思维，一种观念，不能简单说成这样写就是大散文，那样写就是小散文，或别的不大不小的散文。"② 因此，"大散文的观念要注入我们的意识里，深深地注入"③。尽管贾平凹说"大散文"只是一种感觉，但大体来说，他的所谓"大散文"，就是在题材和体裁上要杂一些、广一些，不要有什么限制，特别是在构架，在思路、风格和内在精神上要有大境界、大气象、大格局和大气魄。贾平凹的"大散文"理论主张虽然没有多少理论创建和学理支撑，但它对于传统的散文理论无疑是一种冲击，对于纠偏越来越走向小气、走向匠气、走向甜腻的当代散文创作更是功不可没。而从思潮角度来看，贾平凹的散文主张对于"历史大散文"思潮的兴起和发展，无疑起到了催化的作用。但刘锡庆等一些论者也有许多批评指责的声音，他们认为"大散文"的倡导是复古，是"主张回到'散文乃一切文章'的古典之路"④，乃是没有前途的理论。

在赞成与反对两种不同的声音当中，历史大散文作为一个文体依旧在文学史上留下了一笔，且在其发展过程当中，形成了雅与俗两个方向，这

① 贾平凹．弘扬"大散文"[J]．美文，1994（9）．
② 贾平凹．大散文理论的提出及办《美文》三年［J］．报刊之友，1995（6）：4－5．
③ 贾平凹．《美文》四年编辑部午餐桌上的谈话［J］．美文，1996（9）．
④ 刘锡庆．当代散文理论和散文刊物［J］．报刊之友，1995（6）：8－10．

两个方向或分别存在于不同的文章当中，或统一于某一篇文章当中。历史大散文就这样在两种矛盾发展方向的推拉中艰难地寻求着自己的文体自觉。

首先谈谈雅这一方向。我国历史悠久，拿历史来说事古已有之。春秋战国时散文、小说、诗歌诸文体尚未区分，韵文以外统称散文。不同政治集团和思想流派，都将散文作为文化软武器抒发哲理，阐述政见，传达观点。如果将我国从先秦开始以历史为题材用散体书写的非虚构并抒发作者之见解的文章梳理一下，可形成一个洋洋大观的历史文化散文系列，确实有悠久的传统和自觉的意识。产生这一现象的重要原因之一是，在漫长的封建社会中，身为人文知识分子的士，其人文教化思想和人文德性，作为本体价值无法商品化进入市场交换，直白地说，就是以劳动使用价值为基元的社会交换与分配系统中没有人文教化及人文知识分子的位置，社会拒绝或不便供养人文知识分子。当然，人文知识分子也可以解褐入仕，并取得君主的信任与倚重，但这样做是以丧失心灵自由和思想独立性为代价，人文知识分子的意义自然也就丧失了。借历史言说人文教化和理想，就成了人文知识分子抒发心灵和感悟乃至表达人格理想和信念的唯一途径。这是当代历史大散文产生“媚雅”方向的历史根源。拿历史说事，需依据一定历史本事，最适合的文体自然就是历史大散文了。当下还有作家在操持所谓历史大散文，还追求诗意，那他就注定有拿历史说事的意图，那么，也就是在继承着古已有之的人文知识分子言说传统。

历史是由时间堆积成的，不是小玩闹，拿历史说事需要在上下几千年大历史观中才能看准说透，大历史观合乎历史也合乎文学特性。许多历史大散文家把历史大散文当艺术处理，让其作为“诗的创造活动却是真理和现实世界在现实现象本身中的和解，尽管这种和解所采取的形式仍然只是精神性的”①，因此，他们采用的是“诗的掌握方式”②。于是，历史大散文

---

① 黑格尔. 美学：第三卷下册［M］. 朱光潜，译. 北京：商务印书馆，2017：24－25.

② 黑格尔. 美学：第三卷下册［M］. 朱光潜，译. 北京：商务印书馆，2017：19.

家们便有了这样“诗的艺术自觉”，而这样的文体自觉有如下多个表现：

其一，历史大散文很好地处理了历史文化散文如何虚构的问题。将历史文化散文定位于语言的艺术作品，就应允许虚构。“二十世纪九十年代以来，散文理论的一个突破就是对于散文虚构性的肯定。”“散文应允许想象和虚构，应敢于打破个人经历和个人体验的限制。”“对散文的虚构性的肯定，是散文走向开放和现代的一个重要标志。”“散文的虚构不是像小说那样无限地虚构，散文的虚构是综合性的整合和有限度的艺术想象。”① 因而，在历史大散文的创作当中，重要的是如何凭借想象来实现虚构的问题。历史大散文家的探索在于：靠想象展开细节和深度的心理内涵。例如王充闾的《张学良人格图谱》中的第一章“人生几度秋凉”，由张学良在夏威夷海滩三个落入余晖中的遐想组成，每个傍晚的遐想又由诸多回忆出来的画面构成。张学良在夏威夷住了八年，这三个傍晚作为细部，是从三千多个傍晚中借艺术想象提取出来的。三个傍晚富有深度地展示了张学良的心理内涵，便于编织张学良人格图谱，特别还有一些细节是通过艺术想象得到的。

其二，是历史大散文的叙述艺术化问题。历史大散文要形成自己的文体自觉，在叙述中大有文章可做。历史大散文家的艺术努力在于：第一，想象中与传主面对面地对话，在作品中形成对话性叙述，如王充闾的《张学良人格图谱》中的“您和凤至大姐”这一章，是采用和张学良对话的叙述方式进行的，传统文论叫第二人称叙事。面对面地叙说，可毫无障碍地交流心理活动，事实上，这正是作家王充闾长久以来沉浸在和张学良心灵的对话的文本叙述形态。第二，有意识地尝试运用各种句式。第三，在叙述中穿插和编织着史实、典故和诗词，也有评论家称之为叙述的“马赛克”现象。先说史实。历史文化散文本来就是拿历史来说事，在历史中嵌入历史。历史总是相似的，相似的史实适宜于形成隐喻性，便于昭示所讲述的

① 陈剑晖．论散文的叙述诗性［J］．学术研究，2007（12）：135－140．

道理。再说典故。典故浓缩了一个曾经的故事，嵌入典故，意味着嵌入了一个故事和故事发生的背景，有极大的信息量。嵌入哪段史实、哪个典故，这与作家世界观及独到的理解相关。记忆库存中储存的信息越多，对于叙述对象的理解越准确，越有独到见识，越能辨识出典籍和史实的性质，越知道该编织于何处，越能自然地强化作家要言说的东西。典故与历史故事本身就具有相互嵌合性质：典故依托历史故事并凝聚成代代相传的哲理，其说服力是历史性的。最后说诗词。诗词是在某个历史烟云中诗人的“以美启真”“以美储善”①，是最具人文情怀和人文思考，也最具表现力、感染力和说服力的文化载体。中国有丰富的古典诗词遗产，因此诗词入小说、入戏剧、入一切可入文体，成为历久不衰的文学现象。仍以王充闾为例，他在对张学良人格图谱的书写中，除了依然沿用他以往散文在叙述中夹杂古典诗词因素或只言片语，以营造蕴藉文雅气氛之外，最值得总结的是其中的“将军本色是诗人”一章。这一章主要叙述张学良饱览群书，博闻强记，脑子里储存许多古代的诗词名篇，他经常以诗词形式抒发那郁结难舒的情愫。自然，随着叙述进展，张学良各个时期创作的诗词得以展示，同时随着叙述语境的变化，不断编织进若干古典诗词，这些诗词与张学良的心境、背景以及张学良所作的诗词都有内在精神的契合，被编织进叙述中的古人诗词又都有特定背景，这样由诗词连带出诗词，又连带出史实，史实诗词氤氲成特有的艺术效应。从意义生成角度看，这个效应其实依然是隐喻，对作家的要求很高，要求熟悉并理解诗词蕴含，品味出在历史与现实两个纬度的相似处，然后恰如其分地编织在一起。因为，“诗人看问题，有其敏锐的视角”②。笔者以为，古典诗词与传主所作的诗词相互印证，不单是叙述技巧问题，更是对历史与文学独到的理解使然。王充闾在探索历史文化散文艺术的同时，也接续上了人文知识分子作为阐释并守护世界意

---

① 李泽厚. 历史本体论［M］. 北京：生活·读书·新知三联书店，2002：40，101.

② 王充闾. 龙墩上的悖论：中国皇帝命运大思考［M］. 北京：中信出版社，2007：29.

义的人对现实发声的传统。

然而，当我们在为散文雅的发展方向叫好的同时，历史大散文却出现了媚雅的倾向，即文中虚构大于真实甚至走入纯虚构的境地，滥用史实、典故和诗词而不与文章相结合。媚雅成了历史大散文创作的一个极端，历史大散文创作的另一个极端便是媚俗。

所谓媚俗，就是作家在散文创作过程当中泯灭个性，与文学创作的个性及主体意识背道而行。它包括媚时和媚商两种趋向。所谓媚时，就是迎合时尚，简单地为政治做一种配合，是一种应景文章。这是权力意志侵蚀作家主体的结果。媚商，比媚时更为普遍，即一些散文作者迎合读者趣味，在报纸杂志上炮制大量媚俗小品文。这种小品文多滥情，不过是供读者饭后茶余消遣而已。散文媚商貌似散文的“大众化”或“俗化”。散文俗化，使作家在一定程度上泯灭了本人的独特生命感受和体验，使作品的思想取消深度走向平面化，使作品价值取向呈现出混乱的色彩。

历史大散文的俗化及滥情主要体现在整体行文结构及抒情话语运用当中。在历史大散文的媚俗倾向中，余秋雨现象最为引人关注，因而下文将主要以余秋雨的散文为例进行历史大散文媚俗倾向的分析。

在散文整体行文结构方面，历史大散文的媚俗倾向主要有以下表现。我们首先关注到了历史大散文当中主观情绪的过分介入。余秋雨的大部分散文从标题上看均是我们比较熟悉的景观、名胜，他让我们读到的不是外在的景物，而是这些山水背后的人文和历史。但是，看过余秋雨的许多历史文章的读者似乎都有这种感觉：每次余秋雨走过一个地方，记录一个地方，并向读者呈现的都是好话。也许这是作者写作主题的刻意选择，也许是商业炒作的必要性。每个地方都值得写作，值得称赞，还是出于商业目的而形成的“庸俗的爱好”？散文创作不是创造灵感的瞬间冲动，而是依赖于作者长期积累的生活和文化修养。从《文化苦旅》中《一个王朝的背影》《三峡》《西湖梦》等文本的叙事模式，我们可以看出余秋雨在建构自己的散文世界时，一般是以寻找历史文化为出发点，接着在建构文本的主体部分时，主要讲述与历史景物、自然山川有关的人文景观，特别关注特定历史条件下知识分子命运的沉浮；在文章的结尾部分，作者又会自然而然地阐述自己的历史观感，对整篇文章进行文化意义上的升华，从而完成文本的精神建构。余秋雨采用这种叙事模式，虽然能让读者在阅读文本的过程中感受到作者流畅的叙述风格及叙事层面的某些艺术特色，但文本中的有些抒写却全凭一种心境或情绪的错综变化，全凭主观感情的暗中控制，因而在形式上显得随意，似乎无迹可循。

此外，历史大散文中小说、戏剧成分的过量加入带来虚幻的文化感伤，形成了过于泛滥的感伤情调。艺术来源于生活，又高于生活。余秋雨善于把虚幻转化为真实，把抽象转化为具体，使散文中所寓哲理生动可感，不再是生硬的信条，正是这种写作手法给《文化苦旅》带来了很大的成功。“《文化苦旅》大部分文章都有传奇色彩很浓的故事性”，“主要还是袭用了传统小说的技法和观念，并将其渗透到大部分文章中去，使得文章跌宕起伏、曲折多变，始终充满着阅读的张力，从而使读者在接受文本时不会感到精神上的疲劳”①。然而，读多了余秋雨散文的人也会发觉，他的散文几乎都是一种模式，而余氏模式问题的实质在于这是一个“假”模式。作者为了表达某些思想、哲理、文化、历史，会自觉或不自觉地编假话，设计假故事，在作品中造成一种虚幻、象征的美，容易使人们沉醉于其文化感伤、民族之痛中。余秋雨在文中有一段关于王道士生活起居的描写：“王道士每天起得很早，喜欢到洞窟里转转，就像一个老农，看看他的宅院。”②但我们都愿意相信它的真理，因为它写下了一个弱国在痛苦岁月中所拥有的无知和黑暗。通过这种方法，笔者不断扩大阅读张力，使读者在接受文本时不会感到精神疲惫，达到使文章“好看”的目的。然而，这样的写作

① 朱国华．别一种媚俗：《文化苦旅》论［J］．当代作家评论，1995（2）：57－60.
② 余秋雨．文化苦旅［M］．北京：中信出版社，2015：90.

有时会失去现实感，使读者感到一团糟。

而在抒情话语方面，历史大散文的媚俗倾向也较为明显。历史大散文出现了诸多游离真实情感的、具有复杂化和陌生化特征的抒情话语。我们可以发现，余秋雨很善于使用“陌生化”来打破语言范式，给人以新鲜的体验。然而，在他的一些作品中，部分审美影响已经消失。其原因在于文中所感本质上游离于作者真实的个体经验之外，而对于文学创作来说，要达到思考社会人生、抒写性情的目的，就必须在真实思考过社会人生之后进行。例如《柳侯祠》中柳宗元询问自己存在的意义时作者写道：“他已实现了自己的价值，却又迷惘着自己的价值。”① 其中，“迷惘”一词，作者使用了“陌生化”手法，作者想要表达的是柳宗元这个封建时代的中国文人内心对于人生终极关怀的价值追问，但是这种突破语法规范的词语运用却在修辞层面上给人一种对文章的“迷惘”，总有几分不自然的情感泛滥倾向。正如有的研究者所言：“《文化苦旅》很少让人感到轻松随便的普通日常语言，全是以‘吟安一个字，拈断数茎须’的认真态度写出的凝重且华丽的句子。为了配合上述那种哲学家派头，这种句子就必须与大众化的语言隔离开来，而保持几分矜持，几分高深，几分不自然，以及几分头巾气。”② 余秋雨在用话语建构自己的散文世界时，时刻以文化意象作为自己话语建构的中心。他在建构诗性话语的过程中总是力图通过自己个性化的语言对历史做一番现代的阐释，并希望这种阐释能够引起一定的读者群的共鸣。但抒情话语的陌生化和复杂化并非文字游戏，不能有晦涩难懂的用语使得读者产生审美疲劳。用语的新奇是为了更好地表现情感经验过程，离开这一根本目的，句子再新奇也失去了审美价值。

此外，历史大散文经常出现修辞方式使用不当的情况，使得文章大失其色。余秋雨历史文化散文中的某些修辞方式的运用不当，有时便冲淡了

① 余秋雨．文化苦旅［M］．北京：中信出版社，2015：123.

② 朱国华．别一种媚俗：《文化苦旅》论［J］．当代作家评论，1995（2）：57-60.

其散文的情感高度和纯度。这些修辞的运用带来的效果往往不是加强而是减弱情感的力度，非常容易失去原有的给人的感动，而带给人一种“媚俗”的印象。例如，在《这里真安静》中，作者写道：“多少倩笑和呐喊，多少脂粉和鲜血，终于都喑哑了，凝结了，凝结成一个角落，凝结成一种躲避，躲避着人群，躲避着历史，只怀抱着茂草和鸟鸣，怀抱着羞愧和罪名，不声不响，不愿让人接近……”① 余秋雨为了追求文章的华贵富丽，绞尽脑汁地使用读来比较上口的排比和比喻句，但却走向了不自然，使读者产生了审美疲劳。

总之，历史大散文思潮在终结了20世纪五六十年代虚假狭窄的“抒情散文”模式，完成知识分子的话语革命，重新确立了散文与世界的关系之后，又逐渐形成了新的模式，即余秋雨的“文化苦旅”模式。这种模式主要有以下几个特色：首先，散文作家不管写什么题材都要带上历史文化，对历史进行追问或发出慨叹，这种过于广泛的历史追求往往使得文体膨胀，给人一种贪“大”求“全”的感觉。再则就是文化本体与审美性相分离。散文的文化本体在本质上应是一种诗性，是诗、思、史三者的有机统一。但历史大散文却陷入“文化性”“历史性”有余而“文学性”不足的泥沼，常常造成了理性精神过于强大（历史典籍的堆积）或感性色彩过于浓厚（主观情感的泛滥）的极端后果。最后，是以凝固的眼光去理解和处理历史文化，有的散文还在用相当落后保守的文化意识和文化观念来评介历史事实，而没有意识到历史文化是一种鲜活的、不断发展的生命形态，应该用辩证唯物的历史眼光去看待历史事实，为今所用。

历史大散文就是这样，在“历史大散文”思潮当中似乎建立起了文体自觉，但在这一过程当中却发展出了媚雅与媚俗两种极端倾向，而两者都归因于历史大散文的特点：广泛地借历史抒发情感。因此，作家必须广博

① 余秋雨. 文化苦旅［M］. 北京：中信出版社，2015：302.

地涉猎历史文化，且对历史文化有真正的思考，不受社会商业化需求的影响，不过分追求散文的高雅，我手写我思，方能摆脱媚俗与媚雅的倾向，真正形成历史大散文的文体自觉。

四、新媒体背景下散文的危机与重建

随着数字科技的发展，阅读方式发生了改变，新媒体的暴风式增长打破了文学原有的传播方式和写作方式。首先是传播方式的改变，传统的纸质印刷被电子产品取代。纸质阅读式微，随之而来的是数字化阅读的兴起，数字媒介成为重要的传播媒介，数字传媒以其便捷快速的优势快速占领市场。其次从受众群体来看，阅读不再局限于知识分子，大众成为阅读群体，信息接收者也从“读者”变成“观众”，读图时代的到来也对文字阅读产生冲击。在新媒体时代的背景之下，散文创作的门槛变低，作品良莠不齐并且同质化倾向严重。散文作品模式化倾向更甚于从前。由于阅读量版面等问题的限制，散文逐渐从单纯审美化的艺术转变为大众化的艺术，散文写作从追求美的感觉和艺术性的表达转变为个人情感的过度抒发，并且试图给大众某种“人生哲理”式的引导，采用模式化的写作手段，引起一种特定的同理心，产生一种可预计的效果。可以说，新媒体时代给散文创作提供了更加广阔的创作平台，但同时也给散文带来了不同于之前的危机。

网络化与信息化的发展使散文不必拘泥于纸质出版物，数字化信息平台给散文提供了全新的创作平台，传播媒介发生重大改变。比如微信的迅速普及，微信交流逐渐成为人们的一种生活方式，微信公众号也成为众多散文发表的聚集地。微信文学与博客文学类似，为大众提供了一种轻快表达、即时传播的途径。在这种背景之下，散文的类型被拓宽，并且完全不拘泥于以往的写作方式，“文变染乎世情，兴废系乎时序”，一时代有一时代之文学，新媒体背景之下的散文，更多的是对于情感的表达，对于现实生活的书写。比如："失败的时候，我们常常抱怨这个世界抛弃了自己。别傻了，这个世界，从来没有理过你。"诸如此类的文章层出不穷，它摒弃了传统散文的"个人抒情"式创作，以一种更加直接的方式来抒情，并且夹杂一种黑色幽默式的调侃，创作的目的是为了"引流"，吸引更多的关注，经济时代的创作总是带有某种功利性。安妮宝贝、燕山飘雪等人的散文都是经由网络平台发表而受到关注，从而印刷出版。这与传统的纸质媒介不同，作者的第一发表平台是网络，进而根据市场的反应来进行筛选，这样一来就势必会弱化散文本身的审美性，量产成为首要目的。在这种背景之下，散文模式化、同质化现象严重。亲情、爱情、工作、游记等成为散文写作的关键词，作者也是游离在生活之外，而漫步在网络之上的。随着经济时代的快速变革，生活节奏陡然加快，越来越多的人缺少细致入微地欣赏美文和对文字加以精雕细琢的耐心。散文这一文类的作品是更注重审美和情感抒发的，它是一种自由的文体，作者可以根据自己的需要来随心编排作品的布局、空间、格调等问题。新媒体时代的作者却缺少这种"慢"的方式，写作速度加快，在"一网打尽"中找到大众的欣赏点然后量产。所书写的内容大同小异，行文单一，记述的内容也不过是如流水账一般的记事。传播媒介的改变使散文创作简单化，王剑冰在《散文时代》里提出了散文写作的一些问题，其中就包括"重复写作的弊端"以及写作空泛的问题。技术的不断进步让量化生产变得快捷，但也正是在这种量化生产中，独特性与审美性不断缺失，而对于原始的、美的与有活力的艺术是一种打击与压缩。新的传播媒介系统下的散文作品成了快速制造的复制品，散文也由此遭遇了前所未有的危机。

同时，新媒体背景下的散文造成了文学性的消解。读图时代的到来让文学创作不再单纯，一张图片包含的信息往往比文字更多也更加直观。由于新媒体的特殊性，图文结合成为散文一种新的写作方式。欧阳友权在《网络文学本体论》中说："在电子媒体的视觉传播时代，'读图'胜于读文，‘读屏’多于读书，直观遮蔽反思，快感冲击美感，文化符号趋于图像霸权已是不争的事实。”“作为语言艺术的文学，就要消亡了。”① 这在游记一类的散文中表现得尤为明显，图片的插入让整篇散文的表达更加真实和立体化，作者不需要过多的语言技巧就可以达到预期的效果。图片分担了文字的责任，作者不再需要高明的技巧来布置一篇散文，只需要根据特定的模式插入合适的图片，就可以得到一篇阅读量极高的散文作品。可视化图片的出现消解了散文的文学性，语言艺术不再是大众的第一关注焦点，图像成为喧宾夺主的“绝对主角”。除了游记散文之外，其他类别的散文同样也有文学性消解的问题。新媒体时代散文一个重要的特点就是随时更新并且没有经典化的需求，阅读量成为一个作者首先要考虑的因素。以大型的散文创作网站“散文在线”来看，其架构主要包括“优美散文”“散文随笔”“经典散文”“散文诗”“诗词歌赋”“辛辣杂文”“爱情散文”“散文精选”“短篇小说”“散文日记”几个部分，散文的分类变得简单，关键词不再是散文自身的审美性，而是用笼统的分类来迅速满足读者的需要。由于网络没有确定的边界，作为一个作者的门槛也就降低了，任何一个人都可以投稿，“大众写作”时代快速到来。网络时代的散文很难确立一种固定的审美态度，散文往往呈现出一种碎片化的形态，一篇散文很难包含起作者整个情感抒发，读者也很难从其中找到精神上的愉悦和共鸣。散文是快时代的消遣品，它没有小说的连贯性，不必在意情节，任意一种情感姿态都能被创造成一篇散文。文学不再是一种孤独的产物。量产时代的散文少了一些文学性，多了一些通俗性；量产时代的作者少了一些细致性，多了一些功利性。

与此同时，新媒体背景下的散文创作多了自由性，生活中被人们热切关注的问题都可以被拿来创作。房价、两性关系、养老、医疗等一切社会

① 欧阳友权．网络文学本体论［M］．北京：中国文联出版社，2004：45.

热点都成为作者写作的首要选择。网络散文呈现出一种狂欢化的色彩。例如网络时代拥有数百万粉丝的咪蒙，其代表作有《我喜欢这个“功利”的世界》《圣人请卸妆》。咪蒙的作品就是以狂欢性的材料入手，制造一种对立，在半真半假的叙述中制造大众乐于接受的欣赏点。“昨天半夜，一个认识多年的朋友说”，“黄小污的朋友南瓜以前也这样”，“小安是我大学的学妹”，“我们公司新招的实习生说”，文章中这样的语言出现频率极高，作者不再是高高在上的，而是以一种身边人物的角度来对读者讲述，这样一来就消解了读者与作者之间的距离，读者也就跟随作者进入到作者预设的“陷阱”中去。由于狂欢化成了散文的主要关注点，传统散文追求的“意境”“美”“情景交融”也就不复存在，散文审美格调迅速降低，网络背景下的散文遭遇了前所未有的审美危机。

尽管大众文化之下的散文有种种不足之处，但是仍然有其存在的价值。一方面从精英化的神坛重新回到大众；另一方面形成自己独特的带有后现代主义风格的“坦白化抒情”，加深了散文的感染力。不同于“借景抒情”的委婉，新媒体时代的散文更注重直接表达，这种表达方式是后现代“焦虑症”的一个出口。任何事物都不可能只有一个侧面，新时代的散文同样也是在争论之中不断发展的。新的时代背景与媒介传播方式的改变都要求散文做出调整以适应新的需求，在审美性与文学性不缺失的条件下实现自己的发展与重建。

由于数字媒介与传统媒介的不同，散文很容易变成一种“技术游戏”，因特定的写作模式从而导致审美性大打折扣，这是散文必须面对的现实并且要做出相应改变的地方。散文写作的门槛降低，网络文学运营机制的不完善，良莠不齐的作品充斥市场，这就急需建立完整的理论话语机制。印象式的批评和随意鉴赏式的评点仍是现代散文批评的主要方向。散文依旧处于一种没有可依靠的理论之下，对于新媒体散文来说，情况就变得更为复杂。网络拓宽了文学的边界，各种文学与非文学场域相互融合，散文的批评和评论话语并不完善，而且散文不同于小说的绝对地位，一直以一种“次要文体”的形态出现，散文理论体系也未形成，所以建立一种理论体系就变得极为重要。在一种正式而严肃的理论批评体系之下，新媒体散文才能不断发现自己的问题，在审美性文学性与生活化现实化之中找到自己的平衡点，才能产出更加符合时代要求也更加具有艺术性的作品。

散文的内容和形式与之前相比都发生了重要的变化，但是对于散文自身的各种要求不能由于媒介的改变就发生改变。随着时代的变化，文学改变的是形式和传播方式，但其内核却是要保持在审美性与文学性之上的。新时期的散文对于生活和情感的描绘进入了新的层面，叙述的内容不可避免地也带上了时代的印记和特色。选择一种材料，表达一种感情，散文写作者也要不断完善自身的能力，在满足大众精神文化需求的同时注重情感的表达与写作的角度和方式。为了吸引阅读量而不顾作品质量的做法是违背散文自身发展规律的，只有在一种严格的要求之下散文才能不断发展。纵观中国文学史，散文一直是作家写作的重点，与诗歌并立，成为抒情或写景的重要载体，虽未有散文这一明确的字词，但散文是一直跟随中国文学的发展而发展的，并且不断在寻找自身的地位，最终成为与小说、戏剧、诗歌并立的一大文体。由于其创作的主体性，散文被认为是表达自我感情的重要文体之一。其审美的独特性、意蕴的丰富性、文体的自由性都显示出其相较于其他文体的独一无二性。在读图时代来临的今天，散文的形式遭遇了重大的变革。图文结合的方式为景物和情感的表达提供了便利的渠道，然而在这种背景之下，依然不能放弃对文字的精雕细琢。文字提供的想象空间是远远大于图片提供的，新媒体给散文带来了便利，但同时也要警惕这种便利，文字之意理应被重视。

面对新媒体背景之下的散文遭遇的种种危机，必须重新建立起散文的文学性。生活节奏加快的当今时代，散文要为大众提供一种可以在精神上慢下来的艺术，同时要避免消费时代的侵蚀，在写日常生活的同时，注重发掘深层次的意蕴，发现生活的美感，重新确立文章“兴、观、群、怨”的写作传统。散文要利用现代的新兴媒介发挥自身多元化的优势，在书写角度拓宽之下表达更深层次的人文关怀。

第十一章 | ◆

戏剧的转型与反思

作为一种异质文化，话剧自20世纪初引入到中国后，就一直在寻求转型，从未停止过探索的脚步。新中国成立以后更是如此，人们的审美情趣以及价值取向发生了变化，而这种变化也影响着新时期话剧的创作。面对新的时代、新的需求，中国的话剧工作者们也开始自我反思，自觉寻求新的转型。不论是新中国成立初期的京味话剧、20世纪80年代的实验话剧，还是90年代的先锋话剧，它们都在尝试打破以往的模式，使新时期话剧的结构更加开放、话剧的艺术手段更加多元，更具有中国民族特色。

一、京味话剧：如何京味，怎样话剧

20世纪50年代以后，以老舍为代表的京味话剧逐渐崭露头角，并由其后继者苏叔阳、李龙云、何冀平等人发扬光大，为中国话剧的民族化做出了重要贡献。京味话剧文体的产生主要是源于话剧本身的需要，也是文学自觉的结果。众所周知，话剧是我国在 20 世纪初从西方引进到中国来的，可以说是一个典型的“舶来品”。自话剧引入中国以来，曹禺、田汉等话剧工作者一直在思考话剧民族化的问题，从未停止过探索的脚步。尤其是新中国成立以后，越来越多的外国戏剧同行和中国戏剧家们越来越意识到这个问题的重要性。1956 年，曾有外国同行在观摩过我国话剧后表示，新中国的话剧表演虽然已经相对成熟，但由于受到斯坦尼斯拉夫斯基体系的影响，还缺乏民族特色。为了更好地解决这个问题，以老舍为代表的话剧工作者开始将关注点集中在话剧民族化、中国化的问题上，试图在话剧中融入民族元素。京味话剧就是在这样的背景下应运而生。

那么，与传统的话剧相比，京味话剧在文体上有哪些突破和创新呢？

第一，是将北京地域文化与话剧融合。鲜明的北京地域色彩，可以说是京味话剧最显著的特征，也是老舍等戏剧工作者自觉探索话剧民族化、中国化的一个过程。为了加强北京的地域色彩，使北京地域文化与话剧能够自然而然地融合在一起，京味话剧家们不但在剧作中使用北京方言，而且还注重对北京风土民情以及市民生活的描写。

话剧本身就是一种对话艺术。所以，提到京味话剧的地域色彩，不得不说到其北京方言的使用。在剧作的对白、独白等台词中使用幽默、俏皮、生动的北京地方方言，既可以塑造鲜明的北京人物形象、增强话剧的喜剧色彩，也可以拉近与观众的距离。老舍可以说是善于利用北京方言来进行话剧创作的代表作家之一。比如其创作的《茶馆》就运用了大量的北京方言塑造出一个个人物的性格。像在第三幕中，一个名叫小二德子的混混回到茶馆，看到王大栓老师们要离开茶馆时所说的话：“街上有游行的，他妈的什么也买不着！大栓哥，你上哪儿？这俩是谁？”① 从这个场景我们可以看出，老舍通过几句既简单又极具口语化、生活化的北京话，活脱脱地展

① 老舍. 茶馆［M］//老舍剧作选. 北京：人民文学出版社，1959：131.

现了小二德子的霸道、痞子性格以及流氓的形象。再如老舍在 1951 年创作的另一部话剧《龙须沟》，也可以说是运用北京方言词语的又一部力作，该剧使用大量不同词性的北京方言词语，如“小丫头片子”“柴棍儿”“左不是”“仨钱儿”“打连台”等。这些朴实通俗的北京话，不仅拉近了与广大人民群众的距离，也展现了北京的民风和色彩。以“柴棍儿”为例，《龙须沟》在描述陈娘子给疯子做早饭时就用到了这个词。通过这个带有植物含义的北京词语，可以让观众了解到北京的生活习俗。

当然，苏叔阳等京味剧作家也继承了老舍的风格，在整部剧中穿插了大量地道纯熟的“京味儿”语言。像在苏叔阳的三幕话剧《左邻右舍》的第一幕中，时任车间主任洪人杰看到工人小杜并没有按照他的要求调查李振民的老婆周静时，他对着小杜骂道：“养着你们这群人干嘛？一个个白糟蹋粮食，他老婆要是真进了秦城监狱，那就算铁定的反革命啦！就这一条儿，他就算彻底完蛋，还用你们写这错白字连篇儿的天书嘛，真是！”① 他的语言就是地地道道的北京话，而且从这句话中也可以看出洪人杰目中无人、非常傲慢的性格特点。

除了京味语言之外，还有对北京风土人情、市民生活的描写。京味话剧开始融入北京地域文化不仅体现在“京味儿”语言的使用上，而且表现在对北京风土人情的描写上。比如，在 1960 年创作的四幕剧《神拳》中，老舍就描述了北京的婚俗礼仪。剧中不仅提到了从说媒、双方父母商议、小定、大定到嫁娶的婚俗流程，而且还对每个过程进行了详细的描述。像在大定时，女子首先要在房间里接受亲友祝贺，然后媒人道喜，双方母亲相互道喜，最后姑娘给婆婆磕头，婆婆向女方送彩礼。这样细致的描写，加深了观众对北京风土人情的了解。北京饮食文化也常常出现在京味话剧中。比如《茶馆》中除了介绍了北京人饮茶的习惯，还展现了不同时期茶

① 苏叔阳．苏叔阳代表作［M］．郑州：黄河文艺民出版社，1989：117.

馆所具备的功能以及文化含义。还有何冀平创作的《天下第一楼》，就是以北京烤鸭老字号全聚德为中心展开的故事。该剧不仅介绍了北京全聚德这个老字号的兴衰史，还对鸭子种类的要求、烹饪技巧等北京饮食文化进行了介绍。

除了对北京风土人情进行叙述之外，京味话剧也注重描写北京市民的生活状况。例如老舍在 1958 年创作的《红大院》，该剧描述了彭刘嫂、周二嫂、王大嫂等居住在胡同里大杂院的家庭妇女在新中国解放与整风运动后的生活场景及其心理变化。《全家福》也是一部描述北京底层社会人物生活的话剧。该剧主要叙述了一个名叫王仁利的运输工人因打伤日本官兵被迫逃离家庭而导致妻离子散，最终在人民警察的协助下重新找到孩子，全家团聚的故事。受到老舍的影响，李龙云、苏叔阳等剧作家也将叙述的焦点放在北京普通群众身上。比如李龙云的《小井胡同》，其描写了石掌柜、陈九龄、许六等五户住在北京南城小井胡同的人家从 1958 年到 1980 年 20 多年的动荡生活以及特定历史时期市井细民的精神状况。

第二，是将传统曲艺融入话剧创作。话剧与传统曲艺的融合也是京味话剧为了实现话剧本土化、中国化而采取的一种策略和手段。在话剧中加入中国传统曲艺的表现方式或手法不仅可以丰富话剧的艺术表现力，而且能够体现中国人独特的审美趣味。老舍《龙须沟》这部剧就融合了中国传统曲艺，比如剧中的陈疯子，以前是一个曲艺艺人。虽然因多重原因无法登台演唱，但出于职业习惯，在生活中常会用数来宝这种传统说唱曲艺来回答别人的问题。例如当程娘子批评他不干活，只成天想着出去玩，认为他还不如九岁的小孩时，他用数来宝的方式来进行反驳：“想当初，在戏园，唱玩艺，挣洋钱，欢欢喜喜天天象过年！受欺负，丢了钱，臭鞋、臭袜、臭沟、臭水、臭人、臭地熏得我七窍冒黑烟！”当他在房间里听到丁四嫂正在生她丈夫的气，要等丈夫回家后找其算账时，他急忙用数来宝说道：“叫四嫂，别去拼，一日夫妻百日恩。”由此可见，老舍将传统曲艺融入话剧创作，既展现了陈疯子这个人物的独特个性，也增强了剧作的幽默感。

再如《女店员》一剧，老舍在该剧中融入了评剧这一个传统曲艺。像剧中合作社内的厨师老尤就是一个喜欢唱评剧的人，常常边干活边哼唧自己编的评剧。像在第三幕的一开头，老尤就一边刷洗盘子，一边唱着评剧，他这样唱道："当初我学徒在便宜坊，小力笨的苦处实在难当！在这里我真是把福来享，处处啊干干净净亮亮堂堂！听说要调我去把学徒培养，卖肉的当教员，喜气洋洋！"① 在生活中他也常用评剧的方式和别人对话。如第三幕的第一场中老尤和小吴的对话，当小吴问老尤是不是他的爱人不想让他当教员时，他就以评剧来回答他："如今的妇女眼睛亮，我作教员她是师娘！她本是文盲跟瞎子一样，现而今拿起报来一气就念八大张！"② 这些评剧，既让剧中的人物变得更加生动有趣，也加深了观众对剧情及人物心理状态的了解。

第三，是小说化的戏剧结构。小说化的戏剧结构可以说是京味话剧进行文体互涉的一种尝试，也是老舍话剧的最主要的特征。与传统的戏剧相比，小说化的戏剧结构更具有"人物第一""多人多事""冲突的弱化"等小说的特征，打破了以往戏剧的写法，可以说是戏剧史上的一次大的飞跃。

总体来说，京味话剧小说化的戏剧结构至少包含以下几个特征：

京味话剧小说化戏剧结构的第一大特征就是"人物第一"。在中西传统话剧中，要不就是遵循"结构第一"的原则，要不就是以情节为中心开展写作。而以老舍为首的京味话剧在创作中并没有采用这两种原则，而是紧紧抓住人物，尝试以人物为中心来开展话剧创作。老舍曾在河北省戏剧座谈会上提到"人物第一"的原则，他认为："写戏主要是写人，而不是只写哪件事。"③《龙须沟》这部话剧可以说是体现"人物第一"原则最好的例

①② 老舍. 女店员 [M] //老舍剧作选. 北京：人民文学出版社，1959：193.

③ 老舍. 人物、生活和语言：在河北省戏剧创作座谈会上的讲话 [J]. 河北文学·戏剧增刊，1963 (1).

子。老舍并没有像传统戏剧那样直接叙述龙须沟的故事，而主要是写生活在龙须沟附近的底层民众，并且通过程疯子、赵老头、王大妈、丁四嫂等不同人物的活动或遭遇来展现龙须沟的变迁。像在新中国成立前陈疯子被名叫冯狗子的恶霸打伤。赵老头因染上了疟疾，只要一到雨季就不得不躺在床上。丁四嫂一家靠丁四拉三轮车来维持生活，王大妈一家挣的钱只够勉强维持生存，都过得非常困难。新中国成立后恶霸上门赔礼道歉，赵老头的病也逐渐好转，并且还有一官半职，人民生活变得越来越好。由此可见，龙须沟的故事都是通过这几个人物支撑起来的。没有这几个人物，也就没有这个龙须沟的故事，更没有这部剧。当然，《茶馆》《全家福》《女店员》等剧也是如此，全剧也可以说是先有人物，才有故事，并且也是依靠不同的个性鲜明的人物而支撑起来的。

京味话剧小说化戏剧结构的第二大特征则是“多人多事”。传统的戏剧理论认为，虽然一个剧里可以出现不同的人物或事件，但其实最终只有一个主要事件，一个主人公。所以，我们可以发现，以往传统的戏剧大都以“一人一事”的结构为主。而以老舍为主的京味话剧则突破了这样的限制，创作中常采用“一人多事”或者是“多人多事”这样的结构。例如，老舍创作的三幕话剧《面子问题》则采用的是“一人多事”这样的结构。该剧主要写的就是佟晶铭秘书的面子问题。剧中虽然主要是围绕着一人而写，但却因他而引发很多的事件。比如佟秘书欺骗秦医官事件、佟秘书和周明远书记争吵事件、佟秘书向工友赵勤发火事件等。这些事件可以说是一个并列关系，并没有重要和不重要之分。可以说，这种围绕一人发生许多事件的结构就是典型的“一人多事”结构。如果说《面子问题》是“一人多事”结构的典型，那么老舍于 1957 年创作的《茶馆》可以说是“多人多事”结构的经典力作。该剧通过并联的方式，将清末、民国初年、1940 年等三个不同时代的人物和社会现象都展现在舞台上。出现的人物至少有 70 人，描写的事件也至少有 20 件，但总体来看，并没有一个处于中心地位的人物，也没有一个统一的事件。每一个人物都非常重要，每一个事件都是平行的。值得一提的是，该剧以人带故事，展示了各色人物的性格特点，并且通过人物来展示时代的风貌，所以也常被称为“人像展览式”的戏剧结构。

戏剧冲突的弱化也是京味话剧小说化戏剧结构的基本特征之一。不论是西方还是中国的传统戏剧，大都以冲突为对象。大多数的戏剧家们都强调冲突为戏剧中不可或缺的一部分，并且认为“没有冲突就没有戏剧”①。英国戏剧理论家阿契尔也曾提到：“冲突乃是生活中最富于戏剧性的成分之一，因而许多剧本——也许大多数剧本——事实上的确都以某一种冲突为对象。”② 由此可见，冲突在传统戏剧中占据重要地位。

然而，以老舍为代表的京味话剧并没有将冲突置于话剧的中心，而是以塑造人物为主，更多的是采用一种小说式叙述或述说的方式，所以也就导致话剧冲突的弱化。例如《茶馆》，该剧虽然存在着庞太监与资产阶级民主派秦仲义之间的矛盾、常四爷和马五爷之间的矛盾等冲突，但都是日常间的小冲突，不存在一个外部主要冲突，并不是严格意义上的冲突。它主要是运用小说的创作的技巧来叙述茶馆里的生活和人物，而不是展现冲突。《龙须沟》也是如此，该剧常会展现一些小的矛盾，比如恶霸冯狗子欺负程疯子、丁四嫂和她丈夫吵架、王大妈和她二女儿因婚姻问题而发生冲突等，但都只是人物之间所产生的生活矛盾。而且该剧以突出人物性格或形象为主，不能算作以冲突为中心的作品。

二、实验话剧：从单一走向多元

20 世纪 80 年代初，随着“文化大革命”的结束、思想解放的深入，中

① 谭霈生．论戏剧性［M］．北京：北京大学出版社，1984：61.

② 阿契尔．剧作法［M］．吴钧燮，聂文杞，译．北京：中国戏剧出版社，1980：28.

断近50年的“五四”启蒙思潮重新回归，人们开始逐渐关注人道主义和“主体性”等问题。如何在经历了“文化大革命”这样新的精神奴役之后发现和确认自我、恢复人的自我价值既是当时的一个重要课题，也是时代赋予中国文学新的历史使命。在这一重要转折时期，素有战斗传统的中国话剧自觉挑起启蒙民众、呼唤人性复归的担子，开始充当思想解放的先锋。正是在这样的背景下，中国实验话剧开始崭露头角。

实验话剧的兴起既是时代发展的需要，也源于当时的话剧危机和西方理论的大量引入。一方面，20 世纪 80 年代以前，不论是社会问题剧还是“文革”时期的革命样板戏，中国当代话剧的发展一直拘囿于政治框架之中，其创作的题材大都是现实主义题材的作品，忽略了对人性及人类现实生活的关注。这不仅使得当前中国话剧过于公式化和概念化，而且也影响了其深度和审美价值。1980 年，曹禺曾在其《戏剧创作漫谈》一文中指出当时社会问题剧存在深刻性不够的问题，并谈道：“如果我们仅仅写了社会上的问题，而忘了或忽略写真实的人，真实的生活，那么我们的笔下就只有问题的代表人物，而没有真实生活中的人，没有那种活生生的、一点不造作的人。那种‘代表人物’是不会被人们记住的。”① 所以在进入80 年代以后，话剧剧场上座率急剧减少，观众数量下降，很多剧院都被迫倒闭，话剧危机成为当时最热门的话题。为此，中国话剧界曾针对话剧观念及话剧方法展开过长达8 年的空前大讨论，尝试打破以往话剧单一化的局面。此次“戏剧观大讨论”虽缺乏思想深度，但却推动了中国戏剧的革新，促进实验戏剧的产生与发展。另一方面，随着十一届三中全会和第四次全国文代会的召开，大批的西方理论开始涌入中国，《荒诞派戏剧集》《欧美现代戏剧史》《戏剧理论》等大量的戏剧理论书籍被翻译成中文，而这些翻译与介绍为实验话剧的形成提供了理论基础与动力。

---

① 曹禺．戏剧创作漫谈［J］．剧本，1980（7）：2－5.

20 世纪 80 年代实验话剧在文体上的突破主要分为两大方面：一是叙事结构的变化；二是艺术表现手法的变革。其具体情况如下：

首先，是叙事结构的变化。20 世纪 80 年代以前，中国话剧的结构过于单一。80 年代以后，实验话剧打破了“第四堵墙”的表演状态以及“封闭式”的戏剧结构模式，创作出一批符合新时期社会需求的新叙述结构，使得话剧的结构更加的开放和多元。新结构主要有：

其一，“冰糖葫芦式”结构。这类结构主要是以某一人物为主线，通过这一人物将每一个独立的事件或不同的故事串联在一起。例如沙叶新于 1980 年创作的十幕话剧《陈毅市长》。该剧共有 10 个片断，并没有一个完整的中心事件，而是以主人公陈毅这个人物为“脉”，将接管上海政府、夜访化学专家齐仰之、国营商店视察、到上海国华纱厂总经理家做客等多个独立的故事情节串联在一起，形成一场完整的话剧。该话剧通过各个故事的独立与统一，将陈毅的崇高品质与朴实的性格展现得更为鲜明与立体。

其二，“复调式”结构。“复调”一词本为音乐术语，后被俄国文学理论家巴赫金用来阐释陀思妥耶夫斯基的创作特点。而最早对戏剧的“复调式”结构进行过解释的是高行健，他认为：“几条不同的主题交织在一起，构成一种复调。”1982 年王炼发表的《祖国狂想曲》，此剧可以称得上“复调式”戏剧中的力作。剧中讲述了两个爱情故事：一个是 1928 年，罗萨利·贝尔丹在法国巴黎救下饿昏过去的辛柯，然后两人相爱的故事；另一个是几十年后，“文化大革命”时期，辛柯的外孙林岱与女友陈乔以及乔妮三人之间的情感纠葛。全剧共分为个三个乐章，两个不同地点、不同时间的爱情故事就在这三个乐章中同时进行，相互交错、碰撞，时而彼此独立，时而和谐地重叠在一起。

其三，“电影式”结构。虽然“文化大革命”时期的戏剧也曾使用过电影“蒙太奇”的手法，但使用率相对较低。到 20 世纪 80 年代以后开始迅速发展，出现了一大批如《路》《挂在墙上的老 B》《血，总是热的》等多部电影化剧作。例如 1981 年宗福先创作的《血，总是热的》，为了突出和展示改革时期的发展变化，作者借用了近似“淡入”、“淡出”、倒叙、插叙这样的电影手法进行场景转换，使话剧突破了时空的限制，实现了上海、广州、公司、宾馆等若干个场景的转换。再如孙惠柱、张马力创作的《挂在墙上的老 B》，此剧有意识地借用了镜头闪回的技巧，在现实戏剧和戏中戏里来回切换，通过不同时空的“跳接”，将叙事主体老 B 所处的生活环境和时代背景生动形象地展现在观众面前。

其四，“散点透视式”结构。像马中骏、秦培春编剧的《红房间·白房间·黑房间》，该剧作描述了三个不同人物的不一样人生。一个是浙江农家少妇葛藤子为了寻找孩子父亲而闯入上海，却发现一切都是个骗局，男孩父亲已有新女友的故事。另一个是艾老头女儿宁恒爱上了玩世不恭的马路工贺水夫，父亲艾老头却不同意他俩交往，极力阻挠的故事。还有一个则是因自己的工作而感到非常自卑的马路工宁娜与来借住黑房子的 38 岁的画家叶芒的爱情故事。这几个故事平行发展，各自独立，人物也无主次之分。该剧通过这三个房间的故事，向读者展示了新时期城市人民的生活状况。

由上述可知，话剧的结构在进入 20 世纪 80 年代后开始由单一走向多元与开放。“冰糖葫式”“复调式”“电影式”“散点透视式”等多种结构的产生既有利于人物内心活动的立体化，也丰富了话剧的艺术表现手法。

其次，是艺术表现手法的变革。在艺术表现手法上，实验话剧也做了大胆的创新，其主要体现在以下三个方面。

一是人物心理活动的“物化”。随着话剧观念的改变，中国实验话剧与以往的革命样板戏和社会历史剧等传统话剧不同，其主题不再局限于问题之中，强调社会矛盾的揭露，流于形式，而是将关注点聚集在人的“内宇宙”，开始试图通过“物化”这种艺术表现形式来向大众呈现出人的内心世界及其人物内心冲突。

“内心对话”，是将内心之间的对话与交流进行外化的一种艺术表现手段，是由“内心独白”发展而来的，在新时期话剧中也极为常见。例如，马中骏、贾鸿源所编的话剧《路》，该剧主要描述了以主人公周大楚为代表的一群平凡、积极向上的工人面临家庭与事业难以兼顾等难题的故事。每当其面对内心矛盾时，舞台上便会出现另一个自我，“内心对话”和主人公周大楚展开对话。当“内心的自我”嘲笑和劝说周大楚要学会妥协时，周大楚毅然决然地拒绝道：“我决不放弃自己的事业。”① 作者通过“内心对话”的形式将主人公无法抑制的情感和欲语不能的心理状态给予具象化的表现，将人物的内心世界直观地展现在舞台上。

除了通过人物内心对话来展现人物的心理之外，有的剧作还出现了死人与生人的对话，以此来“外化”人物的内心活动。1985 年刘树纲发表的社会问题剧《一个死者对生者的访问》，主要描述了一个公交车杀人案。一个名叫叶肖肖的人，非常勇敢地在公交车上阻止小偷偷窃。但是由于现场乘客的冷漠与不配合，他被小偷活活殴打致死。随后，他变为鬼魂，对生前公交车上的乘客逐一进行采访，追问他们在那个时候的想法。该剧通过鬼魂与现场当事人的访问、对话这一形式来剖析当时公交车上现场目击者不敢出来主持正义的复杂心态，将乘客的内心心理“外化”在舞台上，引发大众对人性以及人类灵魂的思考。

“主观幻觉”则是将人物意识流动立体化的另一种艺术表现手段。例如，《周郎拜帅》中，曾多次使用“幻觉”这种方法，像周瑜因陈容出言不逊欲拔剑杀他时，周瑜就出现了陈容父亲陈普见状自杀的幻觉。通过“幻觉”展现，周瑜的潜意识在舞台上变得更为立体。赵寰的四幕话剧《十年一觉神州梦》中也曾出现过人物的幻觉。当母亲郑梦醒正在考虑是否要大义灭亲，将儿子送入监牢中时，丈夫屈猛和女儿晶晶的幻象就出现在她的眼前，丈夫和女儿都希望她不要带头护私。通过“幻觉”这样一种视像化

① 宁殿弼．论心理型探索戏［M］//程光炜．先锋话剧研究资料．南昌：百花洲文艺出版社，2017：263.

的手段，突出了母亲郑梦醒矛盾的心理。

此外，我们看到，有些剧作为了突出剧中主人公的性格，使人物冲突更加具体化，会借助“人物分解”的手段，达到人物矛盾外化的目的。譬如，马中骏、贾鸿源于1981年所编的五幕话剧《路》，可以说是20世纪80年代实验话剧的一部重要力作。该剧主要描述的是十年动荡之后，主人公周大楚和其他青年工人在筑路工作和生活中遇到的困难，展现了当代青年的真实面貌。为了强化人物的内心世界，作者在剧中增设了一个主人公周大楚“自我”的视觉形象，通过人物原型与周大楚“自我”形象在同一舞台上的一系列对话，展现和揭示出主人公周大楚的心理冲突与痛苦。每当周大楚的意识处于矛盾纠葛状态时，“自我”就会伴随着他在舞台上出现。例如在周大楚因爱人提出离婚而非常痛苦时，周大楚的“自我”形象就出现在他的身后。通过二者的对话，主人公周大楚的人物性格、情绪变化以及心理活动过程更为清晰和外显。

由此可见，20世纪80年代，剧作家们打破以往的模式，通过独白、人物分解、人物幻觉等多种心理表现手法的运用，试图概括出现代人的心理情绪，揭示出现代群众的复杂的精神世界。可以说，这不单单是戏剧主题或形式的突破，更是戏剧观念更新的一大重要体现。

二是荒诞、象征、意识流手法的广泛使用。与以往的传统话剧不同，实验话剧的创作广泛借鉴了荒诞、象征以及意识流的手法来揭示人生哲理。例如高行健的独幕剧《车站》，这部剧作主要讲述了一个关于供销社马主任、已婚中年妇女、爱好下棋的老大爷、小姑娘等七位不同社会阶层的乘客在郊外公交车站等车的寓言故事。随着时间一分钟、一分钟过去，人们开始发现所有的车都直接略过这个车站，没有一辆车在此停靠，每位乘客都经历了走或继续等待的内心矛盾与纠结。最终，大家开始认识到这可能是一个废弃的车站，汽车永远也不会停下来这样一个事实，于是在互相鼓励下一起离开车站，勇敢前行。“车站”在这里可以说是人类生活的一个缩影，剧中的每一位没有名字的乘客象征着现实中踟蹰不前的人们。高行健试图通过这部剧作告诉广大观众一个道理：十年“文化大革命”已经过去，与其在生活中无尽地等待或踟蹰，耗费生命，不如勇敢前行或努力奋斗。

再如黑龙江剧作家车连滨创作的大型写意话剧《蛾》，描述了一个名字为“蛾”的女人与“大”“二”两个男人之间的情感纠葛。女主人公“蛾”落水被船工“大”和“二”救起。在经过了两次掷币后，“蛾”被当成“大”的私有财产，嫁给了“大”。虽然“蛾”和“大”成了夫妻，但是“蛾”并不喜欢“大”，而是喜欢他的弟弟“二”。在“二”瞎话的引诱下，“蛾”决定杀掉“大”，和“二”在一起。此剧没有过多关于故事情节和冲突的描写，而是多次借助象征的手法，将历史拟人化。女主人公“蛾”这个人物形象象征着人类如飞蛾扑火般不屈不挠、永不停止的追求精神，河代表着整个人类发展历史的长河，船象征着人类的前进与不断发展。可以说，话剧《蛾》并不是一部简单的感情剧，而是一部人类在历史发展中勇敢追逐真理和理想的历史剧作，蕴含着深刻的思想和哲理。

除了通过象征的手法来探讨人生哲理之外，还有些剧作通过怪诞的艺术手法向观众揭示出深刻的生活哲理，寻找人生真谛。如1979年谢民创作的实验话剧《我为什么死了》，打破了常用的写实手法，以戏剧的方式来揭示出当时社会主义存在的一些问题，引发人们的思考。戏的一开场，就是鬼魂范辛向观众讲述了她死亡的原因及过程：“文化大革命”时期，狡猾的丈夫夏俊因政治斗争的需要，设计陷害了天真无邪的妻子范辛，导致范辛被迫离开刚出生三天的女儿，被捕入狱。“四人帮”倒台之后，夏俊因范辛的事牵扯到他的领导等原因非但不帮助受冤的范辛公开平反，反而设法阻止其申诉，揭露事实。最后，范辛因夏俊的陷害，病情恶化，离开人世。作者创作这部话剧的目的不仅在于展示社会问题，揭露出十年“文化大革命”所造成的多重创伤，而且希望以此来告诉观众这样一个道理：要学会感恩生活，珍惜当下所拥有的一切，并且远离小人。

三是音乐、舞蹈等艺术的融合。音乐、舞蹈、电影等艺术表现手法开始渗透到实验话剧中，加强了话剧的视觉性和听觉性，丰富了话剧舞台的表现力。如马中骏和贾鸿源的《路》、宗福先的《血，总是热的》，还有《挂在墙上的老B》《屋外有热流》等剧都曾吸收和运用某些电影手法。尤其1981年宗福先创作的《血，总是热的》，为了突出和展示改革时期，作者借用了近似“淡入”、“淡出”、倒叙、插叙这样的电影表现手法，突破了时空的限制，实现了上海、广州、公司、宾馆等若干个场景的转换。有的话剧为了更好地展现人物的性格，增加戏剧的张力，还同时在一部剧中运用3~4种不同艺术手段。像蒙古语话剧《黑骏马》，剧中不但有歌曲、舞蹈，还运用了电影的蒙太奇手法。借助《钢嘎·哈拉》等草原古歌和舞蹈的展示，观众既能够感受到内蒙古草原的辽阔，也能了解到内蒙古人的性格特点，明白主人公的情感。而闪回和多场次等蒙太奇切换手法的运用，则给人以时空交错之感。

总体来说，20世纪80年代的实验戏剧不仅在话剧观念上有所突破，还打破了以往的传统结构并加入了新的艺术手法，使得中国话剧逐渐走出单一的表现模式，变得更加多元与开放。

三、先锋话剧：传统的反叛与现实的迎合

20世纪90年代，以孟京辉、林兆华为代表的当代先锋话剧登上历史舞台，成为当时的一个文化热点，为已经出现萧条之势的中国话剧带来了勃勃生机。先锋话剧的诞生可以归结出两大原因：一是源于大众文化及消费文化的冲击。先锋所处的90年代，可以说是一个求新求变的时期。随着中国开始从计划经济转为市场经济，大众文化和商品经济得到了迅猛发展，商业电影、广告、MTV、卡拉OK等各色娱乐及文化商品层出不穷。这些大众文化不仅满足了人们的精神追求，也使得人们的价值观念和审美思想发

生了变化。正是大众文化及消费文化的蓬勃发展，为大众提供了更多的消费或娱乐选择，人们对话剧等传统艺术的关注度逐渐减弱，越来越少的观众会选择来观看话剧。1996 年，《光明日报》曾刊载过一篇题为《话剧观众：怎奈得“水土流失”》的文章，文章中提到，在 1995 年，全国 80 个话剧团，其中有 10 个剧团在当年没有演出，其他有演出的观众也非常少，有的时候一场剧只有 3 名观众。由此可见，在各种娱乐方式面前，曾经辉煌一时的中国话剧的吸引力越来越小，没有任何的优势。所以，为了在大众文化和消费文化的夹缝中生存，挽回观众大量流失的局面，话剧工作者们也开始自觉寻求改变，强化剧作的戏剧效果，弱化原剧的严肃性和批判性，使话剧更走向人民，更迎合现实。二是源于政治环境的宽松。90 年代以后，随着改革开放的深入和市场经济的发展，中国进入一个新的转型时期。而这个新的环境给予了文艺创作更多的自由权，为艺术的发展提供了一个较为宽松的环境。所以，与 80 年代的具有探索性质的实验戏剧相比，90 年代的戏剧敢于大胆地表现，显示出强烈的批判精神和颠覆意识，试图打破对传统的依附，对传统话剧发起挑战和冲击，为中国话剧开拓了更大的空间。总体来说，先锋话剧的产生是新时期工作者们自发与自觉的结果。

20 世纪 90 年代先锋话剧在文体上的改变与突破可以分为两个方面：一个是对传统戏剧的消解，另一个则是戏谑喜剧快感的强化。

首先，是对传统戏剧的消解。先锋一词，本身就具有反叛性与挑战性。先锋话剧也如先锋这个词一样，颠覆、反叛可以说是它们创作的一大特点。随着政治环境的逐渐宽松和改革开放的深入，很多先锋话剧作家开始在 80 年代实验话剧的基础上进一步发展与探索，尝试对传统戏剧模式进行质疑，尝试对传统戏剧的结构、情节、冲突、人物进行全方位的消解与解构，以此来造成对主流艺术或传统戏剧的威胁，扩宽戏剧发展的视野。

对传统结构的解构是先锋话剧消解传统戏剧最主要的特征。90 年代以来，随着大众审美的改变，以往传统话剧的结构形式过于僵化，已经无法满足这一时期的大众需求。所以，90 年代先锋话剧试图改变以往剧本的传统结构、形式，通过拼贴等手段来打破传统结构。值得一提的是，与 80 年代实验话剧对戏剧结构的简易改变有所不同，先锋话剧的这次反叛可以说是对传统戏剧的彻底颠覆与决裂。

拼贴是后现代主义作品中常用的一种创作手法或技巧。90 年代以来，受西方后现代文化思潮的影响，先锋话剧也开始采用这样的手段。拼贴就是将不同题材、体裁的文学作品或故事组合到一起，寻找其中的共性，并且赋予其新的阐释。这样的一种结构手段，打破了以往戏剧的线性的叙述结构，使得话剧的结构逐渐呈现出非线性的特点。

90 年代先锋话剧拼贴最多的就是故事情节拼贴，而且大部分是中西方故事或剧本的拼贴。例如孟京辉的剧作《思凡》可以说就是故事情节拼贴的典型。该剧将意大利著名作家薄伽丘的小说《十日谈》和中国明朝所创作的《思凡·双下山》这两个看似毫无关联的东方和西方小故事组合到一起，将其分别放置在这部剧的开头与结尾，既突破了传统从头到尾的叙述结构，也带给观众以反差之感。再如孟京辉导演的另一部话剧《放下你的鞭子·沃伊采克》，该剧尝试将中国 20 世纪 30 年代的街头剧《放下你的鞭子》和德国剧作家格奥尔格·毕希纳的经典名剧《沃伊采克》拼凑到一块，将中德文化糅合在一起，既向观众展现了人类的悲惨命运，引发人们的思考，也颠覆了以往的话剧结构。当然先锋话剧的拼贴不仅仅是中西方故事的组合，也有的是演出的融合。比如《阿 Q 同志》，该剧就是将 20 世纪 20 年代文明戏《阿 Q 正传》、20 世纪六七十年代聋哑剧《阿 Q 正传》以及 90 年代的治疗型《阿 Q 正传》这三个不同时期不同形式的《阿 Q 正传》拼贴在一起，以此来表达对压制人性的批判，引发观众对国民性以及人性的思考。

除了孟京辉以外，其他的先锋剧作家也尝试过用拼贴手法来打破传统结构，像 1997 年林兆华创作的著名作品《三姐妹·等待戈多》也借助了拼贴手段，将契诃夫的多幕剧《三姐妹》和贝克特的荒诞剧《等待戈多》这两部人们耳熟能详的作品融合到一起。

对情节的消解也是先锋戏剧颠覆传统戏剧的表现之一。反情节的话剧完全没有故事情节，而大都是通过看似毫无关联的台词组接而成，带给观众以碎片之感。孟京辉的《我爱×××》可以说是情节消解的代表之作。该剧总共分为四个部分，既没有任何故事情节，也没有对话，更没有戏剧冲突。所以表面上看起来并不像是传统意义上的戏剧，而更像是一篇诗或是一种语言游戏。全剧都是“我爱×××”这样的句式，而爱的内容则是由战争、阳光、作曲家、新年等完全没有关系的事件、人物、国家组接而成，而正是这些不同的、毫无逻辑的句子组成了整部戏剧，给观众以支离破碎之感。同样，牟森的代表作品《零档案》也是如此，该剧虽然探讨的一个人是怎样成长的这样的问题，但是它并没有像以往的传统戏剧那样，以故事来叙述自我成长的过程，以人物间的矛盾冲突来展现成长中所遇到的问题和人物性格，而是一部通过“1盏日灯光”“4个红色消防瓶”“一千多把锁”等多个看似毫无内在联系的当代汉语词语组接这样的方式进行个人成长史展示的戏。

当然，还有一些剧作家甚至完全废弃剧本。比如牟森的《与艾滋有关》这部剧，该剧既没有传统意义上的剧本，也没有惯常人物塑造，主要依靠的是舞台上演员的叙述。舞台上的演员一边做着菜或者砌着墙，一边谈论着一些日常生活琐事。他们所谈论的内容也和剧名艾滋无关，童年、演员生活、喜欢的食物、历史人物等话题都可以在舞台上说。所以，在这样的状况下，演员的讲述大都以即兴为主，每一场的讲述都和上一场不一样。《倾诉》也和《与艾滋有关》一样，虽然话剧的名字取自中国当代作家马原的同名小说，但是和这部小说没有任何关系。这部剧没有内容的限制，没有表演，也是以叙述为主，甚至观众也可以登上舞台讲述自己的故事。

其次，是戏谑喜剧快感的强化。在对传统戏剧进行彻底消解与颠覆的同时，20 世纪 90 年代的先锋话剧采用多种手段来增强戏剧的娱乐感与喜剧性。90 年代以来，以电视为核心的大众文化逐渐占据主流地位，老百姓的娱乐活动也逐渐增多。面对人们欣赏心理、趣味的变化以及市场的需求，先锋话剧的剧作家们也随着时代的变化开始追求戏谑，通过调侃式的语言、戏仿手段、舞台动作的游戏性来迎合市场，增加整部话剧的戏剧因素，为观众制造快感，使话剧更接近 90 年代观众的审美需求。

先锋话剧强化戏谑喜剧快感的主要艺术手段有以下三种：

一是调侃式的语言。调侃式语言是 90 年代先锋戏剧为了提高娱乐效果所常用的一种表达手法或手段。这种滑稽、调侃式语言既可以给观众以亲近之感，也起到了消解严肃性、调节现场氛围的作用，为戏剧增添无穷的魅力。

孟京辉的《一个无政府主义者的意外死亡》就是使用调侃式语言手段最好的例子。该剧是根据达里奥·福的原作改编而来的。改编后的剧作讲述了 1969 年，警长、局长等警察活活打死了一个无政府主义者，然而一个患有精神病的“疯子”发现了真相却不揭穿他们反而帮助警察编造谎言的故事。该剧最大的特色就是其调侃式的语言，不但拉近了与观众的距离，还具有一定的讽刺性。尤其是该戏的开头，增加了这样一个段子：

> 达里奥·福，放了一个屁，崩到了莫斯科，来到了意大利，意大利的国王正在看戏，闻到了这个屁，很不满意，找来科学家，研究分析，屁是人生之气，在人的肚子里窜来窜去……一不小心打开后门溜了出去。放屁的人，欢天喜地，闻屁的人，垂头丧气，有屁不放，憋坏心脏，没屁硬挤，锻炼身体。屁放得响，能当校长，屁放得臭，能当教授，不响不臭，思想落后！①

由上可知，孟京辉通过这样一个朗朗上口并且非常具有调侃性的语言

① 孟京辉．一个无政府主义者的意外死亡［M］//孟京辉．先锋戏剧档案．北京：作家出版社，2000：239.

营造出来戏剧效果。可以说，既达到了娱乐大众的目的，也消解了政治话题所带来的严肃性，达到了娱乐与讽刺的完美融合。

再如过士行创作的《鱼人》，虽然剧中大都是妻子去世、河边钓鱼死亡等惊心动魄的悲剧故事，但剧作者却运用了较多调侃的笔调来叙述，以此来消解全文的悲伤感。像猴子、万司令以及70岁的钓神在讨论生死话题之时，钓神提出自己要死就死在水边，并且在死后烧成灰，把骨灰扔进大青湖里喂鱼这样的想法，而猴子却用“那鱼就踏实了”“我这水里不能什么都瞎扔”① 等这样调侃性的话语来回答钓神，用满口调笑的方式一下子缓解了死亡带来的沉重感。

二是戏仿手段。戏仿，也叫戏拟，属于喜剧手法。其指的是对特定的经典作品、局部情节或台词进行游戏式模仿，将似曾相识的场景或句子展现给观众。恰当地运用这种手段，既可以强化喜剧的效果，也可以达到解构、反讽的目的。孟京辉的很多话剧都曾用到戏仿手法。例如在1994年创作的《我爱×××》中，孟京辉对鲁迅《狂人日记》中狂人夜晚无法入眠，然后发现书本是“吃人”二字这一段描述进行了戏仿，用“集体舞”一词取代了原文中的“吃人”。再如他的另外一部话剧《思凡》，每当剧中出现偷情的场景时，为了避免尴尬，剧中就出现“此处删除×××字”这样的话，而这句话就是戏仿《金瓶梅》“三言二拍”等明清小说的做法。由此可见，通过对这些广为人知的著作进行戏仿，能够达到轻松戏谑的意图。

除了对经典作品进行戏仿之外，孟京辉还对大众耳熟能详的广告语言进行过戏仿。像《恋爱的犀牛》一剧中推销员上门向大仙和黑子推销他们公司的钻石牌牙刷时，所用的推销语言就是像“只要您每天早晚使用我们公司生产的钻石牌钻石型钻石牙刷，您就扼杀细菌存留的机会，口气清新，

① 过士行. 鱼人［M］//过士行. 坏话一条街：过士行剧作集. 北京：中国国际广播出版社，1999：61－62.

没有异味，没有蛀牙”① 这样当代社会中所常用的广告推销语。可以看出，在孟京辉的解构下，虽然原本对社会环境的批判性有所降低，但也在插科打诨中达到了讽刺现代广告商的目的。

三是舞台动作的游戏性。为了加大话剧的娱乐性，增强剧作的喜剧效果，20 世纪 90 年代的先锋话剧除了使用调侃式语言这样的表达手法之外，还使用了动作上的游戏性或游戏活动等游戏行为手段，以此来娱乐大众。例如孟京辉创作的《思凡》，该剧除了用模拟蚊子声、狂犬群吠声、鸡鸭鱼羊欢快鸣叫声等各种声音来增强舞台的戏剧性之外，还通过和尚、尼姑摇头晃脑地唱着“南无阿弥陀佛”之歌、小尼姑在音乐声中做跳皮筋游戏、众人持镜子模仿尼姑目光等各式各样的动作来增强剧作的娱乐效果，引发观众的笑声。再如他的另一部作品《一个无政府主义者的意外死亡》，该剧生孩子的动作也非常滑稽，为了向观众形象地展示或表达捏造假证的过程，舞台上警察躺在地上做生孩子状，而且警长甲和乙还在舞台上展现从局长身上取出孩子的动作，通过这样极具游戏化的表演方式，引发观众的笑声，达到理想的剧场效果。

---

① 孟京辉. 恋爱的犀牛［M］//孟京辉. 先锋戏剧档案. 北京：作家出版社，2000：283.

第十二章 | ◆

新世纪文学的转向与重构

文学观念一直随着时代社会的发展而演变着，新世纪文学在21世纪这一特定的社会文化环境中同样呈现出自身发展的时代特征。相比于20世纪90年代，新世纪文学所处的发展环境更加优渥：国家实力进一步发展，中国话语权显著提高；社会主义市场经济较之以往更显活力，被大众普遍接受与适应；与文学相关联的规章制度、发展政策、管理体制也日益完善与成熟；媒介技术发展势头愈发迅猛，各类媒介传播平台和传播手段层出不穷。正是在这一大环境之下，许多作家为了紧跟社会潮流、响应时代号召，对自身有着清晰的定位，在中心主题的拟定、作品题材的择取、表达方式的运用以及文体风格的追求上都透露出作家创作上的自觉，新世纪文学转向与重构的序幕也由此展开。

一、社会变革与文学观念的转型

"五四"新文学运动为中国文学提供了新的价值坐标，使得文学为人生、为社会服务这一理念得到了发扬。虽然在某一时间段文学本身的政治色彩十分浓厚，其发展轨迹受到政治引领，“文艺从属于政治”；但是在时代的浪潮之中固有的思想一旦解放，文学发展立刻能从一定的偏离中迅速回到正轨。十一届三中全会后开启了社会发展的新时期，社会各个领域都发生着翻天覆地的巨变，文学领域同样如此，人们的文学观念变得更加丰富多元，文学的个性、人性与世界性都得以充分彰显。

在社会主义市场经济制度确立之后，人们不仅注重文学的文学性，同样关注文学的娱乐性与商业性。在大众收入水平逐步提高和日益增长的精神文化需求背景下，许多人开始消费文学，将文学当作一种消闲娱乐。这种休闲娱乐性质的文学活动在大多数情况下并不是为人生、为审美，而更多的是从文学中激发起自身强烈的情感共鸣，获取一种酣畅淋漓的阅读快感。

进入 21 世纪后，随着文学与市场联系得更加密切，再加上新型传播媒介的高效传播，文学的消闲、娱乐功能得到强化，随之而来的便是文学的市场化、商业化特性日趋鲜明。商业化写作在 21 世纪更为普遍。相较于 20 世纪末以来文学商业化、市场化的发展还在初始阶段，21 世纪的文学市场日益繁荣，大众的收入水平不断提高，购买力显著增强，对于文学消费有条件也愿意投入更多的资金。文学市场其实就是一座取之不尽用之不竭的矿藏，相比于原先较为单薄的稿费收入，现在通过市场可取得的收入渠道更多，其收益也更为丰厚。2005 年莫言在参加一次文艺讨论会时曾说过当时他的长篇小说《红高粱》被张艺谋导演相中，进行转让并改编成了电影，自己仅仅得到了 800 元的著作费，而现在自己的一个短篇转让给导演改编成电影，按现在的市场行情对方至少要支付 10 万元的费用。①

2017 年华西都市报联合其他相关媒体公司一同发布了第 11 届中国作家

① 莫言，郑洞天，王兴东，等. 市场经济条件下的中国文学和电影［J］. 电影艺术，2006（3）：26－33.

榜，其中人们最感兴趣的看点之一莫过于这些作家的版税收入。童话大王郑渊洁以畅销著作“皮皮鲁”系列及其他一些作品在2016年1月至2017年1月期间的版税总收入达到3 000万元，获得了主榜单的第一名。榜单上的前13位知名作家，一年的版税总收入每位都超过千万，在榜单上排最后一位（第60名）的作家石钟山，其一年的版税总收入也有180万元。① 再看网络作家榜单，他们所获得的收益则更为惊人。网络作家榜单不仅统计了这些作家图书出版的版税收入，还统计了网络连载、影视改编、游戏改编的版税收入。排在第一位的网络作家唐家三少，以12 200万的巨额版税总收入“傲视群雄”，即使处在榜单最末位（第20名）的网络作家雨魔也收获了1 000万元的版税总收入。②

从榜单中所反映的情况可以看出，随着文学市场的持续繁荣，文学产业化的调整升级，再加上文学产业与其他行业的跨界合作，作家的收入还在继续增加，并已经达到了十分惊人的地步。此外，在主榜单中以非商业写作上榜的作家寥寥可数，而其余上榜作家则都是走商业化写作的路子，在网络作家榜上更是如此，上榜的20位作家全都是采取商业化的写作模式。通过这一些简单的数据来进行说明或许失之偏颇，但是以经济收益为目的的商业写作成为当下潮流确实是无可非议的。正是在经济利益的驱使之下，许多作家纷纷开始进行商业写作。虽然仅仅只有一小部分作家能够达到作家榜上高额的收益，然而在21世纪作家的收入整体上有了量的提升是个不争的事实。在21世纪，文学自身不仅是一个产业，更是与其他领域相互对接，相辅相成，形成新业态，比如影视、旅游、动漫、游戏、广告等产业与文学产业之间的联合。如果说以前的文学影视还是对文学作品内容的真实再现或改编，那么现在更多的文学创作则是为了将之转化为影视剧，这

① 见作家榜官方网站：http://news.huaxi100.com/show-166-876397-1.html.

② 见作家榜官方网站：http://news.huaxi100.com/index.php?m=content&c=index&a=show&catid=12&id=875752.

些作品中强烈的画面感与戏剧性，完全像是“为影视而生”的。作家和影视编剧的概念已经出现一定程度的模糊。此外，大众对于文学的消费已经不局限于直接消费（对于文学本身内容的消费现象），还包含了间接消费，并且趋势越来越普遍。文学的间接消费，其实就是指大众对从文学本体衍生出来的商品进行的消费现象，例如大众购买《三国演义》的文学作品属于对文学的直接消费，而观看三国题材的电视剧、电影、话剧则都属于文学的间接消费行为。可以看出，社会经济的变革对文学领域产生了极其深远的影响，以往文学自身所肩负的崇高的家国使命和为社会代书立言的功能逐步消退，而文学的商业化属性和以市场为导向的特性愈发凸显。正如有学者指出的：“新世纪文学的基本走向是媒介化、市场化、商品化和产业化，它们联手推动着文学生产与消费的转型。在大力发展市场经济的年代里，文学出现如此变化是不足为奇的。”①

经济领域的变革固然是影响文学观念的一个重要因素，但我们更应该注意21世纪复杂多元的时代语境对人们文学观念的影响。在21世纪，中国的综合国力更上一层楼，在许多领域都取得了令人瞩目的成就，国际地位水涨船高，与各国之间的交往也更加频繁。随着民族自尊心的上扬与自信心的回归，国人迫切地希望了解本国的历史，渴望展现具有本民族独特价值的东西，在21世纪国人复兴传统文化的热情显得更为强烈。一些作家反观中国传统，注重挖掘长久历史发展中蕴藏的丰厚文化积淀，借鉴史传、传奇、方言、戏剧等艺术形式中传统的叙事手法，形成具有中国韵味的叙事，现实主义文体也随之得到了改造。例如，孙惠芬的作品《上塘书》，该书一问世就吸引了众多眼球，这无疑与其独特的文体密切相关。作家将她笔下的上塘村按照“地理”“政治”“交通”“通讯”“教育”“贸易”“文

① 赵勇．文学生产与消费活动的转型之旅：新世纪文学十年抽样分析［J］．贵州社会科学，2010（1）：63－72.

化”“婚姻”和“历史”九个方面一一进行划分和叙述，类似于地方志；①刘震云的长篇小说《一腔废话》借助了话本的模式；贾平凹的长篇小说《秦腔》中秦腔是一条重要的线索，文中的人物都与之产生了千丝万缕的关联，作者巧妙地将这一传统民俗文化与人物故事相结合，不仅有关于秦腔戏曲的大量描述，更将之融入故事情节之中并推进情节的发展，赋予了整部作品有如秦腔般苍凉悲壮的厚重之音。再者，随着全球化在21世纪的更加深入，在文学创作中如何处理好世界化与本土化、世界性与民族性之间关系的现实议题更是被提上议程。全球化给予了新世纪文学强大的推力，也使得作家们更加注重文学的本土性。

21世纪中所出现的新的社会现实和社会问题同样影响了文学观念的变化。随着市场经济发展的深化，相对于以前而言，当下社会变得更加“现实”，生活的现实问题显得更为突出，人们时常处于现实纠葛之中，感受着现实的焦虑。正是在这样的背景下，底层文学应运而生，它主要以底层民众为对象，将他们在新时代中经历的几乎所有的现实问题都囊括进来，如贫富差距、精神焦虑、道德沦丧、城乡区别等，反映这一群体在现实中的奋进、挣扎、苦乐等多样的景观。底层文学较具有代表性的作品有陈应松的《马嘶岭血案》、胡学文的《命案高悬》、曹征路的《问苍茫》等，不一而足。这些作品紧扣时代脉搏，直面社会现实，注重底层民众的生存与精神状况，集中体现了“新世纪文学在中国新现代性观念条件下以现实精神显示自身社会与文学价值的真诚努力”②。

---

① 樊义红.《上塘书》：介于文学与历史之间的书写［J］. 当代文坛，2006（2）：99－100.

② 张未民. 中国“新现代性”与新世纪文学的兴起［J］. 文艺争鸣，2008（2）：6－22.

二、经典文学与流行文学的共生

人类社会迈入21世纪已近20年。在这段时间里，伴随着科学技术的不断提高，全球化趋势的日益加强，新时代的烙印几乎体现在社会的各个领域之中。作为反映社会的一面镜子，文学在新的语境之中其形态的发展同样呈现出深刻的变革。当观照改革开放以来文学的发展态势，在20世纪80年代时，可以说文学发展的主要推力还是政治因素；而到了90年代，文学推进则变为以市场经济为主导；那么进入21世纪后，文学发展的形态变得愈发复杂，其发展演进是在政治、经济、媒介等多股合力的推动作用之下的。以往以文联、作协作为依托，专业作家成为文学创作的主要生力军，各类文学期刊当作传播平台的这样一个传统文学格局在时代潮流的变化中被打破。现如今文学发展的态势，可以说是经典文学与流行文学并存，两者呈现出“二分天下”的文学格局。

经典文学一直以来并将永久性地在文学发展的历史长河中占有重要地位。这些文学作品，无一例外，都以其无比深刻的思想内涵、高超精湛的表现手法、巧妙细致的情节布局等优秀品质而深入人心，并在漫长的历史实践当中久经考验，最终成为被世人所公认的具有极高社会价值的伟大文本。鲁迅的经典文学作品《阿Q正传》，自从发表以来便受到关注，并且一直都是学界反复研究讨论的典范。它不仅在中国有着深远的影响，还走出了国门，被翻译成世界主要的几大语言，在国际上享有极高的荣誉。正如鲁迅自己所说的那样，他创作这部作品就是为了“要画出这样沉默的国民的魂灵来”①，《阿Q正传》以主要人物阿Q作为典型，集中反映了在数千年封建专制之下中国国民性贪、愚、弱、私的一面。鲁迅通过对阿Q内心

① 鲁迅．集外集·俄文译本《阿Q正传》序及著者自序传略［M］//鲁迅全集：7卷．北京：人民文学出版社，2005：84.

世界的细致刻画，所折射出的是当时中国社会的思想状况，表现了一种文化的弊害。值得说明的是，真正的经典作品，它的经典性并不是一时的，而是一世的。《阿Q正传》的价值永远留存，直到今天其仍然具有深刻的现实意义，且一直在时代的变迁中呈现出新的内涵与意义。它所反映的一些问题，在当下还依然存在，比如阿Q的"精神胜利法"，即使是处在现代社会的我们，无论来自哪个国家，有时都会以类似的"法子"来麻痹自我。再如奥斯特洛夫斯基的巨著《钢铁是怎样炼成的》，全书以生机勃勃的语句、激荡人心的精神力量与发人深省的人生哲理影响了一代又一代的读者。这部经典之作自问世以来直到现在都经久不衰。托尔斯泰的名著《战争与和平》，这部规模宏大的作品充满了对人性的关怀，不但是一首抒写俄国贵族的英雄田园诗，更囊括了全人类的爱与恨、生与死、战争与和平。在当下这部著作依然光芒万丈，无论何时都是不朽的杰作。还有莫言的长篇小说《蛙》，它以中国农村生育史为背景，真实再现了计划生育政策艰难的推行历程，并且透过那一时期的事件及人物行为，凸显了现代中国人的生殖崇拜情结，体现出作者对人性的思索、对生命的关怀。在小说的品读中读者可感受到一股股生命的律动，提醒着读者对于生命的思考。

值得一提的是，经典文学作品正是因其思想上的深刻性和语言上的复杂性，使得它的受众或许注定不可能包含绝大多数人，能够理解其伟大内涵需具备一定的文化素养。但是，这并不意味着由于经典文学的受众数量较之流行文学受众数量差距甚大而轻易否定经典文学的价值。经典文学之所以能成为经典并不是由受众的多寡而决定的，换句话说，经典文学作品"不读而还是经典"。

与经典文学相对应的是流行文学。流行文学以大众喜闻乐见的故事题材、通俗易懂的语言文字和较高的消闲娱乐性而深受广大读者的喜爱。在网络盛行的今天，流行文学紧跟时代的步伐。为了与大众的文学审美阅读习惯和先进的传播手段相适应，很多流行文学作品从传统媒介转向网络，依靠网络进行创作与传播成为它的一个重要表现形式，并且这一趋势还在不断增长。可以说，网络时代的流行文学已经发展成为新世纪文学里重要的一种文学形态，并且涵盖了大众文化的诸多特质。

商品性是网络时代的流行文学的一个重要特质。流行文学本质便是社会消费文化下的产物，因而追求经济效益是其最为重要的目的。在日臻成熟的市场机制运作下，其商品性的特征更加凸显。例如，当前火热的粉丝经济推动流行文学商业化的发展。许多粉丝群体对其所认可的流行文学作品积极追捧、消费，甚至不遗余力地进行宣传推广，这种庞大的粉丝效应对流行文学创作、宣传、出版等方面无疑产生了重要影响。正是深知粉丝所带来的强大“魔力”，众多网络流行文学作家在每次连载更新自己的小说章节后，经常会自觉地在后面补充一段“广告”，希望那些喜欢这部作品的读者加入有关作品讨论的读者 QQ 群、微信群、粉丝团等。不仅是作家本人，作品传播的文学网站也会特意设置在线论坛、微博超话、微信公众号等来促进作家与粉丝之间的互动，对于较为知名的作家还会支持其成立书友会，扩大进一步交流的空间，提升读者与粉丝二者之间的“黏合度”。作家、文学网站对粉丝的重视由此可见一斑。在粉丝效应下，很多流行文学作家不得不考虑粉丝的需求，在尽可能保持自身作品风格的塑造、真实表达自己内心世界和外在感觉的同时还必须兼顾粉丝对于作品的态度，甚至一些作家为了粉丝在文学创作中直接舍弃“自我”，以满足粉丝的需求作为其文学创作的唯一目的，将文学创作完全变成了粉丝写作、消费写作。

网络时代流行文学的另一大特征是创作明显的类型化倾向。这是新世纪流行文学自觉而产生的文学现象，同时它也是基于新媒体技术与日俱进的背景下而发展的一个必然趋势，它凭借文化消费的各种类别形式有效地融进读者受众的文化生活。网络时代流行文学作品的创作类型，大致可归纳为以下几类：第一，武侠仙侠。这种类型的文学作品无论是作者还是读者大部分都受到了金庸、古龙、梁羽生、温瑞安等武侠文学大师的影响。

它以中国古代社会或无限近似古代的时代作为故事的舞台，作品一般以惩恶扬善、追求武道仙道极致、重建江湖秩序作为主题思想，作品主人公的成长中融入了极富中国特色的秘籍、法宝、神灵、武技等元素，增添了作品的可读性。较有代表性的作品是萧鼎的《诛仙》、幻雨的《百炼成仙》、忘语的《凡人修仙传》等。第二，架空历史。作品的主人公一般是现代人，在机缘巧合之下无意中穿越到中国古代某个朝代或是近似于古代的一个架空环境。由于主人公具有现代人的思想观念、知识结构，这样的人物设定必然能使主人公在古代社会演绎出一幕幕精彩绝伦的故事。比如三戒大师的小说《官居一品》中的主角原本是一个现代人，无意之中穿越到了明朝嘉靖年间。通过在现代的超前观念、丰厚的人文社科知识，该主角充分展现现代人的先进性与优越感，和明朝著名的权臣显贵斗智斗勇，最终登上权力巅峰改变国家命运并功成身退。较为杰出的代表还有作家月关的《回到明朝当王爷》、黄易的《寻秦记》。第三，都市言情。因为许多都市类的网络文学中的人物时代与读者所处的现代社会几乎完全一样，所以这类题材的作品代入感很强，读者在阅读中常常下意识地将自己视为故事中的某一角色。都市言情文一般以男女的感情故事作为主基调，并经常穿插进一些现代社会中时常发生的社会热点吸引读者的注意。较具有代表性的是《陈二狗的妖孽人生》。第四，奇幻玄幻。这一类作品通常视角宏大，想象力也更加丰富。故事的主人公一般处于异界大陆，以魔法、魂力等超自然的能力作为其生存发展的手段，并在异世界中崭露头角，逐步走向巅峰。较著名的有《斗罗大陆》《斗破苍穹》等。这四大类型是网络时代流行文学创作最主要的四个方向，充分反映出当下读者大众的喜好。

碎片化阅读是网络时代流行文学的又一特质。碎片化阅读，顾名思义，指的便是阅读方式的不完整、断断续续。随着现代社会人们生活节奏的加快，很多人没有充足的时间或无暇静下心来进行传统的深度阅读。人们都希望能够利用零散的时间，如在通勤、进餐、排队等候时，通过手机、电脑等新媒介阅读来满足自身的精神需求。而相较于经典文学宏大的叙事、复杂的表现手法和深刻的内涵，流行文学简单明了的语言、轻快活泼的风格再加上趣味性较高的故事显然更适合碎片化阅读。这种碎片化的阅读模式虽然能够有效利用较短的时间获取一定的知识，促进了文学阅读的大众化，但却致使许多人缺乏思考，使得“浅阅读”盛行。

综上所述，经典文学正是因其思辨的特性注定了其将思考人性、认知世界作为方向，将启示人类作为使命，注定了它的受众将长期限定在具有一定文化修养的小群体之中，注定了其与流行文学的背道而驰。代表人类文学最高价值的经典文学永远不可能成为流行文学。但流行文学以其较高的消闲娱乐性，满足了广大群众的基本需求，同样具有存在的合理性。

三、媒介新变与文学接受的多元

进入21世纪以来，媒介革命以其强势而又不可抗拒的力量影响人类及其社会的方方面面。媒介作为文学创作、传播、沟通、消费必不可少的工具，它的新变对文学产生的深远影响是显而易见的，在文学创作的思维模式、文学传播的普及模式以及读者受众的接受模式上都发挥着一定的作用，从而促使文学发生新的转变。

自20世纪下半叶计算机的迅速推广、互联网的广泛普及和信息技术的不断成熟，人类逐步进入了信息时代。在信息时代中，信息的价值等同甚至超过物质、能源等其他资源的重要性，而信息通过媒介传播，因此信息时代中媒介起着主导作用。随着科技的不断进步，各种新型媒介不断涌现，对社会各领域带来了深刻变革。在这场媒介革命之中，发达的传播手段和先进的传播理念潜移默化地改变着人们的交流方式和思维观念，使信息时代展现出新的风貌，文学的发展也因此出现新的态势。

首先，在信息的即时性上，媒介革命带来了传播媒介的更新换代、优化升级，推动信息的传播速度与效率达到了前所未有的高度。在20世纪报纸、电视等传统媒介还占有一席之地时，信息的传播较为迟缓。比如通过报纸传播的信息，由于报纸需要排版、印刷，耗费了大量宝贵时间，因此受众从报纸接收信息时，往往是信息产生一天之后的事情了，信息传播速度较为迟滞。而21世纪阶段在媒介革命的影响下，世界任何一个地方只要一发生重大事件，在附近目击的人们都能够利用先进的传播手段如微信、微博、贴吧、论坛等网络交流平台将信息传播出去，他们都可以成为信息的搜集者与发布者。正是在人人都可以变成自媒体的情况之下，信息的传播速度变得异常迅速，信息产生到发布的时间几乎可以做到同步。值得注意的是，从另一方面来看，有时候过分地追求信息的即时性使得一些媒介机构将信息的更替摆在了重要位置，这为快餐文化的滋生提供了生长的土壤，在一定程度上影响了某些文学的创作。一些网络写手为了迅速获取流量与点击率以求得更好的经济效益，往往在信息的热度还未消退之时迅速采拟标题、编撰文章，并没有充分地思考酝酿，对文章的质量并不能进行有效把控。其次，是关于受众的互动性。在媒介革命发生之前，信息的传播过程一般情况下都只是单向性的，即信息发布者将信息推送给受众，受众只能被动地接收信息，并不能对所接收的信息进行反馈。随着媒介技术的迅猛发展，如今的信息传播由单向变成了发布者与受众双向的循环往复过程，受众在接收信息后同样可以变为信息的发布者，对信息进行有效反馈或发布新的信息，受众参与互动性大幅度提高了！在互联网世界中，任何人无论是什么国籍、来自什么阶层、做什么工作，只要了解基本的互联网使用方法，都可以自由平等地与其他人互相沟通、互相讨论，并从参与互动中增强情感联系，实现自我价值。互动性的极大提升对一些文学创作，尤其是网络文学，带来了巨大的影响。网络作家在网络文学论坛上发表作品，一般都是采取每日更新章节的形式，一些读者在看完每日的更新之后都会在留言区进行剧情的讨论或剧情走向的预测、分析。有时作者会特别留心读者对作品的看法，而论坛也会组织一些作者与读者的交流活动，让两者就作品的一些看法交换意见。作者出于迎合读者的需要或是为了避免剧情走向被读者“猜中”，往往也会改变剧情的走向，文学创作思路从而发生变化。最后是文化的大众化。在新型媒介普及之前，精英阶层对于主流文化起着主导作用，当时的文化态势是以精英文化为主体的多元文化发展形态，因此文化观念的建立与推广、文化价值的认同、文化现象的发生等各个方面都受到了精英阶层的制约，文化话语权被牢牢把握在他们手中，精英文化拥有无可争辩的权威性。新型媒介介入之后，依靠网络的开放特性，大众可以在相对自由的网络空间中相互交流、畅所欲言，大众文化开始蓬勃发展起来。大众的数量要远远多于精英阶层，因而在网络世界中大众是真正的主要力量。正是出于对网络的高度认同，大众与网络的联系日益紧密，成了网络文化发展的重要力量。可以看出，媒介革命所带来的这三重影响不可避免地改变了文学的环境与氛围，从而促使文学创作与传播的变化。

在媒介革命的推动下，新型传播媒介的出现使得受众接收信息的渠道方式变得更加丰富。而作为文学载体的媒介也正因其不断地更新促成了文学接受的多元。在传统的纸媒阅读时代，受众进行文学阅读主要依靠的是书籍与报纸。而在新媒体时代，文学的传播不仅涵盖了传统媒介的传播优点，还充分利用了新型媒介的传播渠道，将多种媒介方式搭配整合、资源互补，最终形成了当下文学传播传统媒介与新型媒介共生的多元化传播态势。如今，纸质媒介早已不是读者受众进行文学接受的唯一选择，新型的媒介如微博、微信、文学网站同样被广泛应用。这些新的媒介形态对于文学的传播与接受有其自身的优势。首先，体现在其便捷性上。通过手机、电脑、电子书等移动设备，读者可以随时随地在微信、微博等平台接收文学文本，免去了携带笨重纸质媒介而不灵便的困扰。对于想搜寻的文本信息，还可以在搜索引擎中输入关键词，从而迅速地获取信息。其次，新型媒介的即时性与互动性方面也远远高于传统的纸质媒介。通过新型媒介而进行文学接受，读者往往可以在第一时间获取作家创作的作品，并且在文章中设置诸如给作品打分、填写调查问卷之类的小程序，对作品进行及时有效的反馈。最后，新媒介还极大地丰富了文学的表现手法，例如运用微信平台的文学传播。微信是腾讯公司出品的一个功能十分强大的社交媒介平台，一经发布后便引发了大众的追捧，目前是中国主要的新媒介平台之一，同时也是大众文学阅读的一个重要渠道。在微信上进行文学创作，除了依靠文字表达作家的思想感情之外，还可以借助微信的多样功能，比如添加音频、视频、静动态图片、超链接等传递更生动的信息。在这些表达功能的辅助作用下，文学能够尽可能地跨越文本文字在表达上的阈限，从而丰富作品的表达，进一步强化立体叙事。2014 年在微信上较为流行的文学作品《秋・致好友》就采用了这种叙事模式。作者在依靠文字传情达意的基础上，还给作品配上了视觉感强烈的秋意盎然的动感美图，同时配上了节奏悠扬而又触动人心的乐曲，不仅增强了立体叙事，更使得作品具有一丝别样的审美意蕴。

新型媒介确实丰富了读者的文学接受方式，成为当前的一股潮流，但我们还应注意到，各种新型媒介的运用并不意味着能够完全取代传统的阅读媒介，甚至一些传统的媒介是新型媒介永远无法取代的，比如纸质书的阅读。虽然在当下随着时代的发展，纸质书的比例有一定程度的衰减，但是从总体趋向上看，纸质书仍然占据着重要的地位。纸质书的不可替代性由以下几方面决定。首先，是纸质书自身的门槛。在新媒体时代，人人都可以成为自媒体，可以将自己的文章发表在网络之上供人阅读，可以说没有任何的门槛限制，而每个人的文学素养与知识储备千差万别，自然造成了网络上各种文章质量的参差不齐，而且从总体上说网络文学的质量普遍不高，很多作品显得十分浅显、低劣，甚至一些电子版本的名著阅读会出现错字、漏字的低级漏洞。相较于几乎没有门槛的网络文学，纸质书的门槛则高了许多。为了达到能够出版的要求，作品在出版前都有最基本的质量把控，因而纸质书的作品质量总体上要高于网络文学。其次，是工具书、教科书以纸质版本为主的必要性。在阅读教科书或者工具书时是需要反复翻阅的，并且为了便于理解，很多时候还要在文本旁写上读书笔记以便参考、查阅，这些方面都是电子版本的短处。最后，对于经典作品的品读是以纸质书阅读为宜的。综观文学史上的伟大作品，无一例外，每一部都有非常深刻的思想内涵。在读到精彩的片段时，读者往往会静下心来思考、细心揣摩、慢慢品味，有时甚至需要很长一段时间，而使用纸质书则更为便利。品读经典的过程同时也是陶冶情操、怡情养性的过程，因而读书有时候需讲究一定的文化氛围。在公园、咖啡厅、图书馆阅读纸质书给予读者的体验便是电子版本不能够达到的，这就如同品味一道精致的正餐和吃一份快餐一样，由此带来的阅读效果也将有所差异。显然在这种情境之中，纸质书则显得更为便利。

后　记

文体与文学的关系不仅是一个学术话题，更是一个时代的话题。尤其是改革开放40多年来，我们的文学生态发生了重大“变局”：文学与经济发展、科技进步的关系前所未有地紧密，文体的革新与创变也远较过往更为丰富。文学是人学，当人所处的时代和时代中的人都呈现出巨大新变，对文学自觉和文体自觉这一命题的重新审视，便显得格外重要。本书以“五四”新文学为起点，聚焦百年中国文学文体变革的历程，以期为当下的文学和文学的当下提供可资借鉴的经验。本书最后能够顺利完成，离不开一批作者的倾力投入，现将参与本书撰写的人员及其所承担的部分分列如下：

绪　论　刘　勇

第一章　刘旭东

第二章　尚　烨

第三章　张　悦　谭　望

第四章　陶梦真

第五章　石小寒

第六章　郝思聪

第七章　胡金援　韩　静

第八章　孟学珂　苏怡欣

第九章　胡利平　蒙　娜

第十章　戴佩琪　蔡　佳

第十一章　李春雨　万书言

第十二章　谭　望

全书内容经过刘勇教授和李春雨教授的统稿、审读和多次修订，才有了我们今天看到的最终面貌。特别要说明的是，没有广东高等教育出版社的诚挚关心与大力支持，这本书的推进是不可能如此顺利的。在此，向他们表示最诚挚的谢意！

全体作者